中國文史經典講堂

宋詞選評

中國文史經典講堂

宋詞選評

編選單位 中國社會科學院文學研究所

主編 楊義 副主編 劉躍進

選注・譯評 陶文鵬 魏祖欽 謝衛平

責任編輯　　楊　帆
裝幀設計　　鍾文君

書　　名　　中國文史經典講堂・宋詞選評
編選單位　　中國社會科學院文學研究所
主　　編　　楊　義
副 主 編　　劉躍進
選注・譯評　陶文鵬　魏祖欽　謝衛平
出　　版　　三聯書店（香港）有限公司
　　　　　　香港鰂魚涌英皇道 1065 號 1304 室
　　　　　　JOINT PUBLISHING (H.K.) CO., LTD.
　　　　　　Rm. 1304, 1065 King's Road, Quarry Bay, Hong Kong
發　　行　　香港聯合書刊物流有限公司
　　　　　　香港新界大埔汀麗路 36 號 3 字樓
　　　　　　SUP PUBLISHING LOGISTICS (HK) LTD.
　　　　　　3/F., 36 Ting Lai Road, Tai Po, N.T., Hong Kong
印　　刷　　深圳中華商務安全印務股份有限公司
　　　　　　深圳市龍崗區平湖鎮萬福工業區
版　　次　　2006 年 7 月香港第一版第一次印刷
規　　格　　大 32 開（140 × 210mm）372 面
國際書號　　ISBN-13: 978.962.04.2569.1
　　　　　　ISBN-10: 962.04.2569.3

主編的話

中國正在經歷着巨大的變革，已經成為全世界矚目的焦點；中華民族創造的輝煌文化也日益顯現出它的奪目光彩。華夏五千年文明，就是我們民族生生不已的活水源頭，就是我們民族卓然獨立的自下而上之根。

"問渠哪得清如許，為有源頭活水來。"

為探尋這活水源頭，為培植這生存之根，中國社會科學院文學研究所成立五十多年來，一直把文化普及工作放在相當重要的位置，並為此做了大量的、卓有成效的工作。早在二十世紀五六十年代，文學研究所就集中智慧，着手編纂《文學概論》、《中國少數民族文學史》、《中國文學史》、《中國現代文學史》等通論性的論著。與此同時，像余冠英先生的《樂府詩選》(1953年出版)、《三曹詩選》(1956年出版)、《漢魏六朝詩選》(1958年出版)，王伯祥先生的《史記選》(1957年出版)，錢鍾書先生的《宋詩選注》(1958年出版)，俞平伯先生的《唐宋詞選釋》(初名《唐宋詞選》，1962年內部印行，1978年正式出版)，以及在他們主持下編選的《唐詩選》等大專家編寫的文學讀本也先後問世，印行數十萬冊，在社會上產生了廣泛而又深遠的影響。進入新的時期，文學研究所秉承傳統，又陸續編選了《古今文學名篇》、《唐宋名篇》、《台灣愛國詩鑒》等，並在修訂《不怕鬼的故事》的基礎上新編《不信神的故事》等，贏得了各個方面的讚譽。

擺在讀者面前的這套"中國文史經典講堂"依然是這項工作

的延續。其編選者有年逾古稀的著名學者，也有風華正茂的年輕博士，更多的是中青年科研骨幹。我們希望通過這樣一項有意義的文化普及工作，在傳播優秀的傳統文學知識的同時，能夠讓廣大讀者從中體味到我們這個民族美好心靈的底蘊。我們誠摯地期待着廣大讀者的批評指正。

目　錄

晏幾道

王觀

張舜民

魏夫人

蘇軾

陳亮

劉過

姜夔

史達祖

黃機

劉克莊

吳文英

無名氏

劉辰翁

前　言

　　近代大學者王國維說："一代有一代之文學。"(《宋元戲曲考》)，宋詞與楚騷、漢賦、唐詩、元曲一樣，都是後世難以企及的一代文學之勝。有宋一代，詞人眾多，高手如林；詞作繁富，名篇佳句膾炙人口，家喻戶曉；風格流派多姿多彩，如千岩競秀，萬壑爭流。詞調數量多，體制齊備，令、引、近、慢兼有，一調多體者也為數不少，更湧現出大量的自度曲。總之，宋詞同唐五代詞相比較，從內容到形式都有很大的發展，它是詞史上的藝術巔峰，在詩歌史上也堪與唐詩媲美。

　　宋詞的繁榮是詞體自身發展的必然結果。詞最初作為配合歌唱的新詩體，與音樂有特別密切的關係。隋唐時代興起的一種包含了中原樂、江南樂、邊疆民族樂、外族樂等多種成分的燕樂，對詞的產生與發展起了至關重要的作用。初、盛唐時期，特別是中唐以後，市民階層的賞愛和宮廷、官府、貴族、文人宴樂的需要，又為詞提供了產生、發展的物質基礎和社會條件。詞最初產生於民間，到了中唐時期，張志和、韋應物、白居易、劉禹錫等詩人也依照一定曲調的曲拍製作文人詞，使詞的寫作逐漸從偶發走向自覺。到了晚唐五代，出現了第一個努力作詞的詩人溫庭筠和最早的文人詞總集《花間集》。溫庭筠作為花間派的鼻祖，他的詞以穠豔細膩的描繪見長，與他齊名的西蜀詞人韋莊，則以清疏自然的抒情風格取勝。而以馮延巳、李璟、李煜等為代表的南唐詞，情致纏綿，吐屬清華，蘊含憂患意識。尤其是李煜，他後期詞以血淚抒寫亡國之痛，並將這種深哀巨痛擴展為一種普遍的人生的悲劇性體驗，對詞的氣象和境界做出了較大的開拓與提升。唐五代詞人的創作，為詞的發展積累了寶貴的藝術經驗，為宋詞的繁榮興盛奠定了堅實的基礎。

宋詞的繁榮更有其社會文化的原因。宋代那種伴隨着商業興旺、都市繁榮而起的歌舞升平、飲宴享樂的文化生活時尚，有力地推動了詞的發展。北宋王朝結束了五代十國分裂的局面，統一了全國，生產持續發展，經濟高度繁榮，大批技藝高超的樂工歌伎彙集到了東京，"四方執藝之精者皆籍中"（馬端臨《文獻通考·樂考》），這為宋詞的興盛提供了豐厚的藝術土壤。宋太祖趙匡胤建國後，"杯酒釋兵權"，勸開國的武將們"多積金、市田宅以遺子孫，歌兒舞女以終天年"（《宋史·石守信傳》）。朝廷對文官更給予豐厚的俸祿，"恩逮於百官者唯恐其不足"（趙翼《廿二史劄記·宋制祿之厚》），導致官宦人家"未嘗一日不燕飲"（葉夢得《避暑錄話》卷上）的奢靡風氣。宰相晏殊"每有佳客必留"，"亦必以歌樂相佐"（同上），名臣寇準也曾宣稱"人間萬事何須問，且向樽前聽豔歌"（劉斧《翰府名談》），女伶唱一曲，他便賜綾一束。士大夫們普遍喜歡欣賞宮伎和家伎的輕歌曼舞，並為之作詞佐歡。歌舞宴上，花前月下，離亭別筵，都少不了歌詞遣興佐酒，從而出現了"新聲巧笑於柳陌花衢，按管調弦於茶坊酒肆"（孟元老《東京夢華錄》)的局面。坊間瓦舍、市井酒樓等娛樂場所企望文人墨客為他們作歌詞，借以使曲調得以更廣泛地流行。葉夢得《避暑錄話》卷下記載有柳永為樂工作詞的情況："教坊樂工，每得新腔，必求（柳）永為辭，始行於世。"這樣便形成了一個對詞作廣泛需求的文化市場。詞借音樂廣泛傳播，音樂也借歌詞深入人心。在這樣的社會文化環境中，宋詞的興盛乃是必然之勢。

北宋初期的詞人生活在承平時代，他們在詞作中主要表現優裕閒逸的享樂生活和樂極生悲的人生反思。晏殊、歐陽修等人，繼續五代花間詞人的創作路子，以寫小令為主，抒發閒雅的柔情，但一些作品在繼承中有所變革創新。例如晏殊的《破陣子》（燕子來時新社），將筆觸由都市的青樓歌妓移向了鄉村的鬥草女伴，形象活潑傳神，一洗穢豔的脂粉氣。他的名作《浣溪沙》（一曲新詞酒一杯），在抒寫傷春懷人的濃情中滲透了對生命有限、華年易逝的體悟，顯示出其詞情中有思、深蘊理致的特色。歐陽修詞更多地抒發自我的人生感受，他的一些作品學習民歌，具有清新明暢的格調，初步顯露出宋詞由雅向俗的一種藝術趨向。范仲淹的《漁家傲》（塞下秋來風景異），寫塞外廣漠淒寒景象，抒將士久戍思歸之情，風格沉鬱蒼涼，開闢了詞的嶄新審美境界。

這一時期成就最高的詞人是柳永。他繼承了晚唐五代花間派詞人的婉約傳統，並吸收了民間詞的營養，以白描手法和通俗語言表現自我的羈旅行役之苦，抒寫下層婦女特別是風塵女子大膽潑辣的愛情意識和被蹂躪的哀怨心聲，感情深摯動人。他將賦法移植於詞，鋪敘衍展，推進了慢詞藝術的發展。他的《望海潮》（東南形勝）表現帝都的繁華，《雨霖鈴》（寒蟬淒切）渲染離情別緒，都能淋漓盡致，營造出迴環往復的多重時空結構。他以一支生花妙筆描繪出諸多勝境，如“楊柳岸、曉風殘月”淒清冷落，“三秋桂子，十里荷花”清麗秀美，“關河冷落、殘照當樓”蕭瑟寥廓，令人賞玩不盡。他的許多佳作，雅俗共賞，傳佈很廣，遠至西夏。葉夢得《避暑錄話》卷下云：“凡有井水飲處，即能歌柳詞。”他是第一位對宋詞作了全面革新的大詞人。

北宋中葉，蘇軾繼柳永之後，以博大胸襟和豪邁氣魄對詞體作出大刀闊斧的開拓和變革，“指出向上一路，新天下耳目”（王灼《碧雞漫志》卷二）。他以詩為詞，極大地拓展了詞的表現領域。蘇軾除了抒寫傳統的風月柔情以外，舉凡送別、閒適、旅懷、山水、詠史、賀壽、悼亡、談禪、嘲戲等等，都可入詞，達到了“無意不可入，無事不可言”（劉熙載《藝概》卷四）的境地。蘇詞像蘇詩一樣充分表現了他的性情懷抱與人格個性。他的《念奴嬌》（大江東去）在雄奇壯闊的江山勝景中凸現出歷史英雄人物的形象，借古抒懷，大筆揮灑，豪氣干雲。《水調歌頭》（明月幾時有）對月寄慨，揭示入世和出世的內心矛盾，融入對宇宙人生的睿智思考，營造出清曠澄澈的意境。《定風波》（莫聽穿林打葉聲）、《臨江仙》（夜飲東坡醒復醉），從生活實境中生發妙諦，情景理俱勝。總之，蘇軾的詞“一洗綺羅香澤之態，擺脫綢繆宛轉之度，而逸懷浩氣，超乎塵埃之外”（胡寅《酒邊詞序》），創造出一種清雄曠放、傾蕩磊落如天風海雨般的風格，一種新的美學風範。蘇軾是兩宋詞風轉變的關鍵人物，他把宋詞推上了第一個藝術高峰，在詞史上產生了巨大深遠的影響。

與蘇軾同時的晏幾道，仍按其父晏殊所承傳的“花間”、南唐傳統作詞，用小令寫男女悲歡離合之情，卻融進自己辛酸不平的身世之感。他擅長在詞中營造如夢如幻的境界，風格豔而不俗，語淡情深。蘇軾的門人秦觀被舉為最能體現"當行本色"的詞家。他以柔美之筆抒傷感之情，又善於用景物烘染，其詞風清新淡雅，工緻精美，切合音律，情韻兼勝。例如"自在飛花輕似夢，無邊絲雨細如愁"（《浣溪沙》），情致淒迷悵惘，意境空靈蘊藉，令人低徊吟味不已。他又因《滿庭芳》（山抹微雲）詞中有"山抹微雲，天粘衰草"之句，被讚為"山抹微雲秦學士"。賀鑄文武雙全，其詞豪氣與柔情兼具，長於造語，工於煉字，多從唐詩中採取辭藻與故實，形成深婉密麗的語言美和抑揚錯綜的音節美。他的《六州歌頭》（少年俠氣）有三十四句葉韻，平上去三聲通葉，以繁音促節、亢爽洪亮之聲，寫少年豪俠的雄姿英氣，抒悲壯激越的愛國情懷，令人為之心靈震撼，氣壯神旺。寫柔情的《青玉案》（凌波不過橫塘路），有"試問閒愁都幾許？一川煙草，滿城風絮，梅子黃時雨"之句，連用三個複合的自然意象表現愁情的廣大、繁密、紊亂、久長，化抽象為具象，興中有比，堪稱絕唱，他也因此而贏得"賀梅子"的雅號。

繼蘇軾之後的詞壇領袖周邦彥，是北宋婉約詞的集大成者。作為大晟府的樂官，他作詞精心結撰，"下字運意，皆有法度"（沈義父《樂府指迷》）。周邦彥像柳永一樣長於鋪敘，使抒情性與敘事性交融，但他的敘述手法更多樣，時空場景交錯疊映，結構繁複多變。他善於融化前人詩句入詞，渾然天成，如從己出。周詞聲調圓美，格律嚴謹，用字高雅，聲情協調和諧，呈現出渾厚和雅的風格。周詞中多詠物佳作，如詠新月、春雨、梅花、梨花、楊柳、薔薇等。《六醜》（正單衣試酒）和《蘭陵王》（柳陰直），將身世飄零之感、仕途淪落之悲、傷春懷人之情與所詠之物打成一片，情味深長，開啟了南宋姜派詞人的詠物寄託的門徑。他工於煉字鍛句，如《玉樓春》（桃溪不作從容住）下片：「煙中列岫青無數，雁背夕陽紅欲暮」、「人如風後入江雲，情似雨餘粘地絮」句句精警。《滿庭芳》：「風老鶯雛，雨肥梅子，午陰嘉樹清圓。地卑山近，衣潤費爐煙。」「老」、「肥」、「清圓」、「費」等字，刻意錘煉，無不奇妙貼切。《蘇幕遮》（燎沉香）中「葉上初陽乾宿雨，水面清圓，一一風荷舉」幾句，以白描傳神之筆畫出雨後圓荷迎風挺舉的優美姿態，意境清新明麗，王國維《人間詞話》讚曰：「真能得荷花神理者。」

南渡詞人生活在由和平轉向戰亂的特殊時代。北宋王朝覆亡的慘痛現實使詞人們的心靈深受震撼，產生了一大批喪亂詞和愛國詞。岳飛的《滿江紅》（怒髮衝冠）表現為國報仇雪恨的壯烈情懷，激昂慷慨，張元幹的《賀新郎》（夢繞神州路）抒寫對國事的痛憤和英雄失路的苦悶，悲慨淋漓，俱是撼人心魄的名作。張孝祥的《六州歌頭》（長淮望斷）忠憤之氣如飛瀑鳴雷。他的《念奴嬌》（洞庭青草）將曠達胸襟與軒昂氣概融於空闊澄澈的洞庭湖湖光月色之中，頗似蘇軾詞風，被清代學者王闓運譽為「飄飄有凌雲之氣」（《湘綺樓詞選》）。

李清照是南北宋之交的傑出的女詞人。她的詞前期多表現閨怨離愁；後期詞風一變，主要表現國破家亡後的深哀巨痛。她有天才的藝術表現力，善於選取日常生活中的起居環境展現自我的內心世界，往往一兩個動作細節便傳達出複雜微妙、曲折變化的情思意緒。她的詞語言清新雅潔，精妙清亮，含蘊無窮。如「綠肥紅瘦」、「簾捲西風，人比黃花瘦」、「此情無計可消除，才下眉頭，又上心頭"、"只恐雙溪舴艋舟，載不動，許多愁"，無不語新意妙，風韻天然。她的名篇《聲聲慢》開頭連用"尋尋覓覓，冷冷清清，淒淒慘慘戚戚"十四個疊字，從動作、環境到心理感受層層深入地表現出她晚年孤獨淒涼、恍惚茫然的心態。全篇共用五十七個舌齒音字，真是千古創格。她還在《漁家傲》(天接雲濤連曉霧) 中，以"九萬里風鵬正舉"的雄奇想像抒發豪情壯志。李清照堪稱中國文學史上創造力最強、藝術成就最高的女性作家。

南宋中葉，詞壇上大家輩出，名作紛呈，多元化的藝術風格和審美傾向並存競爭，出現了兩宋詞史上最輝煌燦爛的高峰期。

辛棄疾弘揚蘇軾的傳統，揮如椽健筆，蘸愛國激情，在詞中撫時感事，發風雷之音，抒磊落之懷，極大地拓展了詞的抒情功能和藝術境界。他崇尚雄豪壯大之美，在詞中營構了一大批有關戰爭和軍事活動的意象群。他在蘇軾"以詩為詞"的基礎上，進而"以文為詞"，將古文辭賦中常用的章法、結構、議論、對話等手法移植於詞。辛詞語言雅俗並收，古近融和，駢散兼行，隨意揮灑，精當巧妙。辛詞的風格，以蒼涼悲壯、沉鬱雄渾為主，又豐富多彩。悲壯中能委婉，豪氣中有纏綿，柔情中含剛勁，更是辛詞風格的獨到之處。在兩宋詞史上，辛棄疾的作品數量最多，成就、地位也最高。辛詞內容境界、表現方法和語言的豐富性、深刻性、創造性可謂空前絕後。正如劉克莊所說，辛詞"大聲鏜鎝，小聲鏗鍧；橫絕六合，掃空萬古，自有蒼生以來所無"(《辛稼軒集序》)。辛棄疾確立並發展了蘇軾所開創的豪放詞風，與他大致同時的陸游、陳亮、劉過、韓元吉、袁去華、劉仙倫、戴復古等人，或傳其衣缽，或與其詞風相近，都屬同一詞派。辛派詞人寫愛國詞、豪氣詞、"詩化詞"，也都吸取散文創作技法、詩文辭語入詞，用詞來抒情言志、議論說理，但思想與藝術成就均不及辛棄疾。

　　與辛棄疾同時的姜夔，沿着周邦彥的路子，寫"雅詞"、"格律詞"。他以健筆寫柔情，把江西詩派清勁瘦硬的語言風格引入詞中，着意營造"幽韻冷香"（劉熙載《藝概》卷四）的詞境，形成一種清剛醇雅的獨特風格。姜夔的詠物詞如《齊天樂》（庾郎先自吟《愁賦》）、《暗香》（舊時月色）、《疏影》（苔枝綴玉）等，空靈蘊藉，寄託遙深。他寫情狀景擅長側面着筆，虛處傳神。例如《揚州慢》（淮左名都）："自胡馬窺江去後，廢池喬木，猶厭言兵。漸黃昏，清角吹寒，都在空城⋯⋯二十四橋仍在，波心蕩、冷月無聲。"都從虛處傳達出他對揚州殘破的無窮哀感。而"淮南皓月冷千山"、"數峰清苦、商略黃昏雨"、"千樹壓、西湖寒碧"等名句，也都顯示出構想的新奇和煉字琢句的精美。姜詞的小序寫得詩意盎然，韻味雋永，與歌詞珠聯璧合，相映成趣，自身也具有獨立的藝術價值。姜詞因語雅、調雅、味雅而被宋末詞人奉為雅詞的典範。追隨姜夔的史達祖、高觀國、盧祖皋、張輯等人形成一個詞派，被稱為"格律派"、"騷雅派"，或徑稱"姜派"，與辛派形成雙峰對峙之勢。

　　姜夔之後，力求自成一家、在藝術上確有獨創性的詞人是吳文英。他有奇特的藝術想像和聯想，善於營造出密集穠摯、朦朧淒迷、局部殘缺、如夢如幻的意象，常常把不同時空的情事、場景疊映在同一畫面內，語言色彩濃豔，多有隱喻象徵意味，又喜用代字、實字、怪字與僻典，往往打破正常的語序和邏輯慣例，憑主觀心理感受隨意組合字句，從而形成密麗幽深的風格，但雕繪過甚，時有堆砌、晦澀之病。他的懷古詞《八聲甘州》、《思佳客‧賦半面女骷髏》以及長達二百四十字的自度曲《鶯啼序》等篇，都典型地體現出他的藝術風格特色。但他也有諸如《唐多令》（何處合成愁）等暢快之作。《四庫全書總目提要》說"詞家之有吳文英，亦如詩家之有李商隱"，是精確的評價。

辛棄疾去世後的南宋詞壇，也可分為兩派。孫維信、劉克莊、陳人傑和劉辰翁、文天祥等，屬於辛派後勁。只是他們身處亡國時代，除文天祥之外，已缺乏辛棄疾那種豪邁雄武之氣，詞多低沉的哀音，在藝術結構上常失之粗豪叫囂。而陳允平、周密、王沂孫、張炎等則是姜夔的追隨者。他們繼續填寫那些音律精嚴的雅詞，通過對節序時令的感慨或借助詠物，來寄託不能直抒的亡國悲恨，王沂孫《眉嫵‧新月》、張炎《解連環‧孤雁》都是寄託深遙、哀婉動人的篇章。在宋末詞人中，蔣捷詞多抒發流浪漂泊的身世之感和日常生活情事，想像豐富，描寫細膩，語多創獲，風格多樣，兼融豪放詞的清奇流暢和婉約詞的含蓄蘊藉，如《賀新郎‧兵後寓吳》，還有通過"聽雨"巧妙概括一生經歷與遭際的《虞美人‧聽雨》。此外，他還能寫出格調清新、樂觀輕快、極富生活情趣的《霜天曉角》（人影窗紗）和《昭君怨‧賣花人》等。他是宋末一位藝術精湛、卓然成家的詞人。宋亡之後，宋詞就在遺民詞人們的悲咽哀吟和民族英雄文天祥視死如歸的激昂高歌中畫上了句號。

幾百年來，宋詞以其豐富的情思意蘊和獨特的藝術魅力，一直為廣大讀者所喜愛。它展現了一幅幅生動的畫卷，讓我們觀察到宋代社會生活的真實的面貌；它揭示了當時文人複雜多變的心靈世界，使我們感受到他們的喜怒哀樂；它蘊含了許多關於自然宇宙和社會人生的深沉思考，使我們獲得睿智的思想和哲理啟迪。而它那濃郁、深摯、微妙的抒情氛圍，美麗、奇幻、靈妙的意象和意境，婉約與豪放並存、清新與穠麗相競的藝術風格，以及富於音樂旋律之美的聲韻，更給予我們無窮無盡的審美享受。朋友，如果你想深刻瞭解宋代輝煌的文化藝術，如果你想領略詞有別於詩的迷人風采，如果你想得到更多的人生體驗和美的陶冶，就請到宋詞佳境中遨遊一番吧！相信你一定會有收穫的。

陶文鵬　魏祖欽　謝衛平

2005 年 10 月

王禹偁

點絳唇

> 雨恨雲愁，江南依舊稱佳麗[1]。水村漁市，一縷孤煙細。　　天際征鴻[2]，遙認行如綴[3]。平生事，此時凝睇[4]，誰會憑闌意？

注釋

1. 佳麗：指風景秀麗的地方。南齊謝朓《入朝曲》："江南佳麗地，金陵帝王州。"
2. 征鴻：遠飛的大雁。
3. 行如綴：大雁的隊形像連綴在一起。
4. 凝睇：凝神注視。

串講

　　江南一帶儘管常常細雨綿綿，陰雲密佈，使人不免產生愁悶情緒，但它仍然是山水秀麗的好地方。彎彎的溪水岸邊散落着幾處江村漁市，一縷細細的炊煙從人家屋頂上嫋嫋升起。天邊高飛的大雁排成一行，遠遠望去，像用針線連綴起來一樣。觸景生情，我不禁想起了平生的遭際。有誰能理解我此時倚着欄杆凝神遠望的心情呢？

評析

　　王禹偁（954－1001年），字元之，濟州巨野（今山東巨野）人。宋太平興國八年（983年）進士。歷任長洲知縣、右拾遺、翰林學士、知制誥、黃州知州等，世稱王黃州。他是北宋最早改革華靡文風的詩文家。這首詞描寫江南風物，抒發作者壯志未酬和無人理解的苦悶。起首二句，化用謝朓《入朝曲》的詩句，描繪江南多雲多雨的特異風光。"恨"、"愁"二字寫雨與雲給人帶來的心理感受，似有貶抑之意；下面"依舊"一詞則強調雖然如此多雲多雨，卻並不減江南之秀美，這是欲揚先抑的藝術手法。"水村漁市，一縷孤煙細"，緊承第二句，具體描寫水鄉的恬靜秀麗景色。"一縷孤煙細"繪景如畫，富有情趣，讓人極容易聯想到王維《輞川閒居贈裴秀才迪》中"墟里上孤煙"之句。詞的下片轉入抒懷。"天際征鴻，遙認行如綴"，寫憑欄眺望所見，境界極為闊大。古代詩詞中常常用鴻鵠之志來暗喻人的遠大抱負，"征鴻"意象為下文的感喟提供了生發的基礎。結尾三句，回首平生往事，發出了壯志難酬、世無知音的感歎。以反問句結束全篇，委婉含蓄，耐人尋味。這首詞清淡質樸，與五代豔冶詞風有明顯不同，是一首開風氣的佳作。

錢惟演

木蘭花

　　城上風光鶯語亂，城下煙波春拍岸。綠楊芳草幾時休？淚眼愁腸先已斷。　　情懷漸覺成衰晚，鸞鏡[1]朱顏驚暗換。昔年多病厭芳尊[2]，今日芳尊惟恐淺。

注釋

1. 鸞鏡：劉敬叔《異苑》載，罽賓王有鸞鳥，三年不鳴叫。聽說鸞鳥見到自己的影子就會鳴叫，於是拿來鏡子照它，鸞鳥見鏡後，淒叫一聲，氣絕而亡。據說"鸞睹鏡中影則悲，故稱鏡為鸞鏡"，因此詩詞中多以鸞鏡暗喻悲傷。
2. 芳尊：酒杯，指代美酒、醇酒。

串講

　　城上景色美麗多姿，黃鶯雜亂地叫着；城下碧綠的水波微微漾起漣漪，薄薄的輕煙到處瀰漫。一想到眼前綠楊拂地、芳草連天的景象不知幾時就要衰敗凋零，我便肝腸寸斷，淚水不覺流了下來。現在自己日漸衰老，心情也煩躁不安起來。對着鏡子觀看，不見了自己昔日的風采，心中暗暗驚歎歲月的流逝。往年雖然多病，但仗着青春年少，對樽中美酒總有些厭煩；今日多愁善感，惟恐酒薄量少，澆不盡心中的幽怨。

評析

　　錢惟演（962－1034年），字希聖，臨安（今浙江杭州）人。他是吳越王錢俶之子，隨其父歸隨宋朝。累官至翰林學士、樞密使、同中書門下平章事。後被彈劾落職，為崇信節度使，不久去世。這首詞是作者晚年坐事落職之後的自傷身世之作。「城上」二句，以旖旎的春光來反襯哀情。燕語鶯聲本來能使人心情愉悅，但作者卻沒有這樣的感受。一個「亂」字，透露出作者的感情傾向。由於作者心情煩亂，所以黃鶯的歌唱聽起來也雜亂無章，惹人厭煩。三四兩句用綠楊芳草來反襯，渲染淚眼愁腸，詞情淒婉。詞的下片更深刻細膩地抒寫詩人的遲暮之感。「情懷」兩句，寫作者臨鏡感歎自己的衰老、歲月的變遷。結尾兩句以今昔對比，更顯出詩人濃重的憂愁。本來詩人是不喜歡飲酒的，而現在為了解憂消愁，卻惟恐飲得不多，醉得不深。明人李攀龍說：「妙處俱在末結語傳神。」（《草堂詩餘雋》），頗為中肯。曾經的顯赫，與落職後的衰微，在作者心中產生極大的反差，因此詞寫起來極為沉痛。宋人黃昇說：「此公暮年之作，詞極淒婉。」（《花庵詞選》）可謂的評。

林逋

長相思

　　吳山[1]青，越山[2]青。兩岸青山相送迎。誰知離別情[3]？　君淚盈，妾淚盈。羅帶同心結未成[4]。江頭潮已平[5]。

注釋

1. 吳山：在浙江杭州西湖東南，錢塘江北岸，春秋時為吳國疆域。
2. 越山：指錢塘江南岸的山，春秋時是越國的領土。
3. 誰知離別情：一作"爭忍有離情"。
4. 羅帶：絲織成的帶子。同心結：古人把帶子打成心狀結，表示相愛，稱"同心結"。
5. 江頭潮已平：潮水已漲至江岸，意為船即將離開。

串講

　　江北的吳山一片蒼青，江南的越山也是一片蒼青。它們默立在錢塘江兩岸，不停地迎來送往。它們有誰知道離別的痛苦呢？你的眼淚在眼眶裡轉動，我的眼淚也在眼眶裡打轉。我們雖然情投意合，但卻最終未能織就同心結。這時，潮水漲得與岸齊平，你也得乘船遠行了。

評析

　　林逋（967—1028年），字君複，錢塘（今浙江杭州）人。終身未婚娶，隱居杭州西湖孤山，以種梅養鶴為樂，人稱“梅妻鶴子”，死後賜諡號“和靖先生”。這是一首抒寫別情的小令。詞中擬一女子口吻，抒寫她愛情受挫、送別情人時的痛苦之情。詞的上片寫景，以景襯情。“吳山青，越山青”二句，先描繪錢塘江兩岸青山蒼翠的景色，筆致健朗，畫面清麗。“兩岸青山相送迎”一句，把青山擬人化，寫它們不停地迎來送往，為下文抒寫離情做鋪墊。接下來則以“誰知離別情”這樣一個反詰句責問青山無知。這責問好像沒有道理，卻是“無理而妙”，妙借景物反映女子面臨別離時的痛苦悲傷。下片抒情，以情託景。“君淚盈，妾淚盈”二句，刻畫二人離別時眼淚盈盈的情景，用畫龍點睛之筆十分生動地表現戀人間難捨難分的纏綿感情，極具藝術魅力。“羅帶同心結未成”一句，以羅帶未成同心之結，表現離別和悲痛的原因：愛情遭到了破壞，未能締結婚約！此一句象徵性意象用直言快語宣泄而出，蘊含不盡的怨恨、痛苦。結尾“江頭潮已平”一句，不直說船家報潮，催促登船，而是通過水漲潮平來暗示船即將離岸，極為含蓄有致。這首詞連用疊句，句句押韻，節奏急促，又迴環往復，一唱三歎，聲情諧和。全篇語言通俗淳樸，不事雕琢，頗有民歌風味。

范仲淹

蘇幕遮

> 碧雲天，黃葉地，秋色連波，波上寒煙翠。山映斜陽天接水，芳草無情，更在斜陽外。　黯鄉魂[1]，追旅思[2]，夜夜除非，好夢留人睡。明月樓高休獨倚，酒入愁腸，化作相思淚。

注釋

1. 黯鄉魂：用江淹《別賦》中"黯然銷魂者，唯別而已矣"語。黯然，悽愴的樣子。
2. 追：追隨，可引申為糾纏。旅思：旅途中的鄉愁離思。

串講

　　碧空萬里，黃葉飄零，秋色連綿無際，一直與江水相連，波上的煙霧映帶着寒山的空翠。遠山斜陽共秋水一色。無情的芳草，卻不管離人的感受，依然葳葳蕤蕤，延伸至斜陽之外！

　　離情別緒，旅思客愁，縈繞在心頭，使人黯然神傷！只有偶然在夢中才能得到一些安慰。明月高懸之時不要獨自登上高樓倚欄遠望，那樣會讓人悲傷的。斷腸人欲舉杯消愁，但換來的卻是苦澀的思鄉淚。

評析

　　范仲淹（989—1052年），字希文。大中祥符八年（1015年）進士。歷任陝西經略副使、參知政事、陝西四路宣撫使等。他是北宋傑出政治家，也是一位著名文學家。此詞抒寫旅思客愁，低徊婉轉，真情流溢，有很強的藝術感染力。詞的上片寫秋景，色彩明麗，境界闊遠。"碧雲天，黃葉地"為傳誦千古的詠秋名句。元代王實甫《西廂記》"長亭送別"一折，即化用這兩句衍為套曲。接下來幾句大筆如椽，一下子把詞的畫面拉得更加開闊曠遠：秋色與秋波融和連接，遠山、寒煙、斜陽交相輝映，構成了一幅大寫意的秋夕山水圖。作者並沒有滿足於單純的寫景，而是把自己的主觀情緒投射到景裡。"芳草無情"二句，由眼中實景轉為意中虛景，而離情別緒則隱寓其中。"芳草"歷來就是別離主題賴以生發的意象之一，古來就有句子："王孫遊兮不歸，春草生兮萋萋"，"離恨恰如春草，更行更遠還生"。在這裡，作者借"芳草"這一意象隱喻離情。埋怨"芳草"無情，正見出作者多情、重情。下片"黯鄉魂"二句，互文見意，徑直說鄉情羈思。"夜夜除非"二句是說只有在美好夢境中才能暫時泯卻鄉愁。"除非"說明捨此別無可能，更見愁思的濃重。作者夜間為鄉愁所擾而好夢難成，便想登樓遠眺，以遣愁懷。但明月團團，反使他倍感孤獨與悵惘，於是作者試圖借飲酒來消釋胸中塊壘，但此舉也歸於失敗："酒入愁腸，化作相思淚。"想像奇妙，比李白所云"舉杯銷愁愁更愁"更具形象性。本詞寫景層層有序，抒情曲折多變。

漁家傲

　　塞下秋來風景異[1]，衡陽雁去無留意[2]。四面邊聲連角起[3]，千嶂[4]里，長煙[5]落日孤城閉。

　　濁酒一杯家萬里，燕然未勒歸無計[6]，羌管悠悠霜滿地[7]。人不寐，將軍白髮征夫淚。

注釋

1. 塞下：指西北駐防要地。風景異：指景物與江南一帶不同。
2. 衡陽雁去："雁去衡陽"的倒文。衡陽，在今湖南省，有回雁峰，相傳雁至此不再南飛。見王象之《輿地紀勝》卷五十五。無留意：無留戀之意。
3. 邊聲：泛指邊地特有的荒寒肅殺之聲，如風吼、馬嘶、號鳴之類。角：軍中的號角。
4. 嶂：像屏障一樣並列的山峰。
5. 長煙：細長上升的煙氣。王維《使至塞上》："大漠孤煙直，長河落日圓。"
6. 燕然：山名，即今蒙古境內之杭愛山。據《後漢書·竇憲傳》記載，漢和帝永平元年（89年），竇憲大破北匈奴，曾登此山，"刻石勒功而還"。勒：刻。燕然未勒：指邊患未平、功業未成。
7. 羌管：羌笛，相傳笛子是由羌（古代西北少數民族名）人發明的，故古人稱笛子為"羌管"、"羌笛"。霜滿地：李白《靜夜思》詩："床前明月光，疑是地上霜。舉頭望明月，低頭思故鄉。"這裡的"霜滿地"既可理解為實指，也可理解為借用李白詩意指明月如霜。

串講

　　邊塞的秋天，景色奇異：高空中群雁飛向衡陽，毫無留戀之意；四野裡風吼馬嘶，號角悲鳴；層巒疊嶂之中，夕陽殘照之下，一座孤城緊緊關閉，顯得清冷而又寂寥。一杯濁酒，怎能消除征人的萬里鄉思啊，還沒有登上燕然山刻石銘功，怎能解甲歸去呢？外面，雪白的寒霜鋪了一地，羌管聲悠悠傳來，連綿不絕，撩擾得征人輾轉反側，難以入睡。此時此刻，將軍鬢髮變白了，士兵們也不覺流下了眼淚。

評析

　　1038年西夏元昊稱帝後，連年侵宋。由於積貧積弱，邊防空虛，宋軍一敗再敗。仁宗康定元年（1040年），范仲淹自越州改任陝西經略安撫副使兼知延州（今陝西延安），抗擊西夏的進攻。此詞可能即作於知延州時。原有數闋，皆以"塞下秋來"為首句。歐陽修嘗稱為"窮塞主"之詞（宋魏泰《東軒筆錄》卷十一），可惜流傳至今只有此首。詞寫邊地蒼涼之景和征人思鄉之情。上片重在寫景，而景中有情。首句，點明地域、時令及作者對邊地風物的異樣感受。次句以南歸大雁的徑去不留，反襯出邊地的荒涼。接着，"四面"三句，從聽覺、視覺兩個角度展示塞外風光，渲染出戰時肅殺荒涼的氣象。"長煙落日"的雄闊畫面與"孤城閉"萎縮氣象相對比，暗示出

敵強我弱的不利形勢。下片
重在抒情，而情中有景。
"濁酒一杯"二句，感歎征
戰無功，有家難歸。戍邊將
士借酒澆愁，但一杯濁酒怎
能抵禦鄉關萬里之思？邊患
未平、功業未成，還鄉之計
又何從談起呢？"羌管"句
刻畫入夜景色，而融入濃重
的鄉戀。"人不寐"二句，
點出將士徹夜無眠、鬢髮染
霜、淚下如霰的傷感。此詞

"四面邊聲連角起，千嶂裡，長煙落日孤城閉。"

將愛國激情與濃重鄉思交織起來，抒寫出戍邊將士內心複雜的
矛盾狀態，情調蒼涼悲壯，境界闊大，一掃花間派柔靡無骨的
詞風，可看作蘇辛豪放詞的先聲。

柳永

雨霖鈴

寒蟬[1]淒切，對長亭晚，驟雨初歇。都門帳飲無緒[2]，方留戀處[3]，蘭舟催發[4]。執手相看淚眼，竟無語凝噎[5]。念去去[6]、千里煙波，暮靄沉沉楚天闊[7]。 多情自古傷離別，更那堪、冷落清秋節。今宵酒醒何處？楊柳岸、曉風殘月。此去經年[8]，應是良辰好景虛設。便縱有、千種風情[9]，更與何人說？

注釋

1. 寒蟬：又名寒蜩、寒螿，蟬的一種。《禮記·月令》"孟秋之月，寒蟬鳴"。
2. 都門：京都城門。帳飲：在郊外搭起帳幕設宴餞行。江淹《別賦》："帳飲東都，送客金穀。"無緒：沒有情緒，無精打采。
3. 方留戀處：一作"留戀處"。
4. 蘭舟：據任昉《述異記》載魯班曾刻木蘭為舟，後用作船的美稱。催發：催着要開船。

5. 凝噎：氣結聲阻，說不出話來。一作"凝咽"。

6. 去去：去而又去，表示行程之遠。

7. 暮靄：黃昏時的雲氣。沉沉：濃密陰暗。楚天：古代江南屬
   楚國，故稱江南的天空為楚天。

8. 經年：一年又一年。

9. 風情：風流情誼。

串講

　　傍晚，一場暴雨剛剛停歇，寒蟬淒切的叫聲不絕於耳。在
城外設帳餞行，彼此都心情不好。正當難捨難分之時，船家在
船頭高叫，招呼出發。多情人手兒緊握，淚眼相對，彼此聲結
氣阻，說不出話來。這一去要經行千里萬里，一路煙波浩渺。
遠方那暮靄沉沉、空闊無際的楚地，就是所要到的地方。多情
人自古最傷情於離別，更何況是在這寥落的清秋時節！今夜酒
醒，人在何處呢？想是在那晨風吹拂、殘月斜掛的楊柳岸邊。
從此之後，年復一年，就算是遇上了良辰美景，也如同虛設；
縱然心中有千萬種柔情蜜意，又能向何人訴說呢？

評析

　　柳永，生卒年不詳，字耆卿，初名三變，排行第七，世稱
柳七。曾屢舉不第，在五十歲時才中進士，做過餘杭縣令、屯
田員外郎一類的小官。他早年經常出入歌樓舞榭，其詞在當時
流傳甚廣。這首詞可能是柳永離開汴京留別戀人之作。上片記
別，從日暮雨歇，送別都門，設帳餞行，到蘭舟催發，淚眼相

對，執手告別，依次層層描述離別的場面，把男女主人公難捨難分的情態刻畫得淋漓盡致。柳詞長於鋪敘，於此可見一斑。下片述懷，設想別後情景。劉熙載《藝概》卷四："詞有點有染。柳耆卿《雨霖鈴》云'多情自古傷離別，更那堪、冷落清秋節。今宵酒醒何處，楊柳岸、曉風殘月'。上二句點出離別冷落，'今宵'二句，乃就上二句意染之。"此幾句先點後染，情景妙合無垠，創造出一個清麗而又淒涼的境界。"此去"以下，設想"經年"之後，"縱有千種風情"，卻無人可以訴說。此種設想更造成一種淒惻悲抑的藝術氛圍。柳詞一向被當時人認為是"俗曲"，此詞上片中的"執手相看淚眼"等語，確實淺近俚俗，但下片虛實相間，情景相生，可以與其他人所謂的"雅詞"相媲美，堪稱俗不傷雅，雅不避俗。

鳳棲梧

> 佇倚危樓風細細[1]，望極春愁，黯黯[2]生天際。草色煙光殘照裡，無言誰會憑闌意。　　擬把疏狂圖一醉[3]，對酒當歌[4]，強樂[5]還無味。衣帶漸寬[6]終不悔，為伊消得[7]人憔悴。

注釋

1. 佇：久立。危樓：高樓。
2. 黯黯：愁悶惆悵。

3. 擬把：打算。疏狂：粗疏狂放，不合時宜。

4. 對酒當歌：語出曹操《短歌行》："對酒當歌，人生幾何。"
   當：與 "對" 意同。

5. 強：勉強。強樂：強顏歡笑。

6. 衣帶漸寬：指人逐漸消瘦。語本《古詩》："相去日已遠，
   衣帶日已緩。"

7. 消得：值得。

串講

　　我久久立在高樓之上，任憑細細的風吹拂衣襟。極目望去，無邊無際的原野一直延伸到天的盡頭，滿懷的春愁也從那遙遠的天際黯黯升起。此時夕陽斜照，輕煙籠罩着碧草。有誰能理解我默默憑欄的心意呢？也想放浪形骸，喝個酩酊大醉，並且對酒放歌，化解一下憂愁，但強求的歡樂究竟不是滋味。眼看着衣帶漸寬，我依然毫不後悔，為了她，我甘願落個瘦骨伶仃，形容憔悴！

評析

　　此詞亦作《蝶戀花》。這是一首懷念遠方戀人的詞。上片寫登高望遠，離愁油然而生。"佇倚危樓風細細" 寫登樓遠望。"望極春愁，黯黯生天際" 寫春愁。作者極目遠望，令人黯然魂銷的 "春愁" 從天際，由遠而近生出。愁竟生於天際，無理而有情，含蓄地表現出春愁是因思念遠人而生。下句再具體點出是 "草色" 觸動了他的愁緒，這句寫望中春景，蒼茫、

暗淡、冷落，氣象寥廓，令人感到愁之浩茫深廣。下片“擬把疏狂圖一醉”說他想以醉消愁，但“春愁”濃重深厚，難以排遣。結尾“衣帶漸寬”二句以健筆寫柔情，自誓甘願為思念伊人而日漸消瘦與憔悴，表現了主人公對愛情堅毅執着的態度。此兩句也因此成了表達愛情的千古名句。王國維曾在《人間詞語》中借用這兩句形容“古今之成大事業、大學問者，必經過三種境界”的“第二境界”，他看中的就是柳永在這兩句詞中所表現的鍥而不捨的堅毅執着態度。

夜半樂

凍雲[1]黯淡天氣，扁舟[2]一葉，乘興離江渚[3]。度萬壑千巖[4]，越溪[5]深處。怒濤[6]漸息，樵風[7]乍起，更聞商旅相呼。片帆高舉，泛畫鷁[8]、翩翩過南浦[9]。　　望中酒斾[10]閃閃，一簇煙村，數行霜樹。殘日下、漁人鳴榔[11]歸去。敗荷零落，衰楊掩映，岸邊兩兩三三，浣紗遊女。避行客、含羞笑相語。　　到此因念，繡閣[12]輕拋，浪萍[13]難阻。歎後約、丁寧竟何據[14]？慘離懷、空恨歲晚歸期阻。凝淚眼、杳杳神京[15]路，斷鴻[16]聲遠長天暮。

注釋

1. 凍雲：雲層凝結不開。

2. 扁舟：小船，

3. 乘興：趁一時的高興。據《世說新語‧任誕篇》載，王子猷居山陰，雪夜乘小船到剡縣訪戴安道，到了戴氏門前卻返了回來。他解釋說："吾本乘興而行，興盡而返，何必見戴。""乘興"語本於此。江渚：江邊。

4. 萬壑千岩：數不盡的山溝和山峰。語出《世說新語‧言語篇》，顧長康讚美會稽（今浙江紹興）山川之美曰"千岩競秀，萬壑爭流"。

5. 越溪：指紹興境內的若耶溪，一名浣紗溪，傳為西施浣紗處。

6. 怒濤：大浪。

7. 樵風：指順風。據《會稽記》載，漢鄭弘少時採薪拾得神人的一支箭。神人很感激，問他有什麼要求，鄭弘知道他是神人，就說：常患若耶溪載薪為難，願旦南風，暮北風。後來果然如此。因此稱若耶溪之風為鄭公風，亦稱樵風。後來因以樵風為順風。

8. 畫鷁：船頭畫有鷁鳥以示吉利的船。鷁：水鳥，不怕風，善飛。

9. 南浦：泛指水邊。江淹《別賦》："送君南浦，傷如之何！"

10. 酒斾：酒旗，酒簾，酒家的標示。

11. 鳴榔：捕魚時用長木敲響船舷，使魚受驚入網。榔：用以敲船的長木條。

12. 繡閣：指閨房。

13. 浪萍：波中的浮萍，比喻漂泊無定。

14. 丁寧：反復囑咐。何據：無據，沒有定準。

15. 神京：指宋都汴京（今河南開封）。

16. 斷鴻：失群的孤雁。

串講

　　陰暗的天空籠罩着寒冷的雲霧，我登上一葉扁舟，乘興離開江中小洲。一路上經過奇秀的千山萬壑，駛進若耶溪幽深之處，怒吼的波濤漸漸平靜下來，山風突然颳起，在耳邊嗚咽作響。沿途商人、旅客相呼之聲不絕於耳，陽光下，白帆高揚，船兒如同小鳥一樣翩翩飛向江南的水浦。看，高高挑起的酒旗在碧空中熠熠閃光，輕煙飄拂在一簇簇村莊之上，幾行霜染的金黃色樹木在風中搖曳生姿。在落日的餘輝下，漁夫敲擊着船舷，收網歸去。池塘內荷葉凋零，小路邊衰楊掩映。三三兩兩的浣紗少女結伴而來，她們一邊含羞地躲避着行客，一邊互相嬉戲笑語。看到她們如此地天真活潑，無憂無慮，我不覺後悔輕易離開繡閣中的佳人，像浮萍一樣到處漂流。後會之約沒有定準，真令人悲歡。滿懷離緒別愁，徒自怨恨歲月已晚，歸期難定。滿含淚水，凝望着漫漫的京城路，只見孤鴻哀鳴着漸飛漸遠，消失在無邊無際、暮靄沉沉的遠處。

評析

　　這是一首三疊的長調，長達一百四十餘字，是柳永詞中最長的詞調之一。上片敘述出發季節和舟行經歷。"凍雲"三句寫乘興登船離岸。"乘興"一詞化用王子猷雪夜訪戴安道的典故，表現了作者離岸時的愉快心情。"度萬壑"二句概括一路旅程：由溪流的上游經過奇岩險灘來到江面寬闊的若耶溪的深處。這兩句情調與節奏輕快灑脫，讓人想見旅程之遠，舟行之速，有李白詩句"輕舟已過萬重山"之妙。"怒濤"三句詳細寫經行所遇：上游岩壑壁立，溪水湍急，故有怒濤；下游水面漸漸開闊，才感覺到風聲乍起。"片帆"三句寫舟行之速。中片寫舟中的所見所聞，展現如畫的漁村晚景。第三片因景生情，抒發去國離鄉、浪萍風梗的人生感慨。"到此因念"三句感歎輕易別離，漂泊無定。"歎後約"三句悲歎歸期難定。"凝淚眼"三句寫凝望歸程。這首詞在藝術上有三個顯著特點：一是構思嚴密，首尾連貫，脈絡井然。前兩疊寫景，語氣平緩，格調明朗。後一疊抒情，感情激越，節奏急促。三段各自有表現的重點而又渾然一體。二是長於鋪敍。如中疊記舟行之所見，先勾勒遠景酒旆、霜樹、煙村，再描繪近景漁人鳴榔、遊女浣紗、敗荷零落。畫面有遠有近，有色有聲，全由"望中"二字串起。三是語言清麗淺近。如"岸邊兩兩三三，浣紗遊女。避行客、含羞笑相語"等，吐屬自然，寥寥數語便畫出活潑純真的少女形象，逸趣橫生。

望海潮

東南形勝[1]，三吳都會[2]，錢塘[3]自古繁華。煙柳畫橋[4]，風簾翠幕[5]，參差[6]十萬人家。雲樹[7]繞堤沙。怒濤捲霜雪[8]，天塹無涯[9]。市列珠璣[10]，戶盈羅綺[11]、競豪奢。　　　重湖疊巘清嘉[12]。有三秋桂子[13]，十里荷花。羌管[14]弄晴，菱歌[15]泛夜，嬉嬉釣叟蓮娃[16]。千騎擁高牙[17]，乘醉聽簫鼓，吟賞煙霞[18]。異日圖將好景[19]，歸去鳳池[20]誇。

注釋

1. 形勝：地理形勢優越便利的地區。《荀子・強國》："其固塞險，形勢便，山林川谷美，天材之利多，是形勝也。"

2. 三吳：舊稱吳興（今浙江吳興）、吳郡（今江蘇蘇州）、會稽（今浙江紹興）為三吳。都會：人口聚集的城市。

3. 錢塘：古代地名，即今杭州市。在錢塘江北岸。

4. 畫橋：彩繪的橋樑，極言橋樑的美麗。

5. 風簾：在風中拂動的簾子。翠幕：翠綠色的帷幕。

6. 參差：這裡用來形容房屋高低不齊。

7. 雲樹：遠樹濃綠如雲。

8. 霜雪：形容浪濤白如霜雪。

9. 天塹：天然的壕溝。古代稱長江為天塹，這裡用"天塹無涯"形容錢塘江的形勢雄壯和江面的寬闊無邊。

10. 市列珠璣：市面上陳列着各種珠寶等物品。

11. 戶盈羅綺：家家戶戶都擁有很多綾羅綢緞。

12. 重湖：指西湖。西湖中有白堤、蘇堤，把湖面分為外湖、裡湖，故稱重湖。疊巘：山巒重疊。清嘉：清秀美麗。

13. 三秋：秋季。一季有三月，故稱。桂子：桂花。

14. 羌管：笛子。

15. 菱歌：採菱人唱的歌。

16. 嬉嬉：快樂的樣子。蓮娃：採蓮的少女。

17. 千騎：指隨從眾多。騎：一人一馬。高牙：大旗。牙：牙旗，古代將軍出巡時的軍前大旗，這裡指州郡長官出行時的儀仗旗幟。

18. 煙霞：指山川風景。

19. 異日：他日。圖將好景：將好景致畫出來。

20. 鳳池：鳳凰池，皇宮中的池沼。因中書省在其附近，故作為中書省的美稱，這裡代指朝廷。

串講

　　杭州地處東南，是三吳都會，位置優越，交通便利，自古以來就是一座繁華的城市。一排排含煙惹霧的楊柳掩映着彩畫的橋樑，一幅幅翠綠色的簾幕隨風飄拂，高高低低錯落居住着十幾萬人家。如雲的蒼樹環繞着長堤，怒濤捲起雪白的浪花，錢塘江就像一道無際無涯的天塹。街市上擺滿了光華璀璨的珍寶珠璣，家家戶戶堆放着綺羅綢緞，就像在競爭着豪華闊氣。外湖與裡湖相重，遠山與近山相疊，西湖的水光山色都是那麼清瑩秀麗。三秋桂子遍地飄香，十里荷花爭奇鬥豔。晴天麗日下，笛聲悠揚；月夜泛舟時，菱歌四起。垂釣的白髮老翁、採蓮的青春少女個個神采飛揚，活潑歡喜。那邊，大隊人馬簇擁着高高的牙旗，一派煊赫聲勢，原來這是郡守出遊來了。郡守乘着醉意，聆聽着如夢如幻的美妙音樂，盡情地吟賞着山水煙霞。日後把這天堂般的美景描繪出來帶回朝廷，王公大臣們一定會稱奇叫絕！

評析

　　《望海潮》是柳永詞中廣為傳誦的名篇。據羅大經《鶴林玉露》記載，這首詞是柳永呈獻給舊友孫何的作品。史載孫何自真宗咸平（998－1003年）中至景德（1004－1007年）初任兩浙轉運使，駐節杭州，此詞大約作於這個時期。錢塘（今浙江杭州），從唐代開始便是歷史上著名的大城市，到了宋代又有進一步的發展。柳永在杭州生活過一個時期，對杭州的山水名勝、風土人情有着真切的體驗和深厚的感情，所以，在這首詞裡，他能以生動的筆墨，把杭州描繪得富麗非凡。上片着重描寫杭州的繁華，先略寫，後詳寫。前三句先以大筆概括介紹杭州。"錢塘自古繁華"點明詞的主旨。下面九句，便緊緊圍繞這六個字，做具體的鋪寫。"煙柳畫橋"三句寫杭州自然景色和都市風貌，"雲樹繞堤沙"三句寫它的地理雄偉險要，"市列殊璣"三句則突出了杭州的富庶繁華。下片側重於描繪西湖的美景和歡樂的生活。"重湖"三句描繪西湖美景，其中"三秋桂子，十里荷花"捕捉住西湖乃至整個杭州最美的特徵，作高度的形象概括，組合成一幅美麗的畫面，對仗工整而自然，是千古迷人的麗句。據《鶴林玉露》記載，金主完顏亮聽唱此詞之後，"欣然有慕於'三秋桂子，十里荷花'，遂起投鞭渡江之志"。此說雖屬誇張，卻說明此句的藝術魅力。"羌管弄晴"三句寫人民的生活，有聲有色，顯示出一派升平氣象。"千騎擁高牙"三句寫州郡長官的遊樂。結尾以讚美的口吻收束。詞人寫景，筆蘸激情，運用誇張手法，大開大闔，直起直落，動靜結合，聲色兼具，虛實相生，有氣勢，有氣象，有突出描繪的場景和細節，顯示出超卓的藝術才華和功力。

八聲甘州

對瀟瀟[1]暮雨灑江天，一番洗清秋。漸霜風淒緊[2]，關河冷落，殘照當樓。是處紅衰翠減[3]，苒苒物華休[4]。惟有長江水，無語東流。

不忍登高臨遠，望故鄉渺邈[5]，歸思難收。歎年來蹤跡，何事苦淹留[6]？想佳人妝樓顒望[7]，誤幾回天際識歸舟[8]。爭[9]知我，倚闌干處，正恁凝愁[10]。

注釋

1. 瀟瀟：形容雨聲急驟。
2. 淒緊：淒寒之氣緊緊逼人。一作"淒慘"。

3. 是處：到處，處處。紅衰翠減：紅花綠葉，凋殘零落。翠：一作"綠"。

4. 苒苒：茂盛的樣子。一說，同"冉冉"，猶言"漸漸"。物華：美好的景物。

5. 渺邈：遙遠。

6. 何事，為什麼。淹留：長時間地滯留。

7. 顒望：凝望。一作"長望"。

8. 天際識歸舟：語出謝朓《之宣城郡出新林浦向板橋》"天際識歸舟，雲中辨江樹"。

9. 爭：怎。

10. 恁：如此，這般。凝愁：憂愁凝結不解。

串講

　　瀟瀟暮雨飄灑向江天，洗出一片清冷天地。霜風越吹越猛，淒寒之氣緊緊逼人。山河冷冷落落，殘陽正斜照着高樓。到處都是紅花凋謝，翠葉殘損，美好風物都漸漸歇休了。只有長江水，默默無語，匆匆東流。如此衰落景象，使人不忍登高遠眺。遙望故鄉，那麼渺遠，讓人頓生思鄉之情，一發而不可收拾。可歎啊，幾年來像浮萍一樣到處流浪，為何要在他鄉苦苦滯留？遙想故鄉的佳人，正在妝樓之上凝神遠望，多少次誤把天際的征帆認做了我的歸舟。她怎麼知道，我也身倚欄杆，這般苦苦地思念着她呢！

評析

　　這首詞也是柳永的名作，與《雨霖鈴》堪稱柳永羈旅行役詞中的雙璧。上片，頭兩句，用一“對”字領起，勾畫出一幅暮秋季節、傍晚時間的秋江雨景圖。“秋”本不可“洗”，作者偏說“洗清秋”，就把雨後秋空清朗之狀真切生動地展現在讀者的面前。“漸霜風”三句，景色蒼茫遼闊，境界高遠雄渾，於景中暗寓着遊子的羈旅情懷，連鄙薄柳詞的蘇軾也以為“此語於詩句不減唐人高處”（宋趙令畤《侯鯖錄》引）。接下來幾句寫樓頭所見：滿眼是凋花殘葉，惟有長江水無語東流。以上是登樓凝望中所見，無論風光、景物、氣氛，都籠罩着悲涼的秋意，觸動着抒情主人公的歸思。下片由景入情。換頭以“不忍”二字領起，寫望中所思，從自己的望鄉想到意中人的望歸。“想佳人妝樓顒望，誤幾回天際識歸舟”幾句，從對面着筆，設想妻子“妝樓顒望”，甚至還“誤幾回天際識歸舟”。此種筆法，更見作者相思之深，歸思之切，此與杜甫《月夜》詩中設想妻子望月的“香霧雲鬟濕，清輝玉臂寒”之句一脈相承。此詞起得蒼茫遼闊，篇中大開大合，波瀾起伏，聲情激越，章法嚴密，首尾呼應，意境綺麗悲壯，是不可多得的佳作。

張先

醉垂鞭

雙蝶繡羅裙[1]，東池宴，初相見。朱粉不深勻，閒花[2]淡淡春。　　細看諸處好，人人道，柳腰身。昨日亂山昏[3]，來時衣上雲。

注釋

1. 雙蝶繡羅裙：即是羅裙上繡着雙蝶之意。
2. 閒花：這裡比喻不施粉黛的歌妓。唐人稱美女為春色，如元積稱越州妓劉採春為"鑒湖春色"。
3. 亂山昏：昏暗的亂山。

串講

　　在東池的酒宴上，與她初次相逢。她的羅裙上繡着雙飛的蝴蝶。再看她淡妝素面，就像春日裡閒花一朵。人人都說她身段婀娜，恰似弱柳拂風，仔細看來，卻不止於此，她處處都是那麼美麗動人。她衣上的圖案，可不是昨日昏暗的亂山中徐徐而出的煙雲嗎？

評析

　　張先（990－1078年），字子野，烏程（今浙江吳興）人。曾任渝州、虢州知州，都官郎中等。晚年往來於杭州、吳興間，過着優遊生活。這首詞是酒宴中贈妓之作。作者寫女子的美貌不落俗套，給人以獨特的審美感受。"雙蝶繡羅裙"一句，寫歌妓裝束，恰似電影裡的特寫鏡頭，先突出一個漂亮的局部，給人以深刻印象。接下來二句才交代了相見的地點和場合。"朱粉不深勻，閒花淡淡春"二句寫她給人的總體印象。在歌舞行樂場合，多數女子都是濃妝豔抹，此女子的一身淡妝，反而格外引人注目。作者在這裡用了一個精彩的比喻："閒花淡淡春"，把淡妝素面的女子比作一朵幽閒淡雅的春花，既貼切又給人以豐富的美的聯想。結尾兩句寫其人的衣。詞人由她身上的衣，聯想到了昨日亂山上的煙雲。詞寫至此，頃刻間由真入幻，亦真亦幻，讓人感覺到她身上的雲衣彷彿變成了真正的雲，而此時其人也彷彿變成了仙女，從雲端飄飄欲降。此詞起得突兀，收束乾脆，無怪乎周濟在《宋四家詞選》裡評論道："橫絕。"

天仙子

時為嘉禾小倅[1]，以病眠，不赴府會。

《水調》[2]數聲持酒聽，午醉醒來愁未醒。送春春去幾時回？臨晚鏡[3]，傷流景[4]，往事後期空記省[5]。　　　沙上並禽池上暝[6]，雲破月來花

弄影。重重簾幕密遮燈，風不定，人初靜，明
日落紅⁷應滿徑。

注釋

1. 嘉禾小倅：指秀州通判。嘉禾：秀州的別稱，治所在今浙江
   嘉興。倅：副職。
2. 水調：曲調名，相傳為隋煬帝楊廣所制。此調在唐宋時期極
   為流行。
3. 臨晚鏡：向晚臨鏡自照。
4. 流景：流逝的年華。杜牧詩："自傷臨晚鏡，誰與惜流
   年。"這裡有自傷晚景之意。
5. 後期：日後的約會。記省：清楚記得。
6. 並禽：成雙的禽鳥。暝：暮色。
7. 落紅：落花。

串講

  舉着酒杯傾聽着《水調》小曲，覺雖然醒了，酒力也消
了，但心中的愁思卻驅之不去。現在送別春天，春天不知道幾
時才能再度來臨。傍晚照鏡，觸景傷情，悲歡似流水一樣奔逝
的美好年華。美好的往事機緣已過，空勞回憶，後會之約茫然
無定，空勞夢想。

  沙灘上，水鳥雙棲並宿，池塘邊，夜色一片朦朧。剎那
間，雲層被風兒撥開，月光下，花兒婆娑弄影。拉下層層的簾
幕，遮住光焰閃爍的孤燈。時至夜深人靜，晚風猶自吹拂不

定。想想吧，明日定然是落英繽紛，鋪滿庭院的小徑。

評析

張先在慶曆元年（1041年）五十二歲時曾任秀州通判（夏承燾《張子野年譜》）。據題注，本詞就作於這一年。這首詞乃是臨老傷春兼自傷之作。上片寫詩人臨景傷懷，感歎年華似水，青春難再。《水調》兩句寫因聽《水調》而愁，因愁而飲酒致醉。等沉醉醒來，滿眼是暮春景象，於是反而更加感傷。接下來四句，寫春去之感。"送春"一句，明知四時變化，明年還有春天，卻定要發出春天什麼時候回來的癡問。這一問，包含着許多低徊留戀在內。"往事"句，一個"空"字顯出作者的無奈情緒：往事已不可及，後期空想無益，憂愁更加難消。下片緊接上片由午及晚的時序而專寫晚景。"風不定"三句，由夜深風起聯想到花被吹落，表現詞人對春已逝去的深深的惋惜之情。後來李清照有"知否，知否，應是綠肥紅瘦"，與此句一脈相承，具有同樣的傷春情緒。其實，作者不僅傷春，更是自傷。詞由午至晚，自晚至夜，一路寫來，層次清晰。借景抒情，情景交融，用平常語而有高韻。作者還善於修辭煉句，"雲破月來花弄影"一句，僅七個字，既表現出風、雲、月、花、影之間因果相生的動態，花的婆娑弄影，又映襯着詞人的惜花傷春愁緒。景象朦朧空靈，意蘊豐厚，成為傳誦千古的名句。王國維在《人間詞話》中評讚說："着一'弄'字而境界全出。"作者因此句而獲得"'雲破月來花弄影'郎中"之美稱。

千秋歲

　　　　數聲鶗鴃[1]，又報芳菲[2]歇。惜春更把殘紅折，雨輕風色暴[3]，梅子青時節。永豐柳[4]，無人盡日花飛雪[5]。　　　莫把麼弦[6]撥，怨極弦能說。天不老，情難絕[7]。心似雙絲網，中有千千結。夜過也，東窗未白凝殘月[8]。

注釋

1. 鶗鴃：鳥名，即子規、杜鵑。《離騷》：“恐鶗鴃之先鳴兮，使夫百草為之不芳。”
2. 芳菲：芬芳的花草。
3. 風色暴：大風狂暴。指氣候惡劣。
4. 永豐柳：泛指柳。永豐：指永豐坊，在洛陽。此句化用白居易詠楊柳詞句：“永豐西角荒園裡，盡日無人屬阿誰？”
5. 花飛雪：指飛揚的柳絮。
6. 麼弦：琵琶第四弦，因其最細，故稱麼弦。
7. 天不老，情難絕：李賀《金銅仙人辭漢歌》：“天若有情天亦老。”此反其意而用之。
8. 凝殘月：掛着一輪殘月。一作“孤燈滅”。

串講

　　杜鵑幾聲悲啼，又一次告訴人們花兒開始凋謝了。因為珍惜春天，才小心折下備受摧殘的紅花。梅子還在泛青，怎抵得住細雨暴風的連連侵襲。永豐坊牆角的柳樹，冷落寂寞，整日裡飄着雪花般的柳絮。不要撥動那細細的琴弦，因為它會向人傾訴它滿腹的幽怨。天不會老，情也不能絕，我的心就像兩張糾纏在一起的絲網，中間挽着千千萬萬個情結。黑夜雖已過去，東方尚未吐白，一彎殘月依然靜靜地懸在天上。

評析

　　這是一首寫戀情的詞。上片寫主人公對於芳菲凋零的傷感、無奈、落寞的情緒，用自然界對春的摧殘暗示他們的愛情遭到阻抑和破壞。一、二兩句，用讓人容易產生傷感的杜鵑的叫聲，表明暮春已至，芳菲開始休歇。一個"又"字，表明作者不願暮春到來的情緒。"惜春更把殘紅折"選取折殘紅這一動作，表明主人公對鮮花殘損的痛惜之情。"雨輕"二句表面寫暴風無情地摧殘梅子，實際是暗喻主人公的愛情遭到破壞。接下來兩句化用白居易的詩意，以柳喻人，表現主人公落寞的情緒。下片一變上片的含蓄和婉轉，明確地表達了對愛情的堅貞和至死不渝的信念，感情強烈真摯。"莫把"二句說主人公情深哀苦，以致怕聽琴弦之聲。"天不老"兩句，以直率大膽的語氣表明主人公對愛情的堅貞不渝。"心似雙絲網，中有千千結"，設想奇特，比喻生動，又借用民歌的諧音雙關手法，表現了主人公糾纏不清的愁思，是歷來為人傳誦的名句。結尾二句借景抒情，含蓄地表現主人公情思翻捲，一夜未眠，有餘音嫋嫋之妙。

木蘭花

乙卯吳興寒食[1]

龍頭舴艋吳兒競[2]，筍柱鞦韆遊女並[3]。方洲拾翠[4]暮忘歸，秀野踏青來不定[5]。　　行雲去後[6]遙山暝，已放[7]笙歌池院靜。中庭月色正清明，無數楊花[8]過無影。

注釋

1. 乙卯：宋神宗熙寧八年（1075 年）。吳興：郡名，唐時改稱湖州，治所在今浙江省吳興縣。寒食：節令名，清明節的前一日或二日，相傳為紀念介之推被焚死而設。

2. 龍頭舴艋：船首為龍頭形的小船。舴艋：形似蚱蜢的小船。吳兒：吳地的年輕人。

3. 筍柱鞦韆：竹子做的鞦韆架。並：成雙成對。

4. 拾翠：古時婦女春遊，採集百草，叫做拾翠。杜甫《秋興八首》之八：「佳人拾翠春相問。」

5. 踏青：寒食節到清明節期間，人們到郊外遊玩，俗稱踏青。來不定：指遊人來來往往行蹤不定。

6. 行雲去後：浮雲散盡。行雲：暗用宋玉《高唐賦》語比喻遊女。

7. 已放：已停。

8. 楊花：春末時從楊樹上飛出的白色毛絮。

串講

　　吳地健兒奮力地划槳，龍頭舴艋船掠水飛馳；竹柱鞦韆架上索飛裙揚，把歡樂的少女雙雙蕩上高空。水邊草地上拾翠的人們樂而忘返，不知道天已黃昏；郊原的秀色吸引着遊人來來往往，穿梭不停。遊女們終於像行雲流散，遠處的青山漸漸被夜幕掩蓋。此時，歡樂的笙歌已經停止，院落池塘顯得格外寧靜安閒。庭院內月光如水，一片清明澄澈，無數楊花輕輕飄過，連一點影痕都不顯現。

評析

　　這首詞是作者晚年退居湖州時所作，頗有江南地方特色。詞的上片，寫日間郊遊所見。詞人生動地描繪了吳興一帶男女青年寒食出遊的熱烈場景：龍舟飛馳，水上健兒奮力划槳；鞦韆高起，妙齡女郎嬉笑玩耍；拾翠的女子樂而忘返；踏青的人們穿梭不停。詞的下片寫郊遊結束後的夜景。與上片不同，詞人在此展現的是一個清澈幽美的境界：遠山迷濛，池院寂靜，月色清明，楊花輕飄。上下兩片，從白天寫到夜間，由熱鬧轉為寧靜，對比極為鮮明。詞人對家鄉、生活的無比熱愛也從他滿懷激情的描寫中流露出來。結句"無數楊花過無影"遺貌取影，意境朦朧空靈。張先善畫"影"，其詩詞中，除"雲破月來花弄影"、"無數楊花過無影"二句外，尚有"簾壓捲花影"、"隔牆送過鞦韆影"、"浮萍過處見山影"等，歷來受到文人雅士的歡賞。

晏殊

浣溪沙

　　一曲新詞酒一杯，去年天氣舊亭台[1]。夕陽西下幾時回？　　無可奈何花落去，似曾相識燕歸來。小園香徑[2]獨徘徊。

注釋

1. 去年天氣舊亭台：語本唐鄭谷《和知己秋日傷懷》"流水歌聲共不同，去年天氣舊亭台"，意謂天氣、亭台與去年一樣。
2. 香徑：飄着花香的小路。

串講

　　賦一首新詞飲一杯美酒，望着與去年一樣的暮春天氣，一樣的亭台樓閣，看着緩緩西下的夕陽，不禁感慨：夕陽啊，不知幾時東升再回？花兒紛紛凋落，似曾相識的舊日燕子翩翩歸來，讓人不勝傷感，卻也無可奈何。我只有獨自沉思默想，久久徘徊在飄着花香的園中小路上。

評析

　　晏殊（991—1055年），字同叔，撫州臨川（今屬江西）

人。十四歲即以神童入試，賜同進士出身。官至同平章事兼樞密使，善於汲引賢才，范仲淹、韓琦、歐陽修等俱出其門下。此詞是晏殊代表作，主旨是傷春懷人。上片三句，由宴會上飲酒聽歌回憶起去年的景象，並發出深沉的感慨。飲酒作詞、暮春天氣、亭台樓閣雖然都依稀似去年光景，但情人已杳然無蹤，自己年華也如夕陽西下。此三句即景抒情，

"無可奈何花落去，似曾相識燕歸來。小園香徑獨徘徊。"

語言流麗，感慨深沉。更妙在縮合今昔，疊印時空，明寫傷春，暗抒懷人之情。下片巧借眼前景物，寫今日之傷感。"無可奈何花落去，似曾相識燕歸來"兩句音調諧婉，情意纏綿。人們常常把繁花似錦比喻美好的青春時光，鮮花的凋落飄零則很容易讓人想起青春的逝去。"無可奈何"表明了作者對人生無常、時光短促的惋惜、傷感而又無奈的情緒。翩然歸來的燕子"似曾相識"，讓詞人感到無比親切。燕歸來，而去年攜手同遊的那人卻飄逝不回，更令人唏噓歎息。此兩句屬對工麗、意境優美、蘊含深刻、感傷深沉，為歷代讚賞的名句。明代楊慎說："'無可奈何'二語工麗，天然奇偶。"（《詞品》）

清平樂

紅箋[1]小字，說盡平生意。 鴻雁在雲魚在水[2]，惆悵此情難寄。 斜陽獨倚西樓，遙山恰對簾鈎。人面不知何處，綠波依舊東流[3]。

注釋

1. 紅箋：紅色的信箋。
2. 鴻雁：用漢武帝時蘇武雁足傳書故事。魚：亦指書信。古樂府《飲馬長城窟行》："客從遠方來，遺我雙鯉魚。呼兒烹鯉魚，中有尺素書。"
3. "人面"二句：化用唐代詩人崔護《題都城南莊》中詩句："人面不知何處去，桃花依舊笑春風。"

串講

紅色的信箋上密密寫滿小字，傾訴出心中纏綿無盡情意。但大雁高翔於雲端，魚兒潛藏在深淵，沒有信使，此情怎麼能夠寄出呢？想到此，萬分惆悵。夕陽西下，獨倚西樓遙望，見遠處連綿的山巒恰對着簾鈎，使人看不到更遠的地方。那熟悉的面孔已不知去處，只有碧綠的江水依舊滾滾東流。

評析

這首詞也是寫離愁的。上片從寫信入手，抒發相思。"紅箋"兩句說想寫封書信盡情傾訴自己刻骨的相思之情。一個"盡"字，讓人想見其信內容之豐富，情意之纏綿。"鴻雁"二句筆鋒一轉，說雁杳魚沉，書信無從寄出。此兩句與他的《蝶戀花》中"欲寄彩箋兼尺素，山長水闊知何處"二句意思相仿。下片寫登樓遠望之景。"斜陽"兩句，表面寫景，實際表現相思相望之情。夕陽西下，正是牛羊下山、倦鳥歸巢的時候，而此時的主人公卻只能獨倚西樓，視線又被遠山阻隔，不能極目遠望，此情此景，怎不令人心傷！一個"獨"字透露出人物的孤寂落寞。結尾兩句化用崔護的詩句，以不變的綠波反襯人事的變遷，以景結情，富於餘味。全篇一氣舒捲，景淡愁濃，語淺情深，情景妙合，意境清遠，是晏殊作品中膾炙人口的名篇之一。

蝶戀花

檻菊愁煙蘭泣露[1]。羅幕[2]輕寒，燕子雙飛去。明月不諳[3]離別苦，斜光到曉穿朱戶[4]。昨夜西風凋碧樹。　獨上高樓，望盡天涯路。欲寄彩箋兼尺素[5]，山長水闊知何處？

注釋

1. 檻：欄杆。蘭泣露：蘭花上的露珠像花在哭泣。語本白居易《楊柳枝》"葉含濃露如啼眼"和劉禹錫《憶江南》"叢蘭浥露淚沾巾”。

2. 羅幕：絲綢帷幕。

3. 諳：熟習，瞭解。

4. 斜光：斜射的月光。朱戶：朱紅的門窗。

5. 彩箋：古代用來題詩的一種精美的紙，後稱書信為箋。尺素：古代書寫用的白色生絹，約尺許長。後來為書信的代稱。古樂府《飲馬長城窟行》：“呼兒烹鯉魚，中有尺素書。”“兼”亦作“無”。

串講

　　圍欄內的菊花被輕煙籠罩，彷彿含有滿腹的憂傷；幽幽的蘭草掛滿了露珠，好似淚水一般晶瑩透亮。帷幕裡透出陣陣輕寒，燕子雙雙向南飛去。明月不知道人間離別的痛苦，到了早晨，仍然不依不饒，把淡淡的月輝斜斜地穿過朱紅的窗戶。昨夜西風蕭瑟，把樹葉一片片吹落。今晨，我獨自登上高高的樓台，久久遙望曲折漫延至天邊的道路。想寄封書信，但山長水闊，誰知你身處何方呢？

評析

　　這首抒寫離別相思之情的詞在晏殊詞集中頗負盛名。詞的構思細密奇特，表現手法獨特，情致深婉，境界寥廓高遠。上片寫詞人在清晨時對於室內、室外景物的感受，由此襯托出長夜相思之苦。首句寫菊花籠着輕煙，蘭花帶有露點。作者用“愁”、“泣”兩字分別形容菊與蘭，實際上是把人的主觀心情投射到物上，以此透露出人的愁悶和傷感。 第二、三句寫清晨燕子從簾幕中間飛了出去。"輕寒"，是新秋早晨的氣候，而"雙飛"則反襯人的孤獨。第四、五句寫在天亮以後還有殘月的餘輝斜射房中。皎潔的明月最容易勾起人的離別相思之情，但月光彷彿偏不理解這一點，竟是整整照了一夜，使人無法入夢，直到清晨，它還不肯罷休。主人公無理地埋怨明月"不諳離恨苦"，正顯示出主人公為情所困，無法排遣心中的憂愁。下片寫登樓遠望所見所感。"昨夜"三句寫作者清晨走出臥房，登樓望遠。古人懷人時往往喜歡登樓眺遠。這首詞的主人公經過一夜相思之苦以後，也獨自登上高樓。這時滿眼是凋零的樹葉，道路一直延伸到遙遠的天的盡頭。作者才想起昨夜的風聲，恍然悟出：昨夜西風很猛烈，一夜之間把樹上的綠葉都吹落了。"獨上"是說人之寂寞，與上"燕子雙飛"對照。這三句總寫登高望遠，難遣離愁，境界極為高遠闊大。王國維《人間詞話》曾借用"昨夜西風凋碧樹。獨上高樓，望盡天涯路"三句比喻"古今之成大事業，大學問者"必須經歷的三種境界的第一種，說明這三句內涵的容量之大是非同一般的。結尾兩句寫主人公想給遠人寄信，卻苦於山長水闊，不知人在何處。詞以濃重的惆悵結尾，照應開頭。本詞採用倒敘手法，由清晨所見引出昨夜的相思，使全詞顯得跌宕起伏；運用比喻和擬人手法抒情與渲染烘托，都很成功。

踏莎行

小徑紅稀[1]，芳郊綠遍[2]，高台樹色陰陰見[3]。春風不解禁楊花[4]，濛濛亂撲行人面。　　翠葉藏鶯，珠簾[5]隔燕，爐香靜逐遊絲轉[6]。一場愁夢酒醒時，斜陽卻照深深院。

注釋

1. 紅稀：花少了。
2. 綠遍：遍地都是綠草。
3. 高台：高高的樓閣亭台。陰陰：樹色濃綠顯得幽暗。見：同 "現"，顯現。
4. 不解：不懂得。楊花：柳絮。
5. 珠簾：一作 "朱簾"。
6. 爐香：這裡指香爐內冒出的煙。遊絲：在空中隨風飄蕩的由昆蟲吐出的絲。

串講

　　蜿蜒的小路邊，花兒稀稀疏疏；遼闊的郊外原野，一派碧色。濃厚的樹蔭中隱隱約約露出樓閣的一角。和煦的春風不懂得管束楊花，任憑它的濛濛飛絮亂撲行人的臉。綠葉叢中，隱約傳來黃鶯的歌唱；珠簾外面，燕子在來回飛舞。室內，香爐發出的輕煙嫋嫋上升，靜靜地追逐着空中的遊絲。酒後醉夢醒來，落日的餘輝斜照着深深的庭院。

評析

黃昇《花庵詞選》題此詞作《春思》，是一首對景傷情、感歎時光流逝的詞。上片寫郊外的景象。前三句一開始便展現一幅春事闌珊的畫面：小路邊紅稀花少，原野上芳草連天；樹木青蔥蓊鬱，高樓隱然可見。接下來"春風"兩句，寫楊花柳絮亂撲人面。此兩句看似寫景，實是言情。表面上無一字言愁，無一字訴苦，但詞人幽怨之情卻借此曲折委婉地表達了出來。下片寫院落之景。"翠葉"三句，着力渲染庭院寂寞。"翠葉藏鶯"中的"藏"字用得極精練巧妙。黃鶯在翠葉叢中，人如何能知，自然是通過黃鶯婉轉啼叫聲中得知的。有此一字，不寫聲音，而聲音自出。"珠簾隔燕"暗示人在室中。"爐香靜逐遊絲轉"寫室內的寂靜，襯托閨內人生活的無聊凄苦。"一場愁夢酒醒時，斜陽卻照深深院"寫酒醒以後的景象，詞人對春光流逝的惋惜和寂寞愁苦之情，隱隱透出。這首詞幾乎通篇寫景，但於景中見情，詞寫得流麗細膩，纏綿含蓄。

破陣子

燕子來時新社[1]，梨花落後清明[2]。池上碧苔[3]三四點，葉底黃鸝一兩聲。日長飛絮輕[4]。

巧笑[5]東鄰女伴，採桑徑裡逢迎[6]。疑怪昨宵春夢好，原是今朝鬥草[7]贏。笑從雙臉生。

注釋

1. 新社：剛到社日。社日是祭土地神之日，分春社、秋社。這裡指的是春社。立春後第五個戊日為春社，立秋後第五個戊日為秋社。據說燕子春社時北來，秋社時南歸。
2. 清明：二十四節氣之一，一般在西曆四月五日或六日。
3. 碧苔：碧綠色的苔蘚。苔：苔蘚植物，生長在陰濕的地方。
4. 日長：春日漸長。飛絮：指柳絮。
5. 巧笑：《詩經·衛風·碩人》："巧笑倩兮，美目盼兮。"這裡指好聽的笑聲。
6. 逢迎：遇見。
7. 鬥草：即鬥百草，古代的一種遊戲。以草為比賽物件，或鬥草的多寡、韌性，或對花草名。

串講

　　燕子翩然歸來，正趕上熱鬧的春社日；梨花飄零之後，清明節就到了。池塘邊上，偶見幾點青苔；綠葉叢中，不時傳出黃鸝一兩聲啼叫。春日漸長，柳絮也盡日輕盈地飄灑着。在採桑的幽徑上相遇，傳出東鄰女伴銀鈴般的笑聲。難怪昨夜夢那麼好，原來是今天鬥草要贏的預兆。想到此，臉上不由得綻開了笑容。

評析

　　古代的社日，是祭祀社神（即土地神）的節日。一年祭祀社神兩次，分春社和秋社。春社大約在清明前後，而春分到清明，只相差十五天。這段時間，春光明媚，是一年中最美好的時光。在此期間，人們會去從事各種祭祀遊樂活動，婦女們也可以走出家門，到野外去遊玩。晏殊的這首小詞反映的就是這段時間古代婦女生活的一個側面。詞的上片寫景。開頭兩句點明季節，用燕子和梨花帶出新社和清明兩個節日。三、四兩句以動靜結合、聲色對照手法寫小園的迷人春景。結尾"日長飛絮輕"用點睛之筆烘托出園子的幽靜。詞的下片寫人。"巧笑"二句，寫姑娘們相逢在採摘花草的小路上，嬉笑玩鬧。最後三句寫姑娘們鬥草。鬥草贏了女伴使這位姑娘歡喜不已，同時忽然想起：怪不得昨晚做了那樣一個好夢，原來是鬥草要贏的好兆頭啊！越想越高興，臉上就顯出得意的笑容來了。寫得天真、自然、傳神。全詞純用白描，筆調清麗秀潤，流蕩着一股青春的活潑氣息。

宋祁

玉樓春

東城漸覺風光好，縠縐波紋迎客棹[1]。綠楊煙外曉寒輕，紅杏枝頭春意鬧。　　浮生[2]長恨歡娛少，肯愛千金輕一笑[3]？為君持酒勸斜陽，且向花間留晚照[4]。

注釋

1. 縠縐：本指有褶皺的紗，這裡用以形容水波。棹：船槳，這裡借指船。
2. 浮生：虛浮不定的人生。《莊子·刻意》：“其生若浮，其死若休。”
3. 肯愛：豈肯吝惜。千金：南朝梁代詩人王僧孺《詠寵姬》詩：“一笑千金買。”
4. 晚照：落日的餘輝。李商隱《寫意》：“日向花間留晚照。”

串講

漸漸感覺到東城的風光正好，在湛藍湛藍的水面上，微風起處，縠起縐紗一樣的波紋，似在熱情歡迎遊客的輕舟。嫩綠的楊柳如煙似霧，春日的清晨只有一絲輕寒，紅豔豔的杏花兒開得正盛，熱熱鬧鬧擠滿了枝頭。人生虛浮，總是恨苦多歡娛少，怎能吝惜金錢輕易放棄這歡樂的瞬間呢！且讓我舉起酒杯，為君勸說斜陽：就給花間的詩朋酒侶留下一抹晚照吧！

"為君持酒勸斜陽，且向花間留晚照。"

評析

宋祁（998—1061年），字子京。天聖二年（1024年）與兄宋庠同舉進士，名著一時。曾同歐陽修同修《新唐書》，官至翰林學士承旨。這首詞又題作《木蘭花》，上片描繪了一幅生機蓬勃、色澤鮮明的早春圖。首句總括上片內容，下面三句具體描述"風光好"三字。"紅杏枝頭春意鬧"一句極有意境，用一"鬧"字，把繁花盛開、蜂蝶爭喧的景象全寫出來了。據說此句一出，在北宋社會不脛而走，人們因此而稱宋祁為"'紅杏枝頭春意鬧'尚書"。近人王國維讚賞說："着一'鬧'字，而境界全出。"（《人間詞話》）錢鍾書先生在《通感》一文中說："宋人作品裡常把'鬧'字來形容無聲的景色……把事物無聲的姿態說成好像有聲音的波動，彷彿在視覺裡獲得了聽覺的感受。"其實，上句"綠楊煙外曉寒輕"，將"曉寒"寫得彷彿有重量，同樣是運用"通感"的妙筆。詞的下片歎息人生無常，抒發作者人生虛浮，須及時行樂的情緒。詞的上片一派生機盎然，下片情緒略顯消沉，在藝術上不大相稱。

歐陽修

採桑子

群芳過後西湖好[1]，狼藉殘紅[2]。飛絮濛濛。垂柳闌干盡日風。　　笙歌[3]散盡遊人去，始覺春空[4]。垂下簾櫳[5]。雙燕歸來細雨中。

注釋

1. 群芳過後：指百花凋謝之後。西湖：指潁州西湖。
2. 狼藉：亂七八糟。殘紅：指落花。
3. 笙歌：有笙伴奏的歌。
4. 春空：春盡，春意消失。
5. 簾櫳：窗簾。櫳：窗。

串講

百花謝後的西湖，景色依然美麗：落紅遍地，柳絮濛濛，欄畔垂柳的細長枝條，整日裡迎風搖動。歌聲散了，遊人去了，才讓人感覺到春事將盡。放下窗簾，只見燕子穿過濛濛的細雨雙雙歸來。

評析

　　歐陽修（1007—1072年），字永叔，號醉翁，晚號六一居士。天聖八年（1030年）進士。歷任翰林學士、樞密副使、參知政事等。死後謚“文忠”。兼善詩文，是北宋前期的文壇領袖。熙寧四年（1071年），六十五歲的歐陽修退居潁州（州治在今安徽阜陽），寫下了一組歌詠潁州西湖的《採桑子》詞。“西湖好”是這組詞共同主題，每首首句都以此三字結尾，但表現的角度不同。本詞是第四首，讚美西湖暮春時節的景色。詞的上片寫落花遍地，飛絮漫天，春風和煦，楊柳依依的景象，景中流露出作者對西湖春色的讚賞喜愛之情。詞的下片寫歌盡人散後的寧靜空寂。“笙歌”二句，極微妙地反映出作者恬然自適而又略感空虛的矛盾心情。近人劉永濟先生《詞論》極讚賞上下片結句：“神味至永。蓋芳歇紅殘，人去春空，皆喧極歸寂之語，而此二句則至寂之境，一路說來，便覺至寂之中，真味無窮，辭意高妙。”全詞通篇於景中見情，語言清淡，文字疏雋。

踏莎行

候館[1]梅殘，溪橋柳細，草薰風暖搖征轡[2]。離愁漸遠漸無窮，迢迢[3]不斷如春水。　　寸寸柔腸[4]，盈盈粉淚[5]，樓高莫近危闌[6]倚。平蕪[7]盡處是春山，行人更在春山外。

串講

　　旅館旁的梅花已經凋殘，溪橋邊柳葉兒剛剛抽青。暖風中瀰漫着草的芳香，旅人搖着馬繮緩緩而行。馬兒越走越遠，離愁也隨着越來越深，以至於無際無邊，恰似那一江春水一樣迢迢不斷。想那閨中佳人此時一定是粉淚盈盈，柔腸寸斷！你休要去百尺高樓之上憑欄癡望啊，那一望只是芳草萋萋的平原，平原盡頭有連綿的春山遮擋住視線，而你的心上人啊，此時更在青山之外把你顧盼！

評析

　　此詞寫離愁。上片寫行人思念家中。"候館"三句，為讀者展開一片初春景色，揭示旅人活動的背景。這時已是春風送暖，梅殘柳青的時候，遊子卻獨自一人離候館，過溪橋，在散發着青草芳香的原野裡緩轡而行。在這裡，景是初春美景，但如此美景對於遠遊他鄉的遊子來說卻引不起絲毫喜悅，相反，倒是觸動了遊子的離愁別恨。"離愁"二句用一個精彩的比喻，化無形的離愁為有形的春水，生動形象。上片以樂景寫愁情，從而得到愁情倍增的藝術效果。下片設想閨中女子憶念征人。作者不直接寫行人思念家室，卻從對面着筆，設想閨中佳人如何思念行人。由行人的離愁推想到閨中佳人的相思，又由佳人相思想到她會登高望遠，並由此想到她遠望的景象，層層深入，有如剝筍，寫離愁極盡委婉之至。"平蕪盡處是春山，行人更在春山外"兩句寫離愁婉轉醇厚。放眼望去，茫茫一片平蕪，已經很遠，春山在平蕪之外，更遠，行人卻在春山之外，則又加倍遙遠。這樣平蕪、春山、行人，越伸越遠，景愈遠大而情愈深長。本詞雖然只有五十八個字，卻把抽象的離愁表現得形象生動又淋漓盡致，產生了巨大的藝術魅力，歷來為詩評家所歡賞。

生查子

去年元夜[1]時，花市[2]燈如畫。月上柳梢頭，人約黃昏後。　　今年元夜時，月與燈依舊。不見去年人，淚濕春衫袖。

注釋

1. 元夜：指上元的夜晚。古代以農曆正月十五夜為上元節，也叫元宵節。據記載，唐代已有元夜觀燈的風俗。
2. 花市：指燈市。花：花燈。

串講

　　記得去年元宵節的夜晚，街市裡華燈齊放，亮如白晝。明月高高地掛在柳樹梢頭，和心上人約會在美好的黃昏之後。今年又是元宵節的晚上，月光與燈光同去年一樣明亮。只是心上人再也見不到了，想到此，傷心的淚水沾濕了我的衣袖。

評析

　　此詞亦見朱淑真集，對此前人已證其誤，其著作權當歸於歐陽修。上片追憶去年元夜的歡會。“花市燈如畫”，極寫元宵燈火輝煌，展示與情人歡會的時空背景。“月上柳梢頭”二句再現與情人歡會時令人沉醉的情景。皎皎的明月，依依的垂柳，喁喁的情話，一切都是那樣優美浪漫，富於詩情，以至於她今日回憶起來，仍無限留戀。下片抒寫今年元夜重臨故地、不見伊人的感傷。"月與燈依舊"，說明景物與去年毫無二致，但人事全非。最後兩句撫今追昔，情緒一落千丈。去年鴛儔燕侶，對訴衷腸何等甜蜜；今年勞燕分飛，徒憶前盟，如此孤淒！一句"淚濕春衫袖"把主人公舊情難續的悲苦充分地表達出來了。全詞構思巧妙，善用對比，通過今與昔、悲與歡對比映照，巧妙地抒寫了物是人非、不堪回首的感傷。語言明白如話，饒有民歌清新自然的風格，卻又含蓄雋永。

蝶戀花

庭院深深深幾許[1]？楊柳堆煙[2]，簾幕無重數[3]。玉勒雕鞍遊冶處[4]，樓高不見章台路[5]。

雨橫[6]風狂三月暮，門掩黃昏，無計留春住。淚眼問花花不語，亂紅[7]飛過鞦韆去。

注釋

1. 深深：很深，極言其深。幾許：幾何，多少。
2. 楊柳堆煙：楊柳的綠色好像凝聚不散的煙霧。
3. 無重數：重重疊疊，數也數不清。
4. 玉勒雕鞍：指華貴的車馬。玉勒：鑲玉的馬籠頭。雕鞍：雕花的馬鞍，遊冶處：尋歡作樂的地方，指歌樓妓館。
5. 章台路：妓院的代稱。章台：本秦宮名，在長安，其下為章台街，至漢猶存，是妓女聚居之所。

6. 雨橫：雨勢兇猛。橫：蠻橫，殘暴。

7. 亂紅：紛亂的落花。

串講

　　庭院到底有多麼幽深，無法目測。只見庭院外面絲絲楊柳堆織如煙，庭院裡外有無數重簾幕遮擋。他一定把那華貴的車馬停在了秦樓楚館之下。我獨自上高樓凝神遠望，高樓林立，怎麼也看不見去章台的道路。三月將盡，時至黃昏，眼看着狂風驟雨要把春天帶走，沒有辦法，只好無奈地把門掩住。眼含清淚問花兒，花兒竟默然不語，只像亂紛紛的紅雨一般，隨風飛過了空蕩蕩的鞦韆架。

評析

　　這首詞的主旨，歷來說法不一。清人張惠言認為此詞是秉承屈原《離騷》以香草美人以喻君臣的傳統而有所寄寓的政治詞。近人王國維在《人間詞話》中予以批駁，認為此詞是歐陽修"興到之作"，並無寓意。王氏的觀點是正確的，這首詞描寫一個貴族少婦深閨獨守的苦悶心情。上片描寫少婦的生活處境。"庭院"三句寫少婦的生活環境：庭院幽深，簾幕重重，楊柳深掩。這個女子生活在與外面世界隔絕的深閨重闈之中，其不自由與寂寞可想而知。"玉勒"兩句寫他丈夫在外遊冶。少婦與其丈夫，一在深院凝愁，一在章台遊冶，兩相比照更顯見少婦生活之苦悶寂寞。下片抒發她的心情。"雨橫"三句寫暮春景象。時至暮春黃昏，又逢狂風驟雨，更能勾起人的青春

遲暮之感。女主人公既不
能留住青春，又不忍見雨
橫風狂的景象，只好輕掩
房門。此一動作細節包含
着多少無奈和傷心啊！
"淚眼問花花不語，亂紅
飛過鞦韆去"兩句，移情
於物，以"有我之境"深刻
揭示了少婦的痛苦，是歷
代詞論家讚賞的名句。清
人毛先舒讚其兼有"意層
深"和"語渾成"之妙。他
說："因花而有淚，此一

"玉勒雕鞍遊冶處，樓高不見章台路。"

層意也。因淚而問花，此一層意也。花竟不語，此一層意也。
不但不語且又亂落，飛過鞦韆，此一層意也。人愈傷心，花愈
惱人，語愈淺而意愈細，又絕無刻畫費力之跡，謂非層深而渾
成耶。"（王又華《古今詞論》引）分析精細。

王安石

桂枝香

登臨送目[1]，正故國[2]晚秋，天氣初肅[3]。千里澄江似練[4]，翠峰如簇[5]。征帆去棹[6]斜陽裡，背西風，酒旗斜矗[7]。彩舟[8]雲淡，星河鷺起[9]，畫圖難足[10]。　　念往昔、繁華競逐[11]，歎門外樓頭[12]，悲恨相續[13]。千古憑高對此，謾嗟榮辱[14]。六朝[15]舊事如流水，但寒煙、衰草凝綠[16]。至今商女[17]，時時猶唱，《後庭》遺曲[18]。

注釋

1. 登臨：登高臨水。送目：舉目遠望。
2. 故國：舊都。這裡指金陵（今江蘇南京），金陵曾經是吳、東晉、宋、齊、梁、陳六朝的都城。
3. 初肅：初涼。肅：肅爽，肅殺。
4. 澄江似練：澄澈的長江水像白綢子一樣。江：指長江。謝朓《晚登三山還望京邑》：「澄江靜如練。」
5. 如簇：像箭頭一樣。形容山峰峭拔，也可釋為攢擁、聚集。
6. 征帆去棹：指來來往往的船隻。棹：槳，代指船。

7. 酒旗：酒店的標識，也叫“酒簾”、“望子”。用布綴於竿頭，懸在店門前，招徠顧客。斜矗：斜斜地豎着。

8. 彩舟：猶言畫船，飾有彩繪的船。

9. 星河鷺起：長江像一條天河，白鷺在天河上飛翔。星河：天河，銀河。鷺：一種水鳥。當時南京西南長江口中有白鷺洲，詞人這裡是借用其地名而引起的想像，不一定真有白鷺紛飛的景象。

10. 難足：難以完全描繪下來。

11. 繁華競逐：爭相追逐奢侈糜爛的生活。繁華：一作“豪華”，指六朝統治者的奢侈生活。競逐：競爭，追逐。

12. 門外樓頭：相傳隋朝大將韓擒虎率兵攻入朱雀門，陳後主還與愛妃張麗華在結綺閣裡尋歡作樂。杜牧《台城曲》諷刺道：“門外韓擒虎，樓頭張麗華。”這裡化用杜牧詩意。門：指朱雀門。樓：指結綺閣。

13. 悲恨相續：是說六朝亡國的悲恨相續不斷。

14. 謾嗟榮辱：空歎興亡。謾：同“漫”，徒然。嗟：歎息。榮辱：指興盛和敗亡。

15. 六朝：指吳、東晉、宋、齊、梁、陳六個朝代，均定都建業（今江蘇南京），史稱六朝。

16. 但：只有。凝綠：凝聚着綠色。

17. 商女：商人的妻子。舊說指賣唱的歌女，不確。

18. 《後庭》遺曲：指陳後主陳叔寶所作的《玉樹後庭花》。據《隋書·五行志》載，禎明（587－589年）初，陳叔寶作新歌，歌詞哀怨靡麗，中有“玉樹後庭花，花開不復久”之句。當時有人認為這是陳亡的不祥之兆，後人遂視此曲為亡國之音。杜牧《泊秦淮》：“商女不知亡國恨，隔江猶唱後庭花。”詞中即化用杜牧詩意。

串講

我登上石頭城放眼望去，舊都金陵已經進入晚秋，天氣肅殺，寒霜瀰漫，千里長江好像一條銀練，蒼翠的山峰連綿重疊，簇擁在一起。來來往往的船隻在殘陽夕輝裡穿梭，酒家的旗子背朝西風斜掛着。淡淡的雲彩、色彩斑斕的畫船、澄澈的長河、紛飛的白鷺構成一幅美妙的畫卷，就算是丹青妙手也難以描繪得出。回想六朝的皇家貴族，爭相競富鬥奢。可歎隋朝的大軍已經逼近了宮門，陳後主還與張貴妃在樓上尋歡作樂。一代代帝王敗亡的悲劇，在這裡連續不斷地上演着。千年來，多少人到此登高憑弔，徒然感慨歷史上的興衰榮辱。六朝的舊事已隨流水消逝，這裡只有淒涼的綠草、慘澹的寒煙。那《玉樹後庭花》的亡國之音，至今仍被商女們歌唱不已！

評析

王安石（1021－1086年），字介甫，號半山，撫州臨川（今江西臨川）人。宋仁宗慶曆二年（1042年）進士。神宗熙寧二年任參知政事、同中書門下平章事，實行變法。因保守派反對，於熙寧七年罷相，次年再度入相，熙寧九年（1076年）二次罷相。後居江寧，封荊國公，世稱王荊公。工詩文，為“唐宋八大家”之一。這首詞大概是王安石二次罷相以後退居金陵之作。上片寫金陵的壯麗景色。“登臨送目”三句點出觀覽的時間地點。“千里”以下寫俯瞰所見之景。似練的長江、如簇的山峰、灑滿斜陽的船隻、西風中的酒簾兒、淡淡的雲彩、斑斕的畫船、紛飛的白鷺都被作者一一寫進詞中，給讀者展現了一幅優美的圖畫。此片寫景境界闊大，筆力峭勁，寫景的同時流露出作者對大好河山的摯愛之情。下片轉入抒情，抒發弔古傷今的深沉感慨。"念往昔"四句因所見起興，歷述古今盛衰往事，抒發

"征帆去棹斜陽裡，背西風，酒旗斜矗。"

作者對六個朝代相繼滅亡的惋歎之情。"門外樓頭"句化用杜牧"門外韓擒虎，樓頭張麗華"的詩意，以陳後主的事例來概括其餘王朝，意蘊極為深厚。"六朝"二句以具體生動的景物形象寄寓作者對歷史盛衰的深刻思索。六朝的往事已成過去，他們昔日繁華的舊址上，只剩下寒煙衰草。往日的繁榮一變為今日的衰敗景象，不正是深刻的歷史教訓嗎？接下來"至今商女"三句，化用杜牧《泊秦淮》"商女不知亡國恨，隔江猶唱後庭花"詩意。杜詩意在諷刺王公大臣昏庸荒淫，王安石用此也是為了借古諷今。作為一位傑出的政治家，他對宋朝的政治現實有着深深的隱憂，所以才借此表達對現實的不滿、對寄情聲色的北宋王朝統治者的警戒。此詞立意高遠，情調悲涼，用典巧妙，氣象闊大，意蘊深厚，故而被譽為詠史的千古絕唱。宋人楊湜說："金陵懷古，諸公寄調《桂枝香》者，三十餘家，惟王介甫為絕唱。"（《景定建康志》引 《古今詞話》）

晏幾道

臨江仙

夢後樓台高鎖，酒醒簾幕低垂。去年春恨卻來[1]時。落花人獨立，微雨燕雙飛[2]。　　記得小蘋[3]初見，兩重心字羅衣[4]。琵琶弦上說相思。當時明月在，曾照彩雲[5]歸。

注釋

1. 卻來：又來。
2. "落花"二句：出自五代詩人翁宏《春殘》："又是春殘也，如何出翠帷？落花人獨立，微雨燕雙飛。寓目魂將斷，經年夢亦非。那堪愁向夕，蕭颯暮蟬輝。"
3. 小蘋：歌女名。
4. 心字羅衣：繡有心字圖案的絲羅衣衫。
5. 彩雲：比喻美女，此指小蘋。李白《宮中行樂詞》："只愁歌舞散，化作彩雲飛。"用彩雲比歌女，含有易散之意。

串講

午夜，酒醒夢回，只見四周樓台門戶緊鎖，重重簾幕接地而垂。去年殘春時節的幽恨此刻又湧上心頭：人在繽紛的落花中久久站立，燕子在微風細雨中雙雙斜飛。記得與小蘋初次相會，她穿着雙重心字羅衣，分外嫵媚。悠揚的琵琶聲起，似在傾訴着心中無盡的相思。窗外月色皎潔，當時就是在這樣的明月之下，她的倩影像彩雲般飄然而去。

評析

　　晏幾道（1030？－1106？年），字叔原，號小山，撫州臨川人。晏殊子，能文善詞，與其父合稱 "二晏"。他性情耿直，一生仕途偃蹇。這首詞是晏幾道的代表作。據《小山詞跋》記載，沈廉叔、陳君寵兩家有蓮、鴻、蘋、雲四位歌女，晏幾道經常與她們一起歌娛飲酒。但隨着陳君寵臥病，沈廉叔下世，兩家歌女便 "俱流轉於人間"。此詞便是懷念歌女小蘋之作。"夢後" 兩句寫作者居處的淒涼環境。作者夢回酒醒之後見到的是樓台高鎖、簾幕低垂的景象，在深夜無人之際，不覺淒然生悲。"去年春恨卻來時" 一句寫作者回憶往事，起承上啟下的作用。此句的意思是說去年過去了的春天連同去年的春恨又一同來到了人間。由此句可知下面兩句的寂寞景象已是去年往事，春愁也不只是今年現在才有的。"落花人獨立，微雨燕雙飛" 寫去年春天傷別情景。落花微雨表明處於暮春時節，已使人不堪，人

"落花人獨立，微雨燕雙飛。"

"獨"立，而燕偏"雙"飛，更令人傷情。清人譚獻稱讚說："'落花'兩句，名垂千古，不能有二。"（《譚評·詞辯》）詞人將五代翁宏的成句化入詞中，與通篇渾融無跡，妙手天然，如同己出，使原被掩埋在全首平庸的翁詩中的這一聯佳句頓時光彩動人。下片轉入追憶與小蘋初見時的情景。小蘋當時穿着兩重心字圖案為飾的羅衣，演奏一曲深情的琵琶曲。"兩重心字"能引起心心相印的聯想，而琵琶弦上奏的又是相思曲，這一切都說明作者與小蘋初見時就情投意合了。"當時明月在，曾照彩雲歸"兩句由美好回憶又跌回到現實。皓月當頭，使他又聯想到當年同是這輪明月，曾照小蘋歸去，而今明月猶在，小蘋卻不知流落何處，因此生發出無窮的悲哀。作者用"彩雲"來喻小蘋，不禁讓人聯想到"歸雲一去無蹤跡"的詞句。如果我們再結合詞人寫作之時好友或亡或病，蓮、鴻、蘋、雲諸人"流轉人間"不知蹤跡的背景，就不難理解詞人更深的悲哀了。全詞感情真摯，情景交融，意象空靈，情蘊悠遠，一如陳廷焯所說"既閒婉又沉着"（《白雨齋詞話》）。

鷓鴣天

彩袖殷勤捧玉鍾[1]，當年拚卻[2]醉顏紅。舞低楊柳樓心月[3]，歌盡桃花扇底風[4]。　　從別後，憶相逢，幾回魂夢與君同。今宵剩把銀釭照[5]，猶恐相逢是夢中。

注釋

1. 彩袖：指代歌女。玉鍾：玉製的酒杯。

2. 拚卻：情願，甘願。

3. 樓心月：即樓中月，指明月正對樓窗。樓心：一作"樓頭"。

4. 桃花扇：歌舞時用的團扇，一面有桃花，另一面書曲牌名目，徵歌者就目點唱，歌女依點倚聲。風：既指自然界的風，也雙關《國風》之"風"。因此，吳世昌先生認為這句意思是：歌女已歌盡了扇上所列的歌曲（《詞林新話》）。

5. 剩把：盡把，只把，再三把。銀釭：銀製燈台，代指燈。這句用杜甫《羌村》詩"夜闌更秉燭，相對如夢寐"意。

串講

　　當年你頻舉玉鍾，深情勸酒，我開懷暢飲，不顧酒醉臉紅。一遍遍地起舞，直到樓外柳樹梢頭掛着墜下的曉月。一曲曲清歌，累得桃花扇也扇不起風了。自從你我相別以後，我總是懷念我們往昔的相逢，多少回魂裡夢裡與你形同影共。今夜呀，我要點亮銀燈，仔細把你觀看。喜悅讓我甚至不敢相信自己，總害怕這次相逢又是在夢中。

評析

　　這首詞表現舊日情人的久別重逢。作品的上片寫當年歡聚的場面。"彩袖"二句寫初見時彼此傾心的情景。酒席宴上，佳人殷勤勸酒，他拚命痛飲。雙方心靈相通，感情交流，得到了形象的表現。"舞低"二句描寫歌舞場面。"舞低"句言歌舞持續之久，不知不覺中已夜月西沉；"歌盡"句寫伊人頻搖團扇，盡興演唱，直至精疲力竭，甚而至於扇底風盡。此兩句對仗工整、精緻，把歌聲舞態、歡度良宵的情景刻畫得淋漓盡致，不愧為千古名句。下片寫相思之苦和重逢的歡樂。"從別後"三句寫別後的相思。"幾回魂夢"句直訴魂牽夢縈的相思情懷，感情真摯。"今宵剩把"二句寫重逢的喜悅。長時間的相思使重逢變得格外驚喜，於是他持燈反復照看。由於此前有無數次與情人夢裡相逢的經歷，每次總是夢裡歡聚，夢後惆悵，如是者三，以至於真到了相逢，反而不敢相信了，所以才有"猶恐相逢是夢中"的疑真若夢的心理。杜甫詩"夜闌更秉燭，相對如夢寐(《羌村三首》之一)與司空曙詩"乍見翻疑夢，相悲各問年"(《雲陽館與韓紳宿別》)都表現過這種久別重逢，晏詞當從中受到過啟發，卻表現得更加曲折、細膩、深婉。此詞結構嚴謹，層次分明，波瀾起伏，語言工麗，聲情相諧。下片二十七字中有十六個陽聲字，其中"從"、"逢"、"夢"、"同"、"恐"、"逢"、"夢"、"中"八字同韻，反復出現，音韻諧美，有助於渲染一種似夢非夢的境界，增強了藝術感染力。

鷓鴣天

　　小令尊前見玉簫[1]，銀燈一曲太妖嬈。歌中醉倒誰能恨？唱罷歸來酒未消[2]。　　春悄悄，夜迢迢，碧雲天共楚宮遙[3]。夢魂慣得無拘檢[4]，又踏楊花過謝橋[5]。

注釋

1. 小令：短小的歌曲。尊前：酒杯前，代指酒席前。玉簫：唐人范攄《雲溪友議》載，韋皋和姜輔家中的婢女玉簫有情。韋皋歸家，一別七年，玉簫絕食而死，後再世，為韋皋妾。此借指自己所思念的歌女。

2. 酒未消：酒意未消。

3. 共：與。楚宮：用楚襄王遊楚宮夢巫山神女的典故，代指玉簫的居所，將她喻為來去無蹤的神女。

4. 慣：縱容，放任。拘檢：拘束檢點。

5. 謝橋：指謝娘家之橋。謝娘：即唐時名妓謝秋娘。唐張泌《寄人》："別夢依稀到謝家，小廊回合曲闌斜。多情只有春庭月，猶為離人照落花。" 這裡暗用此詩之意。

串講

　　在酒席宴上，我見到唱着小調的玉簫。璀璨的銀燈下，婉轉歌唱的她是那樣地嫵媚動人！就是醉倒在歌聲中，誰又會有半點怨言呢？我回到家裡，酒還未消，餘音猶然在耳。春意悄悄，長夜迢迢，她的住處與碧雲天一樣遙遙縹緲。我的夢魂毫無拘束，一次又一次地，踏着楊花，穿過謝橋，去尋覓遙遠的她。

評析

　　這是一首懷念歌女的小詞。上片寫昔時相見，着力渲染歌女的歌聲之妙。“小令”一句點明相見的場合和人物。“銀燈”一句借璀璨的燈光來襯托玉簫歌唱時的動人姿態。“歌中”兩句着力誇張渲染，通過寫歌中醉倒，反襯歌聲之美。“唱罷”句說唱罷歸來酒意依然未消。這未消的醉意中固然有酒的因素，但最主要的恐怕還是歌者那令人魂消神迷的嫋嫋餘音和彼此相逢所產生的綿綿深情。下片轉寫別後的刻骨相思。“春悄悄，夜迢迢”寫深夜孤寂，久不成寐，襯托作者相思之深。“碧雲天共楚宮遙”說美人遙遠，難以再見。“楚宮”字暗喻巫山神女，為下文入夢尋覓張本。“夢魂慣得無拘檢，又踏楊花過謝橋”二句，用奇幻之筆寫自己的夢魂竟衝破時空的局限，踏楊花過小橋與戀人歡會。“慣得”可見魂牽夢縈，情不自已，欲罷不能；“又”可見次數之頻繁，與“無拘檢”相應。據宋人邵博《邵氏聞見錄》卷十九載，與作者同時的道學家程頤，聽到人誦這二句也不由得笑道：“鬼語也！”意思是如此幽渺的意境，只有鬼才寫得出來。

菩薩蠻

哀箏一弄湘江曲[1]，聲聲寫盡湘波綠。纖指十三弦[2]，細將幽恨傳。　　當筵秋水[3]慢，玉柱[4]斜飛雁。彈到斷腸時，春山[5]眉黛低。

注釋

1. 弄：彈奏。傳說舜死後，其二妃投湘江而死成為湘江女神。湘江曲即指以這一悲劇故事為題材的樂曲。
2. 十三弦：唐宋時教坊所用的箏為十三弦。
3. 秋水：比喻人的眼神。
4. 玉柱：支弦枕木的美稱。
5. 春山：指婦女的眉。古代常以"眉如春山"來形容女子容顏之美，託名劉歆的《西京雜記》卷二："文君姣好，眉色如望遠山。"

串講

　　哀箏演奏出一支震蕩人心的湘江曲，隨着一聲聲的傾情演奏，人們眼前彷彿呈現出一片澄清碧綠的湘江水。那纖纖手指撫弄着十三根琴弦，把內心難言的幽愁暗恨細細訴說。筵席之上，她眼波流轉顧盼，她身前的箏柱啊，排列得就像秋空中斜飛的雁行。彈到令人斷腸時，只見她垂目斂眉，一臉憂傷。

評析

　　這首詞寫箏女在筵席上彈奏的情景。上片描摹彈奏的音樂。開頭一句點名彈奏的樂器和曲調名。一個“哀”字，點明了音樂的感情基調。“聲聲寫盡湘波綠”一句，描摹音樂所呈現的意境，化虛為實，把不可捉摸的樂音化為一幅形象的畫面。“纖指”以下刻畫彈奏者，寫其纖指輕撫，明眸流盼，低眉垂首，略加勾勒而妙傳其神態與內心幽怨，可謂形神畢現。全詞感情哀怨深沉，流露出詞人對弱女的同情與體貼。

阮郎歸

　　天邊金掌露成霜[1]，雲隨雁字[2]長。綠杯紅袖[3]趁重陽，人情似故鄉。　　蘭佩紫[4]，菊簪黃，殷勤理舊狂[5]。欲將沉醉換悲涼，清歌莫斷腸。

注釋

1. 金掌：指仙人掌露盤。據《三輔黃圖》記載，漢武帝劉徹在建章宮建有承露盤，高二十丈，六七圍，以銅為之。上面有仙人掌擎盤承露。露成霜：語出《詩經·蒹葭》：“白露為霜。”
2. 雁字：群雁飛行，排成“一”字或“人”字，故稱雁字。
3. 綠杯紅袖：代指美酒佳人。
4. 蘭佩紫：屈原《離騷》：“紉秋蘭以為佩。”

5. 理舊狂：過去的狂態又搬了出來。況周頤《蕙風詞話》：“狂者，所謂‘一肚皮不合時宜’，發見於外者也。”

串講

　　高高的承露盤上露變為霜，天上拖着一縷長長的雲彩，群雁排成“一”字向南飛去。趁着重陽佳節，盡情地飲酒歌唱吧，這裡的人情世俗與故鄉很是相像呢！佩上紫蘭，插上黃菊，好好把昔日的狂態再搬出來吧！想用沉醉換走滿腹的辛酸悲涼，唱歌就千萬別唱那些讓人斷腸的曲調啊！

評析

　　這首詞是汴京重陽宴飲之作，詞中抒發了作者落拓失意的感慨。“天邊”兩句寫秋景。汴京一帶霜寒雲薄，群雁南翔，一派冷落景象。此兩句景中含情，不言悲，而悲意已見。“綠杯”兩句，寫重陽佳節，有主人熱情招待，佳人殷勤勸酒，本來可以盡情歡娛，但詞人心中有許多的失意和感傷，並不能真正融入宴會的歡樂氛圍之中。一個“趁”字表明他所作的不過是在隨俗應景而已。陳匪石先生說：“本不縈情於‘綠杯紅袖’，而姑且‘趁’‘重陽’節令，一作歡娛，滿腔幽怨，無可奈何，一‘趁’字盡之。”（《宋詞舉》）分析深刻。“蘭佩紫”三句，寫重陽節疏狂行樂。作者身上佩戴紫蘭，頭上簪滿黃菊花。由於心情不好，所以舊日的“疏狂”舉動，並不能動輒即發，不僅需要“理”，而且還得“殷勤”理之。“殷勤理舊狂”五字包含作者多少辛酸、悲涼和無可奈何啊！“欲將沉醉換悲涼"是上句注腳。結句含不盡之意。作者雖然想用沉醉換悲涼，但宴席上的清歌仍然能使人有"斷腸"之痛，所以他才發出"清歌莫斷腸"的建議，意思是說我只求借助你們的清歌使我沉醉，使我忘記心中的悲涼，因此你們不要唱斷腸之曲，增加我的感傷。這首詞是晏幾道晚年的作品，風格悲涼凝重，不同於其他閨情之作。

王觀

卜算子

送鮑浩然之浙東[1]

水是眼波橫[2]，山是眉峰聚[3]。欲問行人去那邊？眉眼盈盈處[4]。　　才始送春歸，又送君歸去。若到江南趕上春，千萬和春住。

注釋

1. 鮑浩然：生平不詳。浙東：今浙江東南部。宋代置浙江東路，簡稱浙東。
2. 眼波橫：形容眼神閃動，狀如水波橫流。
3. 眉峰聚：形容雙眉蹙皺，狀如二峰並峙。
4. 眉眼盈盈處：喻指山水秀麗的地方。盈盈：美好的樣子。

串講

　　清澈明亮的江水，像我流動的眼波；糾結攢蹙的青山，是我緊鎖的雙眉。朋友，你此行要去的那個地方啊，就是我的故鄉——山水秀麗如眉眼盈盈的浙東。剛剛送春歸去，如今又要送你返回故鄉，我的心很有些沉重。你到江南，如果能趕上爛漫的春光，千萬要把她長留在故鄉之中。

評析

　　王觀，生卒年不詳。江蘇如皋人。仁宗嘉祐二年（1057年）進士。曾任大理寺丞、江都知縣等職。此詞以新巧的構思和輕快的筆調寫送別，別具一格。開篇“水是眼波橫”二句匠心獨運：古人常用“眉如春山”、“眼如秋水”來形容女子的容顏之美，作者此處則反用其意，說水似眼波橫流、山如眉峰攢聚，妙在運用“倒喻”和移情手法，把自己對朋友的綿綿深情注入到山水之中，化無情為有情。“欲問行人”二句點出友人此行的目的。“眉眼盈盈處”，語帶雙關，既喻指浙東的秀麗山水，又令人想見友人妻妾倚欄盼歸之際眉眼脈脈含情的神態。下片進一步表現送別人的無限深情。“才始送春歸”二句抒寫離情別緒。把傷春情緒與離別情緒一同寫，更添十分惆悵。結尾“若到江南”二句，作者筆鋒一轉，拋開剛才的傷別情緒，表達對友人的熱切關懷和祝願：你如能到江南追趕上春光，千萬要把春光留住。此句既表達作者的惜春之情，又表達願友人青春永駐之意。這首詞情調爽朗，語言淺近，筆墨靈動，比喻巧妙，饒有民歌風味，歷來為選家所喜愛。

張舜民

賣花聲

題岳陽樓[1]

木葉下君山[2]。空水漫漫。十分斟酒斂芳顏[3]。不是渭城西去客，休唱《陽關》[4]。

醉袖撫危闌[5]。天淡雲閒。何人此路[6]得生還？回首夕陽紅盡處，應是長安[7]。

注釋

1. 岳陽樓：在今湖南岳陽西，與洞庭湖中的君山遙遙相對。

2. 木葉下君山：化用屈原《九歌·湘夫人》：“嫋嫋兮秋風，洞庭波兮木葉下。”君山：又名洞庭山、湘山，在洞庭湖中。

3. 十分斟酒：指斟酒滿杯。斂芳顏：收斂笑容。

4. “不是”二句：王維《送元二使安西》：“渭城朝雨浥輕塵，客舍青青柳色新。勸君更盡一杯酒，西出陽關無故人。”後人據王維此詩譜成曲，名《陽關三疊》或《渭城曲》。此處化用王維詩句。

5. 危闌：高樓上的欄杆。

6. 此路：指貶謫南行之路。

7. "回首"二句：化用白居易《題岳陽樓》："春岸綠時連夢澤，夕陽紅處近長安。"長安：今陝西西安市，這裡代指宋都汴京。

串講

　　樹葉紛紛飄落君山，天水茫茫連成一片。席上的歌女斟滿酒杯，收斂笑容準備唱歌。我忙說，我不是渭城西去的旅客，請不要唱令人傷感的《陽關曲》。醉後在高樓上扶着欄杆觀看，只見天空淡遠，浮雲悠悠。遭貶南去的過客有幾個可以從此路生還呢？回首望去，那夕陽照耀下，紅雲滿天的地方應該是京都吧！

評析

　　張舜民，生卒年不詳。字芸叟，自號浮休居士。能文詞，嗜畫，尤工詩。宋神宗元豐六年（1083年），作者被貶往郴州，途經此地，感而作此詞。詞的頭兩句向讀者展現了一幅落葉蕭蕭、空水漫漫的秋天景象，化用屈原《九歌·湘夫人》"嫋嫋兮秋風，洞庭波兮木葉下"的意境，渲染一種蕭條冷落的氛圍，與作者被貶失意的心情相吻合。下面三句借不忍聽歌女唱《陽關曲》來抒發被貶的愁苦抑鬱。下片寫作者心中愁苦鬱積，故借酒澆愁以至於醉。醉後登樓遠眺，只見天空淡遠，白雲悠悠，不禁感慨萬千。接下來便有"何人此路得生還"的悲歎。這一聲悲歎中不但蘊含了自己無端被貶的憤懣和對前途的擔憂，也表達了對歷代被貶文人的深切同情。"回首夕陽紅盡處，應是長安"兩句，以景結情，把自己對朝廷、故鄉的眷戀之情隱藏於景色描繪之中。化用前人詩句渾然無跡。這首詞層次分明，境界闊大，抒情曲折含蓄，有很強的藝術感染力。

魏夫人

菩薩蠻

溪山掩映斜陽裡，樓台影動鴛鴦起。隔岸兩三家，出牆紅杏花。　　綠楊堤上路，早晚溪邊去。三見柳綿[1]飛，離人猶未歸。

注釋

1. 三見：謂已過了三年。柳綿：指柳絮。

串講

夕陽下，青山溪水掩映生姿。鴛鴦飛起，樓台的倒影也隨之蕩漾。隔岸錯落着三三兩兩的人家，豔紅的杏花從牆頭探了出來。清晨傍晚，我都要順着河堤上的柳蔭小路到溪邊去。已經三次見到柳絮飛揚，離人卻還沒有回到我的身旁。

評析

魏夫人，生卒年不詳，名字失傳，襄陽人，魏泰之姊，曾布之妻，封魯國夫人，當時稱魏夫人。這是一首思婦懷遠之詞。相傳曾布出仕在外，三年未歸，魏夫人因思念丈夫而作了這首詞。首句第一個字"溪"和結尾"未歸"是全篇兩個"詞眼"。上片寫景。作者寥寥數筆,以動襯靜,描繪出一幅寧靜優美的水鄉圖畫。下片在敘事寫景中抒離愁,仍不離"溪"字。思婦早晚都要到溪邊去汲水,已經接連三年看到柳絮飛舞的景象,而丈夫卻還沒有歸來。從柳絮紛飛自然追憶當年折柳贈別,在平淡的敘述中蘊含着思婦不盡的思念和惆悵之情。這首詞語言曉暢,詞句清麗,音節諧婉,富於詩情畫意,含蓄雋永。上下片押韻都是先仄後平,音調起伏跌宕,婉曲纏綿,哀而不傷。前人推為"雅正"之音,"深得《國風·卷耳》之遺"(《詞林紀事》卷十九引《雅編》)。

蘇軾

江城子

乙卯[1]正月二十日夜記夢

　　十年[2]生死兩茫茫。不思量，自難忘。千里[3]孤墳，無處話淒涼。縱使相逢應不識，塵滿面，鬢如霜。　　夜來幽夢忽還鄉。小軒[4]窗，正梳妝。相顧無言，惟有淚千行。料得年年斷腸處，明月夜，短松岡[5]。

注釋

1. 乙卯：宋神宗熙寧八年（1075年）。
2. 十年：其妻王弗去世距作者作此詞正好十年。
3. 千里：王弗逝世後初葬汴京，次年歸葬四川彭山縣，距作者當時所在的密州千里之遙。
4. 軒：有窗的小屋。
5. 短松岡：種着小松樹的墓地。指王弗墓。

串講

　　十年來生死殊途，兩相渺茫。不須細細思量，我自難以把你忘懷。你孤獨地長眠於千里之外，我無處訴說滿腹的淒涼。縱然彼此能夠相逢，你恐怕也認不出我的樣子，我現在已是風塵滿面、兩鬢斑白！夜裡，我在夢中忽然返回了故鄉，看到你正在小屋窗前對鏡梳妝。彼此相對無言，只有淚水簌簌流個不停。我料想那明月之下，長滿矮松的墳岡啊，就是你年年仍為我柔腸痛斷的地方。

評析

　　蘇軾（1037－1101年），字子瞻，號東坡居士，眉州眉山人。仁宗嘉祐二年（1057年）進士。歷任鳳翔府簽判，杭州通判，知密、徐、湖諸州。元豐中被訕謗，入獄，後貶居黃州。元祐（1086－1094年）中，官職屢遷。紹聖（1094-1100年）初，再遭貶惠州，徙儋州。徽宗時赦還，卒於常州。他是宋代最傑出的作家，詩文詞書畫俱有造詣。其詞於風格、體制上皆有創新，清雄曠放之作新人耳目。這是一首悼念亡妻之作。蘇軾的妻子王弗，聰穎賢惠，知書識禮，自與蘇軾結婚以來，夫妻琴瑟調和，恩愛情深。不幸王弗在宋英宗治平二年（1065年）病故，歸葬於四川祖塋。熙寧八年，作者在密州（今山東諸城）任知州。這年正月二十日，他夢見了愛妻王弗，寫下了這首千古名篇。詞的上片寫夢前所思。前三句寫生死睽隔之久，相思之深。"不思量"先宕開一筆，然後再逼出正意"自難忘"，更見懷念之強烈。"千里"兩句為愛妻的孤獨淒涼而擔憂痛楚。"縱使"三句，設想忽然相逢而不相識的情景，抹煞了生死界限，語極沉痛。作者多年來與執政者政見不合，宦海浮沉，飽經風雨，鬢白如霜，滿腹辛酸淒涼，卻無處可訴，更加深了他鬱積的悲痛。這三句揉進了作者十年來仕途坎坷的艱辛遭際、對亡妻的深切懷念、自己年老體衰的悲愴，容量很大。下片描寫作者與亡妻夢中相會的情景。有上片刻骨思念的描寫做鋪墊，下片的入夢就合情合理了。"夜來"點明入夢。一個"忽"字表現出抑制不住的驚喜之感。"小軒窗，正梳妝"，揀出他們夫妻生活中一個普通鏡頭來集中概括十年前他們充滿歡樂的愛情。緊接着詞筆由喜轉悲。"相顧"兩句，寫猛然相逢時那種悲喜交加的複雜情緒。結尾三句設想亡妻長眠於地下，孤獨淒涼，卻仍因思念牽掛他而柔腸寸斷。"明月"、"松岡"極寫亡妻"孤墳"的寂寞荒涼景象，使人讀之感動落淚。唐圭璋《唐宋詞簡釋》評此詞說："真情鬱勃，句句沉痛，而音響淒厲，誠後山所謂'有聲當徹天，有淚當徹泉'也。"全篇將悲與喜、生與死、真與幻交織融合，情意沉鬱深厚，故而被古今詞評家譽為千古第一悼亡詞。

江城子

密州[1]出獵

老夫聊發少年狂。左牽黃，右擎蒼[2]。錦帽貂裘[3]，千騎捲平岡。為報傾城隨太守[4]，親射虎，看孫郎[5]。　　酒酣胸膽尚開張。鬢微霜，又何妨！持節[6]雲中，何日遣馮唐？會挽雕弓如滿月[7]，西北望，射天狼[8]。

注釋

1. 密州：州治在今山東諸城。
2. 黃：黃犬。蒼：蒼鷹。圍獵時用以追捕獵物。據《梁書·張充傳》記載，張充年少時喜好遊獵，出獵時常常"左手臂鷹，右手牽狗"，這裡暗用此典故。
3. 裘，皮襖。
4. 為報：為我告訴。傾城：全城。
5. 親射虎，看孫郎：孫權曾親自射虎於庱亭，這裡借以自指。
6. 節：符節。漢時馮唐曾奉文帝之命，持節復用魏尚為雲中太守。作者在這裡以馮唐自比，希望得到朝廷的重用。
7. 會：當。挽：拉開。雕弓：雕有花紋的弓。如滿月：把弓拉足，表示有力。
8. 天狼：星名，古時以天狼星主侵掠，這裡以天狼喻西夏，暗用《楚辭·九歌·東君》"舉長矢兮射天狼"句意。

串講

　　老夫聊且發發少年的狂放，左手牽着黃狗，右臂擎着蒼鷹。眾多頭戴錦帽身穿貂裘的騎士，像一陣狂風一樣捲過平野山岡。快告訴全城的人，跟隨我去打獵，我要像當年的孫郎那樣，親手射猛虎！酒酣耳熱，心胸開敞，心高膽壯，鬢邊微有幾點白髮，又有什麼妨礙！朝廷何時能派我持節邊疆，讓我為國征戰、立功沙場呢？我定要用力把雕弓拉得像一輪滿月，望着西北，射殺貪婪的天狼。

評析

　　熙寧八年，蘇軾任密州知州，時密州旱蝗災相繼。蘇軾往常山祈雨，後果得雨。這年十月間，再往常山祭謝，歸途中與同官會獵於鐵溝，作此詞。詞人借寫打獵習武，抒發渴望為國殺敵建功立業的豪情壯志。上片寫出獵場面。"老夫"三句，起勢突兀，直抒狂放。"狂"字為一篇之骨。"錦帽"二句，表現打獵喧騰熱鬧的壯觀場景。用大批人馬的浩蕩氣勢，進一步烘托自我的狂放形象。"為報"三句，用孫權射虎的典故，表現出威武氣概。下片抒發自己為國立功的壯志豪情。"酒酣"句，寫其心高膽壯。"鬢微霜"兩句，先稍一抑，再一揚，反使作者的狂放豪情畢現。接下來二句，巧用典故，表達自己希望得到朝廷重用的願望。"會挽"三句用一個特寫鏡頭，成功地烘托、勾勒出一個鬢染微霜卻挽弓勁射的英雄形象。通篇辭鋒凌屬，音韻鏗鏘，氣勢逼人，具有豪放的格調和陽剛之美，與當時婉約柔麗的詞風迥然有別。據說蘇軾寫這首詞後不久，曾寫信給好友鮮于佚說："近卻頗作小詞，雖無柳七郎風味，亦自是一家。呵呵。數日前，獵於郊外，所獲頗多。作得一闋，令東州壯士抵掌頓足而歌之，吹笛擊鼓以為節，頗壯觀也。"可見他自己對此詞也頗為得意。

望江南

春未老，風細柳斜斜。試上超然台上看：半壕[2]春水一城花。煙雨暗千家。　　寒食[3]後，酒醒卻咨嗟[4]。休對故人思故國，且將新火試新茶[5]。詩酒趁年華。

注釋

1. 超然台：位於密州北。蘇軾在密州做官時曾修葺此台，並作有《超然台記》和這首詞。
2. 壕：護城河。
3. 寒食：節令名，在清明節前一二天。從這天起禁火三天，吃冷食。
4. 咨嗟：歎息。
5. 新火：寒食節後重新點火，謂之新火。新茶：清明節前所採集、焙製的"雨前茶"。

串講

　　春天還沒有老去，微風細細，柳條兒斜斜地飄拂。到超然台上一看，只見護城河裡綠水悠悠，滿城鮮花爛漫，如煙的細雨籠罩着千家萬戶。時逢寒食之後，酒意漸消煩惱卻增多了。不要對着老朋友思念故土，且點燃新火煮盞新茶，趁着如今的好年華，盡情地飲酒作詩吧！

評析

　　這首詞作於神宗熙寧九年（1076年）蘇軾任密州太守時。詞的上片寫登台時所見城中春景。開首兩句就繪出一幅風細柳斜、春意盎然的景象。接下來三句，寫護城河裡春水蕩漾，城中處處繁花似錦，煙雨迷濛中依稀可見粉牆青瓦。下片抒發登覽所生之情。“酒醒卻咨嗟”句，寫作者的煩惱。作者徑直寫“酒醒”，可見此前已經醉了。因何喝酒致醉，作者沒有說，只說他“咨嗟”。“休對故人思故國”句點明“咨嗟”的原因是登台而懷念故土。這種情緒是如此強烈，以至於怕別人稍有提及，所以才懇請別人不要觸及它。結尾二句，筆鋒一轉，逼出正意，表達了自己要驅除煩惱、珍惜年華、及時行樂的豁達超然態度。全篇寫景純用白描，有小景，有大景，有工筆細描，也有潑墨寫意，寫得清麗如畫，情景相生。這是一首雙調小令詞，前調與後調句式相同中有變化，前調散中見整，後調整中有散。

水調歌頭

丙辰中秋[1]，歡飲達旦[2]。大醉，作此篇。兼懷子由[3]。

　　明月幾時有？把酒問青天[4]。不知天上宮闕，今夕是何年[5]。我欲乘風[6]歸去，又恐瓊樓玉宇[7]，高處不勝[8]寒。起舞弄清影[9]，何似[10]在人間！　　轉朱閣，低綺戶，照無眠。不應有恨，何事長向別時圓[11]？人有悲歡離合，月有陰晴圓缺，此事古難全。但願人長久，千里共嬋娟[12]。

注釋

1. 丙辰：神宗熙寧九年（1076年）。這首詞是本年中秋蘇軾在密州超然台飲酒賞月之作。

2. 達旦：到天亮。

3. 子由：蘇軾的弟弟蘇轍，字子由，此時在濟南。兄弟倆已有七年沒有見面了。

4. "明月"二句：化用李白《把酒問月》："青天有月來幾時？我今停杯一問之。"

5. "不知"二句：天上宮闕：指月宮。牛僧孺《周秦紀行》詩："共道人間惆悵事，不知今夕是何年。"

6. 乘風：《列子·黃帝》："乘風而歸……不知風乘我耶，我乘風耶？"

7. 瓊樓玉宇：美玉砌成的樓閣宮室，這裡指月中宮殿。舊題顏師古《大業拾遺記》載瞿乾祐與弟子在江邊賞月，有人問月中有什麼，瞿讓弟子順他指的方向看去，只見月中"瓊樓玉宇燦然"。

8. 不勝：經不住。唐鄭處誨《明皇雜錄》記載，中秋之夜，方士葉靜能邀請玄宗遊月宮。到月宮之後，感覺"寒凜特異"，玄宗忍受不住。這裡暗用此典。

9. 起舞弄清影：李白《月下獨酌》："我歌月徘徊，我舞影凌亂。"
10. 何似：哪能比得上。
11. "不應"二句：語出司馬光《溫公詩話》記石曼卿詩："月如無恨月長圓。"
12. 嬋娟：美女之稱。古代神話說月宮裡住着美麗的嫦娥，故嬋娟指嫦娥，用以代指月亮的嬌媚美好。

串講

　　我端起酒杯詢問青天：皎潔的明月何時才有？今晚天上的宮闕是哪一年？我真想駕長風返回月宮，又怕受不了瓊樓玉宇的清冷。在人間，我可以在明月下翩翩起舞，連同自己的清影一起嬉戲，天上的世界哪能如此呢！月光轉過朱紅色的樓閣，輕輕灑落在鏤花的門窗，灑落在不眠者的臉上。月兒該不是對人有怨吧？為什麼總在人們離別時變圓呢？人生有悲歡離合，月亮有陰晴圓缺。十全十美的事情，從古到今就極少見。但願普天下的離人都長久安健，哪怕彼此相隔千里萬里，只要共同沐浴着這柔美的月色，心與心就會緊緊連在一起！

評析

　　這首詞寫作者在密州超然台上飲酒賞月時的所感所想，表達對其弟子由的懷念之情，更表達他在政治失意時的複雜矛盾心情。上片由問天起筆，寫幻想乘風上天，但又覺得天上寒冷，不如人間溫暖，反映了作者對現實不滿，想逃避現實，最終仍執着於現實的矛盾心理。開頭四句接連問月問年，一似屈原《天問》，起得奇逸。唐人稱李白為"謫仙"，蘇軾也設想自己前生是月中人，因而起“乘風歸去”之想。經過天上人間的兩相比較，作者還是熱戀人世，覺得月下起舞、光影清絕的人生境界勝過廣寒清虛的天上宮闕。下片抒寫作者與胞弟的離別之情，深深感慨人生的悲歡離合，最後以達觀襟懷自我解脫，並對普天下的人們發出美好祝願。“轉朱閣”三句，由月光到月下的不眠者，自然過渡到懷人這

"明月幾時有？把酒問青天。"

一主題。“不應”二句，以癡問表現詞人的淒苦情緒。“人有悲歡離合，月有陰晴圓缺，此事古難全”三句，轉以自我安慰。結尾兩句，表達了作者以審美觀照的態度來對待現實人生的精神，顯示出他曠達的心胸。作者馳騁想像和幻想，驅遣神話傳說，化用前人詠月詩句，構造出一個清曠澄澈、神奇瑰麗的藝術境界。全篇筆墨空靈瀟脫，夭矯回折，跌宕多姿，捲舒自如，一片神行。正如鄭文焯所評：“從太白仙心脫化，頓成奇逸之筆。”（《手批東坡樂府》）

浣溪沙

　　簌簌[1]衣巾落棗花，村南村北響繅車[2]。牛衣[3]古柳賣黃瓜。　　酒困路長惟欲睡，日高人渴漫[4]思茶，敲門試問野人家。

注釋

1. 簌簌：紛紛下落的樣子。
2. 繰車：一種繰絲的工具。
3. 牛衣：用粗麻之類編織而成，蓋在牛身上保暖，這裡指粗布衣服。
4. 漫：隨意地。

串講

黃色的棗花紛紛落滿衣巾，繰車聲在村南村北此起彼伏地響起。古柳樹下，穿着粗布麻衣的賣黃瓜的小販兒高聲吆喝着。在暖烘烘的陽光照耀下，望着長長的村路，我忽然感覺到酒困人乏，睡意昏昏，口乾舌燥，很想討碗清茶來喝。於是，我輕輕敲響了一戶村野人家的柴門。

評析

元豐三年（1080年）春，徐州大旱。時任徐州知州的蘇軾為民祈雨。初夏雨後，他到徐州城東的石潭謝雨，並訪察附近農村，寫下一組五首農村詞。這是第四首，寫他在村野的見聞和感受。上片描繪具有濃郁田家生活氣息的鄉村初夏景象。"簌簌"句寫棗花紛紛灑落衣帽的景象。"簌簌"描摹棗花紛紛飄落的狀態和細微聲音，真切生動。"村南"句，寫農村繰車聲響四起，一派繁忙景象。"牛衣"句，由三個意象組成了一幅有聲有色的畫面。下片寫作者行路的艱辛和感受。作者經過長途跋涉，酒意未醒，人乏體困，口乾舌燥，因此很想求茶解渴，於是便敲響了農家的門。作者寫到此戛然而止，並沒有交代敲門後的結果，給讀者留下無窮的餘味。一個“試”字活現了作為州官的蘇軾對老百姓平易謙恭的形象。這首詞用語淺顯生動，風格清新優美。

卜算子

黃州定惠院寓居作 [1]

> 缺月掛疏桐，漏斷[2]人初靜。誰見幽人[3]獨往來？縹緲孤鴻[4]影。　　驚起卻回頭，有恨無人省[5]。揀盡寒枝不肯棲，寂寞沙洲冷。

注釋

1. 蘇軾經歷“烏台詩案”之後，於神宗元豐二年（1079年）被貶為黃州團練副使。元豐三年二月到達黃州，住黃州（今湖北黃岡）東南定慧院。定慧院又名定慧寺。
2. 漏斷：古代以漏壺盛水計時，漏壺水滴盡謂之漏斷，指時已深夜。
3. 幽人：原指幽囚之人，引申為含冤之人或幽居之人。此是作者自指。
4. 孤鴻：孤雁。
5. 省：瞭解，明白。

串講

　　殘月斜掛在枝葉稀疏的梧桐樹頂，此時漏壺的水已經滴盡，四處也悄沒人聲。有誰知道幽居之人此刻正獨自在庭院裡徘徊。孤雁在樹枝間飛來飛去，把影影綽綽的身影灑落在地上。它突然驚起又回頭張望，心懷幽恨卻無人理解。它揀遍了寒枝也不肯棲息，寧可歸宿清冷寂寞的沙洲。

"誰見幽人獨往來？縹緲孤鴻影。"

評析

　　這首詞寫於神宗元豐三年，是蘇軾初到黃州貶所的抒懷之作。上片通過對缺月、疏桐、漏斷這些淒冷意象的渲染，烘托貶所環境的冷寂和自己的孤獨。"誰見"二句，用孤鴻的縹緲身影襯托幽居之人的寂寞。下片以孤鴻隱喻自己。"驚起"二句，寫孤雁的神情動態和內心世界，正是作者剛出獄驚魂未定、憤鬱不平、顧影自憐的生動寫照。結尾兩句說孤雁不肯棲寒枝，寄託自己寧願引身隱居也不肯隨人俯仰的孤高自賞之情。作者用空靈雋逸的筆調描繪"幽人"與"孤鴻"或分或合、相互映照的孤高淒寂形象，創造了一個幽深清絕的象徵境界。清代黃蘇《蓼園詞選》云："初從人說起，言如孤鴻之冷落；下專就鴻說。語語雙關，格奇而語雋。"很有見地。

賀新郎

　　乳燕飛華屋[1]。悄無人、桐陰轉午[2]，晚涼新浴。手弄生綃白團扇[3]，扇手[4]一時似玉。漸困倚[5]、孤眠清熟。簾外誰來推繡戶？枉教人、夢斷《瑤台曲[6]》。又卻是、風敲竹。　　石榴半吐紅巾蹙[7]。待浮花浪蕊[8]都盡，伴君幽獨。穠豔[9]一枝細看取，芳意千重似束。又恐被、西風驚綠[10]。若待得君來向此，花前對酒不忍觸。共粉淚、兩簌簌[11]。

注釋

1. 乳燕：小燕子。華屋：華麗的房屋。
2. 桐陰轉午：桐樹的影子逐漸轉移，時間已指向午後。
3. 生綃：生絲，這裡指用生絲織的紗絹。白團扇：白色絲絹所製的圓形小扇。
4. 扇手：指白團扇和素手。《世說新語·容止》載，王夷甫容貌整麗，他拿的玉柄麈尾，同手的顏色一樣白。這裡暗用其事。
5. 倚：倚枕側臥。
6. 瑤台：美玉砌成的樓台，傳說在崑崙山，為仙人所居。曲：幽深之處。
7. 紅巾蹙：形容花瓣如紅巾皺褶。語本白居易《題孤山寺山石榴花示諸僧眾》："山榴花似結紅巾。"蹙:收縮,皺起。

8. 浮花浪蕊:指浮豔爭春的群花。

9. 穠豔:茂盛鮮豔。李白《清平詞》:"一枝穠豔露凝香。"

10. 西風驚綠:形容西風吹落石榴花,只剩一片綠葉。

11. 粉淚:女子的眼淚。簌簌:形容眼淚或葉子紛紛落下。

串講

　　雛燕飛過華麗的屋子,梧桐樹陰已指向午後,院內悄無一人,只有剛剛出浴的美人在院內乘涼。她手拿着白絹小團扇,手和扇子一樣潔白如玉。浴後的她漸覺得有些困乏,倚枕側臥獨自進入了夢鄉。朦朧中,似乎有人在掀開珠簾敲打門窗,這驚醒了她的美夢。側耳細聽,原來是風兒吹動翠竹的聲響。

　　等到那些浮豔爭春的花兒都開敗了之後,石榴花半吐像皺疊的紅巾一樣的花蕊,來陪伴美人度過這孤獨時光。摘取一枝石榴花兒仔細觀看,只見它重疊的花瓣緊裹着芬芳的心房。又恐怕西風把花兒吹落,只留下綠綠的葉子。若是等到美人來到花前對酒,只怕不忍面對眼前的淒涼景象。淚珠兒將與凋零的花瓣一起簌簌而落。

評析

　　這首詞作於元祐五年(1090年)夏,蘇軾知杭州時。關於它的詞旨,眾說紛紜。仔細分析起來,它應該是一首有寄託的詞。詞的上片塑造了一個超塵絕俗、孤寂無依的美人形象。"乳燕"三句,寫初夏午後的幽靜。乳燕斜飛,樹影悄移,美人居住的環境幽靜寂寥。"晚涼"一句，由環境描寫轉到人物身上。"手弄"兩句，寫美人浴後的秀麗。作者只描繪美人的手和扇子，用局部映現整體，給人以豐富的聯想餘地。手和扇的潔白如玉暗示女子的冰清玉潔，同時"白團扇"在中國古典詩詞裡還有特殊的象徵意義。相傳漢成帝的女官班婕妤失寵後寫《怨歌行》詩，以團扇的秋後被棄比喻自己的失寵。在這裡，團扇也暗示詞中女主人公與秋後的團扇具有同樣的命運。"漸困倚"以下，寫佳人孤眠，又為風竹驚醒。佳人因寂寞無聊而入睡，在夢中走向瑤台仙苑，卻又被蕭蕭竹聲驚醒。美人在內心有種朦朧的期待和盼望，所以她才恍惚聽到似乎有人在敲門窗。但結果發現卻是風敲竹的聲音。本來就寂寞的她又多了一層失望和悵惘，"枉教人"、"又卻是"很好地透露出女主人公的心理。下片專詠榴花，借以說人。"石榴"三句，寫石榴花幽獨高潔的品格。輕浮的花卉凋謝後，她才吐出穠豔的紅花，來陪伴佳人。這裡用石榴花的品格來映襯佳人的品格。"穠豔"以下幾句，傷石榴花事難久。穠豔孤高的石榴花也同樣會有凋零的一天。女主人公聯想到自己落寞的命運，不禁因景傷情，淚下如霰。此詞在藝術上有兩個重要特點，一是採用了映襯手法，以環境的幽靜來映襯主人公的寂寞，用手扇的潔白如玉映襯女主人公品性的高潔。二是運用了比興寄託的手法。詞的下片看似寫石榴花，實際在寫人，《蓼園詞選》說"是花是人，婉曲纏綿，耐人尋味不盡"，確實如此。蘇軾一生坎坷不平，詞中借寫佳人失時之態，寄託了自己的政治失意之感。

定風波

三月七日¹沙湖道中遇雨。雨具先去，同行皆狼狽，余獨不覺。已而遂晴，故作此。

> 莫聽穿林打葉聲，何妨吟嘯²且徐行。竹杖芒鞋³輕勝馬，誰怕？一蓑煙雨任平生。
>
> 料峭⁴春風吹酒醒，微冷，山頭斜照卻相迎。回首向來蕭瑟⁵處，歸去，也無風雨也無晴。

注釋

1. 三月七日：即元豐五年（1082年）三月七日。
2. 吟嘯：吟詠，長嘯。《晉書》卷四十九《阮籍傳》："登山臨水，嘯詠自若。"
3. 芒鞋：草鞋。
4. 料峭：形容微寒。
5. 蕭瑟：風雨聲。

串講

　　不要聽那穿林打葉的雨聲，何妨低吟長嘯慢步前行。拄竹杖、穿草鞋行走的感覺，輕鬆自在，勝過騎馬，有什麼可怕？就像對待人生的風雨一樣，我披一襲蓑衣，任憑它肆意吹打。料峭的春風把酒意吹醒，令人稍微感到有點寒冷，山頭的斜陽卻笑臉相迎。回頭看看剛才那風雨蕭蕭的山間小徑，揚長歸去，管它是風是雨還是晴！

評析

　　這首詞作於宋神宗元豐五年，蘇軾貶謫黃州後的第三年。詞前的小序交代了寫作的緣由。三月七日這天，作者因事到沙湖，歸途中遇雨被淋。同行人皆覺狼狽不堪，只有蘇軾毫不介意，不久天又晴了。作者借這件生活小事，表達自己的人生態度。詞的上片寫冒雨徐行的心情。“莫聽”兩句，寫作者在風雨聲中吟嘯徐行。一邊是自然界的風雨，一邊是作者悠然信步，兩相比照，展示出作者不為外物所擾的坦然生活態度。“竹杖”句，用近似俏皮的口吻活現作者樂觀開朗的性格。“誰怕”兩句，更描繪出一個在人生旅途上不畏風雨、泰然自若的詩人形象。下片寫雨後的景物和感受。“料峭”三句，寫雨過天晴之景。“回首”三句，表現自我的感受。作者雖然經歷了一場突來的風雨，但在他看來卻是“也無風雨也無晴”，好像什麼也沒有發生一樣，這表達了作者曠達樂觀、超然灑脫的胸襟和氣度。這首詞以風趣幽默的筆調將尋常的生活景象和深邃的人生哲理有機融合在一起，做到了簡樸中見深意，尋常處生波瀾。作者在八個七言句中巧妙地嵌入“誰怕”、“微冷”、“歸去”三個二字句，使節奏跌宕起伏，扣人心弦。

念奴嬌

赤壁[1]懷古

　　大江東去，浪淘盡，千古風流人物[2]。故壘西邊，人道是、三國周郎[3]赤壁。亂石崩雲[4]，驚濤裂岸[5]，捲起千堆雪[6]。江山如畫，一時多少豪傑！　　遙想公瑾當年，小喬[7]初嫁了，雄姿英發[8]。羽扇綸巾[9]，談笑間、檣櫓[10]灰飛煙滅。故國神遊[11]，多情應笑我[12]、早生華髮。人間[13]如夢，一樽還酹[14]江月。

注釋

1. 赤壁：周瑜破曹操的赤壁在今湖北蒲圻縣，蘇軾所遊為黃州赤壁，一名赤鼻磯。
2. 風流人物：傑出的英雄人物。
3. 周郎：周瑜，字公瑾，三國名將。他任建威中郎將時，年二十四，吳中皆呼為周郎。
4. 亂石：指群山峭壁。崩雲：一作"穿空"。
5. 裂岸：一作"拍岸"。
6. 千堆雪：浪花千疊。
7. 小喬：東吳喬玄有兩女，皆國色，稱大喬、小喬。小喬嫁周瑜在建安三年（198年），為赤壁之戰十年前事。這裡說"初嫁"，是為了營造英雄美人的氣氛。

8. 英發：談吐不凡，見識卓越。

9. 綸巾：青絲帶的頭巾。《三國志》說諸葛亮同司馬懿交戰時，"葛巾毛扇，指麾三軍，皆從其進止"，這裡移用來寫周瑜裝束儒雅，儀態從容。

10. 檣：船桅。櫓：一種划船工具。這裡用"檣櫓"指代戰船。檣櫓：一作"強虜"。

11. 故國：指三國的陳蹟。神遊：神往。一說，此指周瑜英魂神遊故國並譏笑作者。

12. 多情應笑我："應笑我多情"的倒裝。

13. 人間：一作"人生"。

14. 酹：以酒灑地，用以敬月。

串講

　　大江啊，滾滾滔滔地向東流去。巨浪淘沙，也淘盡了千古以來許多英雄人物。傳說在蘆荻蕭蕭的舊日營壘西邊，就是當年周瑜大敗曹操的赤壁。峭壁的亂石直穿向高空，崩散雲陣，驚濤如雷，捲起千萬堆雪白的浪花，似乎就要使江岸迸裂。雄壯的江山美麗如畫，一時間湧現出多少英雄豪傑啊！

　　遙想當年，周瑜剛娶了絕代美人小喬為妻，雄姿英發，豪氣橫溢。手搖羽扇，頭綰絲�巾，談笑之間，曹軍戰艦灰飛煙滅。如今我神遊在赤壁古戰場，大戰的情景猶使我心血沸騰。可笑我功業未成卻又多情善愁，過早地白了鬢髮。世事滄桑，人間如夢，還是灑一杯酒，祭奠這一輪江月吧！

評析

　　這首詞寫於宋神宗元豐五年（1082年）七月。當時，作者四十七歲，因"烏台詩案"被貶為黃州團練副使已兩年多了。作者在政治上遭受到的嚴重挫折使他思想異常苦悶，於是便常常在登山臨水和憑弔古蹟之中來尋求解脫。這首詞就是在這一背景下產生的。詞的上片描繪赤壁的雄奇景色。"大江東去"三句，從空間和時間兩個角度包舉了

"亂石崩雲，驚濤裂岸，捲起千堆雪。"

長江的奔騰氣勢和與之有關的歷史風雲變化，有無窮興亡之感。起筆氣勢雄偉，高唱入雲。"故壘"三句，點出赤壁。用"人道是"暗示此赤壁並非當年鏖戰之地，只是人們的傳說而已，下字極有分寸。"亂石崩雲" 三句，把眼前的亂山大江寫得雄奇險峻，渲染出古戰場的氣氛和聲勢。用"亂"修飾石，顯示出它的突兀參差，用"驚"寫濤，既寫出水勢激揚、鼓蕩，又寫出觀者驚心動魄的感受。"崩"、"裂"、"捲"三個動詞用得極生動，有氣勢，有力度。"江山如畫，一時多少豪傑"，承上啟下，概括前面的景色描寫，引出下文對人物的讚賞。下片借詠古代英傑，抒發了詩人的理想抱負和政治失意的牢騷、憤慨。"遙想"三句，用美人陪襯周瑜的風流瀟灑。"羽扇綸巾"三句，進一步刻畫周瑜溫文爾雅、從容不迫、指揮若定的儒將形象。在詞中塑造歷史英雄人物形象，是蘇軾的卓越開創。"故國"三句，由懷古歸到傷己，抒發自己功業無成的悲憤。結尾兩句放眼大江，舉

酒酹月，發出"人間如夢"的感慨，看似頹唐，實是超然曠達。全篇情緒激昂又起伏跌宕，氣象雄渾，境界壯闊，歷來被公認為東坡詞中清雄曠放風格的代表作。

臨江仙

夜歸臨皋[1]

　　夜飲東坡[2]醒復醉，歸來彷彿三更。家童鼻息已雷鳴。敲門都不應，倚杖聽江聲。

　　長恨此身非我有[3]，何時忘卻營營[4]？夜闌風靜縠紋[5]平。小舟從此逝，江海寄餘生。

注釋

1. 臨皋：地名，在黃州城南長江邊。元豐五年（1082年），蘇軾寓居於此，作此詞。

2. 東坡：本是地名，在黃州，蘇軾曾在那裡開了一片荒地，蓋了"雪堂"居住，並取了"東坡居士"的別號。

3. 此身非我有：語出《莊子·知北遊》，原意是說人由天地而生，身不屬己所有，受天地的支配，因而不可能得到和擁有"道"。在這裡，作者抱怨不能按照自己的理想去生活。

4. 營營：來往匆忙，頻繁。《詩經·小雅·青蠅》："營營青蠅。"後引申為功名利祿奔走勞神。

5. 縠紋：比喻水的波紋。

串講

　　夜裡，長時間在東坡飲酒以至於沉醉，醒來又飲又醉，等歸來時彷彿已是三更。家中童子鼾聲如雷，幾次敲門，他都不答應。沒奈何，只得倚着手杖，傾聽嗚咽的江濤聲。常常抱怨自己心中擺脫不了功名利祿的纏繞，不能支配自己的身體，無法率性而為。此時夜深風靜，江水泛起絲皺般平細的波紋。我真想駕起小船兒，從此遠去，在江湖中度過我的餘生。

評析

　　關於這首詞有一段故事。據葉夢得《避暑話錄》記載，蘇軾作詞的第二天，詞就被傳誦開來，當地方官徐君猷聽到"小舟從此逝，江海寄餘生"兩句後，以為蘇軾真的私自離開了，非常吃驚害怕。當時作者由於"烏台詩案"被流放到黃州，是罪人，所以徐君猷承擔走失罪人的責任，便忙去蘇軾處探究竟，結果發現蘇軾正在家中蒙頭大睡。這則故事未必可信，但我們也可以想見蘇軾此時行動的不自由和處境的艱難。這首詞正是這種苦悶環境的產物。詞的上片寫醉歸。先寫他借酒澆愁的豪興和醉眼朦朧的情態，再從敲門不應、倚杖聽濤的行為中表現他隨遇而安的生活態度與達觀超曠的精神世界。一位風神蕭散的"幽人"形象已呼之欲出。作者借助家童的鼾聲、自己的敲門聲以及江濤聲的襯托，營造出一個安恬靜美的秋夜境界。"倚杖"句還自然引出下片的慨然長歎。"長恨"、"何時"兩句，議論帶深情迸發而出，化用莊子語意不着痕跡，表現詞人要擺脫功名利祿羈束、追求精神自由超脫的心願。"夜闌"句以繁密的意象，展現秋夜江天風平浪靜、寥廓美好的景致，活畫出詞人顧盼自如、欣然陶醉的意態神情，隱含着詞人對靜謐空闊的理想天地的向往與追求。此句承上啟下，於是詞人的筆底，流出了結拍兩句，唱出了駕舟流逝、浪跡江海、將餘生融入大自然中的心音，也使全篇增添了飄逸浪漫的情調。此詞語言平易、流暢、精煉、優美，在短幅中寫出了真景致、真情性，又饒有理趣，是東坡小令的妙品。

鷓鴣天

時謫黃州[1]

　　林斷山明竹隱牆，亂蟬衰草小池塘。翻空白鳥時時見，照水紅蕖[2]細細香。　　村舍外，古城旁，杖藜[3]徐步轉斜陽。殷勤昨夜三更雨，又得浮生[4]一日涼。

注釋

1. 時謫黃州：元豐六年（1083年），蘇軾貶謫黃州時作。
2. 蕖：即芙蕖，荷花的別稱。
3. 杖藜：杜着藜杖。
4. 浮生：舊時認為人生飄忽不定，故稱浮生。

串講

樹林盡頭露出了明亮的山色，翠竹掩映着粉牆，小池塘邊的野草已經枯萎變黃，亂蟬在高處嘶叫個不停。時時可見白鳥在天空上下翻飛，水裡的荷花散發着細細的幽香。在村舍外古城旁的小路上，我拄着藜杖緩緩而行，這時西斜的太陽漸漸轉過了山岡。昨夜三更的一場透雨，使我漂浮無定的人生又得一日清涼。

評析

這首詞寫黃州時的幽居生活。上片寫景，景中含情；下片敘事、抒情、議論。作者隨意點染江村景物並敘寫閒步村外的感受，而其隨遇而安、自得其樂的曠放之情、超然之理已自然融入其中。開頭兩句寫了七種景物，個個鮮明生動。首句"林"、"山"、"竹"、"牆"的狀態及其相互關係，分別以"斷"、"明"、"隱"三詞描狀，一幅有高低、疏密、隱顯、明暗的山村遠景宛然在目。次句由遠而近，"蟬"、"草"、"池塘"分別用"亂"、"衰"、"小"形容，準確地捕捉住初夏雨後鄉村景物的特徵。這一聯意象密集，詞句極度濃縮。三四句寫白鳥翻空、紅蕖散香，推出了兩個特寫鏡頭，相互映照，有色有香有動態。"時時"、"細細"兩個疊字形容詞，使景物動中顯靜，營造出清幽而有生氣的意境氛圍。這一句用了杜甫"留連戲蝶時時舞，自在嬌鶯恰恰啼"（《江畔獨步尋花七絕句》）的句法，寫眼前景物，借鑒得妙。與前聯相比，意象疏朗，句子舒張，即此可悟寫景狀物疏密相間之妙。下片在筆意流轉的敘事中流露出徜徉山村的恬適之趣，卻又虛寫一筆

"昨夜雨"，並用"殷勤"二字將夜雨擬人化，自然引出情理相生、理趣融入日常生活情事中的點睛之句"又得浮生一日涼"。宋魏慶之《詩人玉屑》卷八引《庚溪詩話·誠齋論奪胎換骨》："有用古人句律，而不用其句意者。……唐人云：'因過竹院逢僧話，又得浮生半日閒。'東坡云：'殷勤昨夜三更雨，又得浮生一日涼。'……此皆以故為新，奪胎換骨者。"清代鄭文焯《手批東坡樂府》："淵明詩：'嘯傲東軒下，聊復得此生。'此詞從陶詩中得來，逾覺清異。"全篇妙用白描寫景狀物，有聲有色，善於融化前人詩句而營造新境，情調與風格頗得陶淵明詩神味。

水龍吟

次韻章質夫《楊花詞》[1]

似花還似非花，也無人惜從教墜[2]。拋家傍路，思量卻是，無情有思[3]。縈損柔腸，困酣嬌眼，欲開還閉。夢隨風萬里，尋郎去處，又還被、鶯呼起[4]。　　不恨此花飛盡，恨西園、落紅難綴[5]。曉來雨過，遺蹤何在？一池萍碎[6]。春色三分，二分塵土，一分流水[7]。細看來，不是楊花，點點是離人淚。

注釋

1. 次韻：依照所和詩詞的韻及其用韻的先後次序寫，稱次韻。
   章質夫：名楶，蒲城人。英宗治平二年（1065 年）進士。
   徽宗時同知樞密院事，諡號莊簡。他有名作《水龍吟·楊花
   詞》，蘇軾此詞就是章詞的和作。
2. 從教墜：任憑楊花墜落。
3. 有思：即有情。這裡 "思" 與柳絲的 "絲" 諧音雙關。
4. "夢隨風"三句：化用唐人金昌緒《春怨》詩："打起黃鶯兒，
   莫教枝上啼。啼時驚妾夢，不得到遼西。"
5. 綴：連接。
6. 萍碎：蘇軾自注："楊花落水為浮萍，驗之信然。"這是不
   符合科學的說法，但作為詩的想像是美妙的。
7. "春色"三句：化用宋初葉清臣《賀聖朝》詞意："三分春色
   二分愁，更一分風雨。"

串講

　　像花而又好像不是花，也無人憐惜，任憑她隨風飄落。她
告別出生的母枝，孤零零地墜落路旁。仔細想來，她貌似冷漠
無情，內心卻被離愁別緒折磨得柔腸寸斷。困倦的嬌眼，睜開
了重又閉合。魂夢正隨着春風飄向萬里之外去尋找情郎，卻突
然被黃鶯的啼叫聲驚起。人們並不惋惜楊花從枝上飄落殆盡，
只為西園的落紅難返故枝而遺憾惆悵。清晨雨後，何處可見楊
花的遺蹤？早變作了滿池細碎的浮萍。眼前的三分春色，二分
化作塵土，一分被流水帶走。這哪裡是楊花啊，那點點滴滴，
零零落落，可不是離人瑩瑩珠淚嗎？

評析

這是古詩詞中詠物的名篇，作於神宗元豐四年（1081年），其時蘇軾謫居黃州。詞中以生動傳神的筆墨描繪楊花的形象，並以楊花比擬人的飄零淪落，表達感時傷春的幽怨之情，並寄寓作者坎坷失意的身世之感，具有獨到的藝術特色和強烈的感染力，因而一直為歷代讀者所稱道。上片抓

"似花還似非花，也無人惜從教墜。"

住楊花的特點刻畫，並處處隱喻思婦。"似花"二句，既描狀楊花形態，又點出楊花無人憐惜的命運。接下來分三層寫楊花的可悲命運："拋家"三句，寫楊花無家可歸；"縈損"三句，寫楊花依戀故枝；"夢隨風萬里"三句，寫楊花隨風飄蕩。下片進一步描寫楊花命運，抒發作者的傷春情緒。"不恨"兩句，寫楊花無人憐惜，把詠楊花和抒發傷春之情交織在一起。"曉來"三句寫楊花被風雨摧殘的不幸遭遇。"春色"三句，有意把春色與楊花混寫，暗示楊花飛盡就意味着春已歸去，進一步表現作者的惋惜惆悵之情。"細看來"兩句，以楊花好像離人之淚作結，把傷春情緒推到極點。此詞緊扣楊花的特點，運用正面描寫與側面烘托、反襯等技巧，細緻、貼切、傳神地描繪，又不停留在詠物上，明寫楊花，暗喻思婦，更借思婦含蓄表達自己宦海浮沉的感慨和對於時事世態的悵惘，使人花互映，情景交融，詠物不粘不脫，亦虛亦實。全篇抒情濃摯，意蘊豐厚，韻味深長，表面婉約而實沉鬱。這都勝於章質夫原詞詠物工於形似抒情只詠離思。王國維《人間詞話》評云："詠物之詞，自以東坡《水龍吟》為最工。" 確非虛譽。

李之儀

卜算子

> 我住長江頭，君住長江尾。日日思君不見
> 君，共飲長江水。　　此水幾時休[1]？此恨何時
> 已[2]？只願君心似我心[3]，定[4]不負相思意。

注釋

1. 休：停止，終止。
2. 已：停止，完結。
3. 只願君心似我心：化用五代詞人顧敻《訴衷情》："換我心，
   為你心，始知相憶深。"
4. 定：此處用作襯字，詞學中稱為"添聲"。

串講

　　我住在長江的源頭，你住在長江的末尾。天天想念你卻見
不到你，你和我同飲長江之水。這江水什麼時候停滯不流？我
的離恨什麼時候才能止息？但願你的心也像我的心一樣，莫要
辜負我的一片深情厚意。

評析

　　李之儀，生卒年不詳，字端叔，晚號姑溪居士、姑溪老農，滄州無棣（今屬山東）人。神宗熙寧三年（1070年）進士。能文，詞以小令見長。此詞以滾滾長江水為比興，展現戀人之間刻骨銘心的相思之情。上片以長江作媒介，表現兩地的相思。前兩句極寫兩地相隔之遠。"日日思君不見君"，可見相思之切。"共飲長江水"，這裡巧借長江水綰合二人，表現彼此心靈的相通。下片抒發主人公對愛情的堅貞。漢樂府《上邪》中的女主人公曾經用自然界"山無陵，江水為竭，冬雷震震，夏雨雪，天地合"五種不可能有的現象來表現自己對愛情的堅貞態度，"此水"二句，即是由漢樂府中"江水為竭"句意衍變而來，語意卻更加通俗顯豁。最後兩句，表達了主人公不負相思的誓言。這首詞明白如話，語淺情長，清新活潑，質而能腴，是一首充滿民歌風味的佳作。

黃庭堅

清平樂

　　春歸何處？寂寞無行路[1]。若有人知春去處，喚取[2]歸來同住。　　春無蹤跡誰知？除非問取黃鸝[3]。百囀[4]無人能解，因風飛過薔薇[5]。

注釋

1. 無行路：指春天沒有留下蹤跡。
2. 喚取：呼喚。取：語助詞，與下片"問取"的"取"同。
3. 黃鸝：即黃鶯，黃鳥。
4. 百囀：形容黃鸝婉轉的鳴叫。
5. 因風：乘着風勢。"飛"：一作"吹"。

串講

　　不知道春天回到哪裡去了，到處都一片寂寞，找不到它的行蹤。如果有人知道春天的去處，就喊它回來同我們住在一起吧。春天沒有蹤跡，到底誰知道它的去向呢？除非去問一問黃鶯了。黃鶯千百遍地婉轉啼叫，但沒人能夠聽懂它的意思。於是，它乘着風勢，飛過了盛開的薔薇花。

評析

　　黃庭堅（1045－1105年），字魯直，自號山谷道人，晚年號涪翁，洪州分寧（今江西修水）人。英宗治平四年（1067年）進士。歷任葉縣尉、校書郎、國史編修官等職。他是著名詩人，開創了江西詩派，與蘇軾並稱"蘇黃"。這首詞抒寫作者的傷春惜春之情。詞的上片以擬人化的手法寫春天一去無蹤，表現詩人對春天的無限留戀之情。作者以"春歸何處"的問句開篇，急切地尋找春天的去處，表現了他對春天的關注與癡情。接下來"寂寞"句，是對前句的回答，流露出作者對春天逝去無跡的無限失落悵惘。三四兩句，幻想有人喚取春天回來同住，語極天真誠摯，作者的一片惜春深情躍然紙上。這種奇想與王觀《卜算子》中"若到江南趕上春，千萬和春住"之句同一機杼。明人沈際飛說："趕上和春住，喚取歸同住，千古一對情癡，可思而不可解。"詞的下片仍以尋春為線索，寫向黃鸝打聽春的消息，仍然是情癡之語，黃鸝卻只是向他鳴囀了一通，就順着風勢飛走了。結尾寫黃鸝因風飛過薔薇，以景結情，語極無奈，情極悵惘，讓人感覺到餘音嫋嫋，回味不盡。這首詞立意新穎，構思精巧又曲折有致；它的語言輕巧，情味雋永，不愧為膾炙人口的名篇。

秦觀

滿庭芳

山抹微雲，天連¹衰草，畫角聲斷譙門²。暫停征棹³，聊共引離尊⁴。多少蓬萊⁵舊事，空回首，煙靄紛紛。斜陽外，寒鴉萬點，流水繞孤村⁶。　　銷魂⁷，當此際，香囊⁸暗解，羅帶輕分⁹。謾贏得青樓，薄倖名存¹⁰。此去何時見也？襟袖上，空惹啼痕。傷情處，高城望斷，燈火已黃昏。

注釋

1. 天連：一作"天粘"。
2. 畫角：古管樂器。出自西羌，形同竹筒，本細末大。以竹木或皮革製成，因外加以彩繪，故稱畫角。發聲哀厲高亢，古時軍中多用以警昏曉。譙門：即譙樓，古時建築在城門上用以瞭望的樓。
3. 棹：船槳，此代指船。征棹：遠行的船。
4. 引：持，舉。尊：同"樽"，古代盛酒器具，此代指酒。
5. 蓬萊：閣名，五代錢公輔所建，舊址在今浙江紹興龍山麓。

6. "寒鴉"二句：化用隋煬帝楊廣詩："寒鴉千萬點，流水繞孤村。"

7. 銷魂：形容極度悲痛。

8. 香囊：盛香料的小袋，俗稱香荷包，佩於身或懸於帳以為飾物。

9. 羅帶：古時女子用錦帶製成菱形連環回文結，以示同心恩愛。林逋《相思令》："君淚盈，妾淚盈，羅帶同心結未成。"輕：輕易。

10. "謾贏得"二句：化用杜牧《遣懷》詩意："十年一覺揚州夢，贏得青樓薄幸名。"謾：通"漫"，空，徒然。青樓：妓館。薄幸：薄情。

串講

　　一縷淡淡的白雲橫抹於遠處半山腰間，低垂的天幕與無邊的衰草連成一片，城樓上傳來畫角時續時斷的嗚咽。暫時止住遠行的船兒，讓我們同飲一杯苦澀的離別酒。蓬萊閣多少難忘的往事呵，此刻都化作迷茫縹緲的煙雲，讓人徒然回首傷情。斜陽西下處，只見千萬隻寒鴉飛舞，一灣流水繞過孤村。此時真讓人淒然傷神！她默默解下香囊相贈，輕輕拆開同心的羅帶。多少年來我混跡於青樓歌館之中，此時卻空落了個薄情郎的名分。這次我離開了，何時才能相見？襟袖上，怕是空留下斑斑淚痕吧。而最傷心的，是那高高的城牆漸漸從眼中消失，只留下暮色黃昏中滿城燈火。

評析

　　秦觀（1049－1100年），字太虛，後改字少遊，學者稱其淮海先生，揚州高郵（今屬江蘇）人。神宗元豐八年（1085年）進士。曾任太學博士、秘書省正字、國史編修官，為"蘇門四學士"之一。紹聖（1094－1098年）初，因與蘇軾等交往獲罪，被貶往郴州、雷州等地。元符三年（1100年）放還，卒於途中。他的詞情韻兼勝，是婉約詞的代表人物之一。這是他的一首代表作，抒寫離情別緒。詞人從繪景開筆，"山抹微雲，天連衰草"八字，寫極目遠眺時雲橫山斷、草天相接的秋景，勾勒出一片暮靄蒼蒼的蕭瑟氣象。一"抹"字，一"連"字，以畫法寫詩，一新奇，一自然，歷來為人讚賞。"畫角聲斷譙門"句，寫傍晚時分畫角聲又從城樓上斷續傳來，更增添了幾分愁慘黯淡的氛圍，為下文抒寫離別作鋪墊。"暫停"二句，點明別離。景色本來就夠慘澹的了，而詞人又不得不與所愛之人分別，就更增了十分煩惱。寫"暫"停行船，和所愛之人"聊"飲離別之酒，其中的惆悵和無可奈何，宛然可見。別離在即，詞人不覺回想起往事。"多少蓬萊舊事，空回首，煙靄紛紛"三句，既說往事如煙，又切合所見之景，充滿迷茫的感歎，可謂亦情亦景，亦虛亦實，筆墨靈活。下面"斜陽外"三句，再轉入寫景，以夕陽西下、歸鴉萬點、流水孤村這無言的畫境結束上片，呼應起首，把痛苦之情表現得更迷離惝恍。此處點化前人詩，又有發揮創新，筆法高妙，為千古妙句。晁補之讚賞道："雖不識字人，亦知是天生好言語。"（《詩人玉屑》卷二十一引）過片處，詞人直賦情事，坦陳胸臆。"香囊暗解，羅帶輕分"暗寫別前歡娛，突出贈物臨別。"謾贏得青樓，薄幸名存"二句，隱括了杜牧《遣懷》的詩意，抒寫無奈別離的情意，更寄寓詞人仕途坎坷、鬱悶壓抑的心緒，有怨有憤，有謔有嘲，感情極豐富。"此去"二句，乍分離即詢問何時能再相見，寫得淒婉纏綿。一個"空"字，寄寓了對前程渺茫、後會無期、相思無益的感傷、幽怨。最後三句，設想別後行舟漸行漸遠，逐漸看不見高城，更看不見情人，只見黃昏中朦朧的燈火。以景結情，有不盡淒婉悲涼之意。全詞情、景、事融為一體，聲情婉轉，境高情深，讀來字字傷情。全篇以時間推移寫來，脈絡清晰，層次井然，在一氣貫穿中又有往復低回、涵詠不盡之妙。

鵲橋仙

纖雲弄巧[1]，飛星傳恨[2]，銀漢迢迢暗渡[3]。金風玉露[4]一相逢，便勝卻人間無數。　　柔情似水[5]，佳期如夢，忍顧鵲橋歸路[6]。兩情若是久長時，又豈在朝朝暮暮[7]。

注釋

1. 纖雲弄巧：雲彩巧於變幻，俗稱"巧雲"。這裡暗點節令七夕，即陰曆七月七日，又稱乞巧節。是夕，婦女們向織女星祈禱，請求傳授刺繡縫紉的技巧。

2. 飛星傳恨：指流星為牛郎織女傳遞離恨。

3. 銀漢：銀河。迢迢：遙遠貌。

4. 金風：秋風。玉露：晶瑩如玉的露珠。李商隱《辛未七夕》
   詩：「由來碧落銀河畔，可要金風玉露時。」這裡暗用此句
   句意。

5. 柔情似水：謂溫柔多情，似流水般綿綿不絕。

6. 忍顧：即「豈忍顧」之意，不忍回頭看。鵲橋：傳說每年的
   七夕，喜鵲搭成長橋，讓牛郎織女渡銀河相聚。

7. 朝朝暮暮：謂朝夕相守。

串講

　　纖細的彩雲，在空中編織出各種巧麗的圖案；流星劃過，
為牛郎織女傳遞着離愁別恨。今夜，他們就要悄悄渡過迢迢的
銀河會面了。乘着涼爽的秋風，踏着珍珠般晶瑩的露珠，他們
每年的這一次相逢，抵得上人間的千遍萬遍。柔情像流水般綿
長，佳期卻似夢一樣空幻，鵲橋上的他們都不忍心去看返回的
路。其實只要兩人心心相印，情誼天長地久，又何必一定要早
早晚晚形影相伴呢？

評析

　　詞人借牛郎織女悲歡離合的神話故事，歌頌了誠摯堅貞的
愛情。「纖雲弄巧，飛星傳恨」二句，借描繪牛郎織女相會時
的星空美景反襯他們心中的幽怨。「迢迢」既是寫銀河的寬
闊，也刻畫他們此刻的真實感受。「暗渡」既寫出相會時夜色
朦朧的特點，也點出他們是愛情幽會。「金風玉露」兩句，由
敘事轉為議論，讚頌他們的真情摯愛。下片寫臨別時的依依不

捨。"柔情似水，佳期如夢"二句，寫相會時的繾綣情思。而乍相見又要分離使他們感覺眼前的歡會恍若夢幻泡影。"忍顧鵲橋歸路"，用生動的細節和反詰語氣，把牛郎織女纏綿留戀、難捨難分的情緒表達得淋漓盡致。"兩情若是久長時，又豈在朝朝暮暮"兩句，筆鋒一轉，一掃前面的憂傷情調，轉而抒發對堅貞不渝愛情的由衷讚美和哲理性思考，把全詞的意境升華到一個新的高度。明代李攀龍說得好："七夕歌以雙星會少別多為恨，獨少遊此詞謂'兩情若是久長'二句，最能醒人心目。"（《草堂詩餘雋》）

踏莎行

郴州[1]旅舍

霧失樓台，月迷津渡[2]，桃源[3]望斷無尋處。可堪[4]孤館閉春寒，杜鵑[5]聲裡斜陽暮。

驛寄梅花[6]，魚傳尺素[7]，砌成此恨無重數。郴江幸自繞郴山[8]，為誰流下瀟湘[9]去？

注釋

1. 郴州：近湖南郴州市。
2. 津渡：渡口。
3. 桃源：語出陶淵明《桃花源記》，此處用以指理想中的避世之地。

4. 可堪：哪堪，意為怎麼受得了。

5. 杜鵑：又名子規，啼聲凄切。

6. 驛寄梅花：《荊州記》載，南朝陸凱與范曄是好朋友，自江南寄梅花一枝給在長安的范曄，並贈詩說：“折梅逢驛使，寄與隴頭人。江南無所有，聊贈一枝春。”這裡用來指朋友的寄贈和安慰。

7. 尺素：書信。古樂府《飲馬長城窟行》：“呼兒烹鯉魚，中有尺素書。”

8. 郴江：水名，源出郴州東面的黃岑山，北流至郴口，入湘江支流耒水。幸自：本來，本自。

9. 瀟湘：瀟水和湘水，是湖南的兩條河。

串講

　　濃霧瀰漫，遮住了高樓台閣；月色迷離，不見了渡口道路。極目遠望那桃源仙境，卻找不到它究竟在何處。春寒料峭，客舍緊閉，暮色蒼茫之中不時傳來子規凄切的叫聲。此情此景，誰能忍受得了呢？友人通過驛站贈送我一枝梅花，還捎來一封家書，這更使我心中堆砌成無數重的愁苦。郴江啊，你本來是緊緊圍繞着郴山的，為什麼卻要無情地向瀟湘流去呢？

評析

　　紹聖四年（1097年），秦觀貶居郴州作。詞中描繪了貶居地的荒涼和他的孤寂處境，抒寫了他對被貶的怨恨。起首三句寫夜霧瀰漫，月色朦朧，看不見樓台渡口，更看不見桃源仙境。所寫非實景，而是詞人虛構的意想之景，象徵作者理想的迷失、前途的渺茫和內心的絕望悲苦。清代黃蘇《蓼園詞選》說："霧失月迷，總是被讒寫照。"深中肯綮。這三句有籠罩全篇之妙。"可堪"兩句，所寫方是作者所見所聞之實景。近人王國維說："少遊詞境，最為淒婉。至'可堪孤館閉春寒，杜鵑聲裡斜陽暮'，則變而淒厲矣。"貶謫中的作者，孤零零的旅舍，料峭的春

"霧失樓台，月迷津渡，桃源望斷無尋處。"

寒，加上斜陽暮靄，子規淒叫，數種令人生愁的因素彙集在一起，確實夠得上淒厲了。"斜陽暮"，宋代一些詞評家認為語近重疊，有改為"簾櫳暮"或"斜陽曙"的。明代楊慎在《詞品》卷三反駁說："見斜陽而知日暮，非復也。"是中肯的。下片抒發作者心中的怨恨。作者愁深恨苦，竟然覺得親友寄贈的梅花和尺素越多，他的離愁別恨也積得越深。"砌"字說梅花、尺素彷彿磚石堆砌成"無重數"的恨。這匪夷所思的想象，把抽象、微妙的感情化作了可見可觸的形象，真是妙筆。結尾二句，埋怨郴江遽然遠離郴山而去，實是暗喻自己離開故國遠謫他鄉，語意沉痛，無理而情深。蘇軾特別欣賞這兩句，曾親自把它寫在扇上。全篇筆調淒婉，情緒低沉，意境哀苦淒厲，撼人心魄。用字煉句極凝煉傳神，堪稱精深高妙之作。

浣溪沙

　　漠漠[1]輕寒上小樓，曉陰無賴似窮秋[2]。淡煙流水畫屏[3]幽。　　　自在[4]飛花輕似夢，無邊絲雨細如愁。寶簾[5]閒掛小銀鈎。

注釋

1. 漠漠：猶漫漫，瀰漫廣佈的樣子。
2. 無賴：無聊，可厭。窮秋：晚秋。
3. 畫屏：裝飾彩畫的屏風。
4. 自在：形容落花隨風飛舞，自由逍遙。
5. 寶簾：珍珠寶玉製作的帷簾。

串講

　　薄薄的春寒瀰漫着整個小樓，拂曉的陰冷天氣如同晚秋一樣令人厭煩，畫着淡煙流水的畫屏把室內裝點得幽靜雅致。自在翻飛的落花像夢一樣飄紗輕柔；絲雨漫天飛灑，如同憂愁一樣細密綿長。那珍珠簾兒悄然閒掛在小小的銀鈎上。

評析

　　這首詞以輕靈的筆法描繪了一個女性細微的寂寞和淡淡的哀愁。"漠漠"句，寫輕寒。這句主語雖是"輕寒"，但實際是在寫人的感受，作者故意把詞中的女主人公藏在敘述的背景裡面，以取得空靈醞藉的藝術效果。"曉陰"句寫天近拂曉，天氣陰冷得如同晚秋一樣。"無賴"一詞，傳達出女主人公無聊煩悶的情緒。"淡煙"句，寫畫屏上的淡煙流水畫，使室內環境顯得清幽雅靜，也烘托出女主人公的孤寂。下片進一步寫女子的寂寞和淡淡的哀愁。"自在"二句，巧妙運用比喻手法描摹出女主人公的殘夢和春愁。作者抓住落花與殘夢都飄忽不定，絲雨和春愁都千絲萬縷、連綿不斷的特點，把它們巧妙地聯繫在一起。通常的比喻用具體事物比喻抽象事物，這裡卻反其道而行之，不言夢似飛花，而說飛花似夢；不言愁如絲雨，而言絲雨如愁，極為新奇美妙。明代卓人月、徐士俊《古今詞統》謂"自在二語，奪南唐席"，近代梁啟超說"奇語"（梁令嫻《藝蘅館詞選》乙卷引），都對此二句評價很高。"寶簾"一句，以景結情，用帷簾閒掛的景象盡顯女主人公百無聊賴的心情和淡淡的哀愁。詞中並沒有直接寫人，而女主人公哀怨的形象宛然若現，這主要得益於詞中的氣氛渲染和環境烘托。全詞意境清幽空靈，音韻諧美，是一篇極精緻的藝術品。

如夢令

遙夜沉沉如水[1]，風緊驛亭[2]深閉。夢破鼠窺燈，霜送曉寒侵被。無寐，無寐，門外馬嘶人起。

注釋

1. 遙夜：長夜。沉沉：夜深的樣子。

2. 驛亭：古代供過往官員差役歇宿、換馬的館舍。

串講

　　長夜沉沉如潭水那樣幽深，外面冷風颳得正緊，驛站緊緊閉着門窗。從睡夢中醒來，只見一盞昏黃的油燈搖曳，老鼠卻躲在燈下窺視。繁霜把拂曉的嚴寒送進門來，讓人在被窩裡也感覺到冰冷。正輾轉不眠間，忽然傳來馬的嘶鳴聲，已有遠行的旅客起身，準備登上征程。

評析

　　作者貶徙郴州途中夜宿驛亭，作此詞，表現他旅途淒涼寂寞的心境。詞的開始兩句寫旅舍的荒寂。用"水"來比喻遙夜，極寫夜的漫長幽深寒冷，也暗示出作者夜裡並沒有睡着。北風緊吹、驛亭深閉的景象，讓人倍感淒苦。三、四兩句，寫醒來所見所感，進一步表現旅舍的荒寂蕭條。"鼠窺燈"這一細節非常生動傳神，寫出驛亭的荒涼破敗，叫人毛骨悚然。"寒侵被"寫拂曉時分的寒氣竟然侵透被窩，可以想見天氣之寒冷。"無寐"二疊句，直寫難以入睡。最後一句，通過聽覺表現驛亭拂曉的情景極真切。他人整頓行裝，意味着作者也要開始新一天的旅途奔波。詞中無一字道及旅途之愁苦寂寞，而作者的愁苦寂寞滲透於字裡行間。秦觀詞淒婉含蓄，於此可見一斑。

賀鑄

鷓鴣天

半死桐[1]

> 重過閶門[2]萬事非，同來何事不同歸[3]？梧桐半死[4]清霜後，頭白鴛鴦失伴飛[5]。　　原上草，露初晞[6]。舊棲新壟兩依依[7]。空床臥聽南窗雨，誰復挑燈夜補衣！

注釋

1. 半死桐：漢枚乘《七發》說，龍門有桐，高百尺而無枝，其根半死半生，斫以為琴，能發出天下至悲之音。後人詩句常用半死梧桐比喻喪失配偶，如白居易《為薛台悼亡》："半死梧桐老病身。"賀鑄以"半死桐"為題，取其悼亡之意。

2. 閶門：蘇州城西門。

3. 同來何事不同歸：作者夫婦曾經在蘇州寓居過一段時間，後來妻子死在那裡，故云同來不同歸。

4. 梧桐半死：比喻喪偶。

5. 頭白鴛鴦失伴飛：比喻老年喪妻。"頭白"一語雙關，鴛鴦頭上長有白毛。李商隱《石城》："鴛鴦兩白頭。"

6. 露初晞：露水初乾。古樂府《薤露》："薤上露，何易晞！

露晞明朝更復落，人死一去何時歸？”以草上露水易乾為喻，感歎人生短促。這裡化用其意。

7. 舊棲：指過去同居的寓所。新壟：新墳。

串講

這次重過閶門已是萬事皆非了。當年你我同來此地，今日為什麼不與我一同歸去呢？我如今像經霜打的梧桐一樣已經死去了一半，又像失去伴侶的白頭鴛鴦一樣孤苦伶仃。荒原青草上的露水一會兒就被晾乾了，你短促的生命不也和這一樣嗎？但願我們的故居和你的新墳緊緊相偎依，永不分離。夜裡，我躺在空床上聽着南窗的雨聲，眼淚也滴答落下，還有誰再為我挑燈熬夜縫補衣服呢？

評析

賀鑄（1052 —1125年），字方回，宋太祖賀皇后族孫。耿直任俠，不阿權貴，一生屈居下僚。晚年隱居蘇州、常州，自號慶湖遺老。詩詞文皆善。此詞又名《思越人》，是賀鑄為其妻子趙氏夫人作的一首悼亡詞。趙氏夫人為宗室濟良恪公趙克彰之女，嫁與賀鑄後頗能吃苦耐勞，奉侍夫婿，二人感情甚篤。這首詞表達了詞人對亡妻的深切懷念，也流露出孤獨淒涼的心情。上片前兩句寫物是人非的感慨。作者重過閶門，看到舊居，不禁想起逝去的妻子，悲痛不已，從心中迸發出“同來何事不同歸”的悲問。喪偶的悽愴，獨處的悲痛，都從這一聲悲問中宣泄出來。接下來兩句，連用兩個比喻，寫自己的不幸遭遇。失去妻子後的孤獨寂寞淒涼悲傷都從"半死梧桐"、"失伴鴛鴦"這兩個比喻中得到形象的展現。下片"原上草，露初晞"二句，既是作者對荒郊亂塚所見景象的描寫，更是用來象徵妻子之死。是亦興亦比、亦實亦虛之妙筆。"舊棲新壟兩依依"句，寫對亡妻的眷戀。"舊棲"是生者的故居，"新壟"為亡者長眠之所，生與死已屬於兩個世界，但這並不能阻擋作者對亡妻的懷念與眷戀。"兩依依"正表達了作者這種生死不渝的摯情。"空床臥聽南窗雨，誰復挑燈夜補衣"二句，尤為精警。空床獨臥，本已孤寂，夜雨淅瀝，又添淒涼，而於此時回憶妻子挑燈補衣這一溫馨美好的生活細節，作者怎能不淚落如雨。可見細節描寫在行文中的重要性。這首詞感情深摯，哀婉動人，在悼亡詞中可與蘇軾的《江城子》(十年生死兩茫茫)相媲美。

將進酒

城下路，淒風露，今人犁田古人墓。岸頭沙，帶蒹葭，漫漫昔時流水今人家[1]。黃埃赤日長安道，倦客無漿馬無草[2]。開函關，掩函關，千古如何不見一人閒[3]？　　六國擾[4]，三秦掃[5]，初謂商山遺四老[6]。馳單車，致緘書[7]，裂荷焚芰接武曳長裾[8]。高流端得酒中趣，深入醉鄉安穩處[9]。生忘形，死忘名，誰論二豪初不數劉伶[10]？

注釋

1. "城下路"六句：語本唐代詩人顧況《悲歌》："邊城路，今人犁田昔人墓。岸上沙，昔時江水今人家。"感慨自然滄桑變化和人事之無常。蒹葭：蘆葦。

2. "黃埃"兩句：語本顧況《長安道》："長安道，人無衣，馬無草。"長安道：指通向京城的道路。漢唐都城皆為長安，後用以代指京都。漿：泛指飲料。

3. "開函關"三句：言函谷關關開關掩，走馬燈似地改朝換代，然長安道上總充滿人渴馬飢的爭逐。函關：即函谷關，進入長安的必由之路，時平則開，時亂則掩。

4. 六國擾：指秦末農民大起義時，齊、楚、燕、韓、趙、魏六國復起自立為王，爭奪天下。

5. 三秦掃：《史記·高祖本紀》記載，項羽破秦入函谷關，自立西楚霸王，封章邯、司馬欣、董翳三將，三分秦中之地，合稱三秦。此以掃三秦概言劉邦滅項羽建立漢朝。

6. 初謂商山遺四老：最初以為隱居商山的四位老人能看破紅塵，置身局外。

7. "馳單車"二句：《史記·留侯世家》記載，呂后使人馳車奉太子書，卑詞厚禮招請四老。單車：代指使者。

8. 裂荷焚芰接武曳長裾：指撕下隱者服飾，穿起官服在帝王門下走動。荷芰：用芰葉和荷葉製成的衣裳，後用以指隱者服飾，比喻生活高潔。接武：接踵。武：足跡。曳長裾：指奔走於王侯權貴之門。曳：拖。裾：外衣的大襟。

9. "高流"二句，意謂惟有超凡脫俗之人才真正從酒中得到無窮樂趣，達到忘卻人間的境界。高流：上品，此指超凡脫俗。端：真。

10. 劉伶：晉劉伶嗜酒如命，作《酒德頌》宣揚老莊思想和縱酒
　　放誕的生活。這篇文章中有"貴介公子"、"縉紳處士"二
　　豪，起先反對飲酒，後被嗜酒的"大人先生"感化。初：起
　　初。不數：不足一提，含極端輕蔑之意。

串講

　　城下道路邊，淒風迷露之中，農夫正在犁田，有誰知道這
田卻是古人長眠的墳墓呢！河岸旁邊蘆葦隨風擺動，又有誰料
到昔日漫漫的江水如今已變成陸地住上了人家呢！長安道上烈
日炎炎，黃塵滾滾，有多少人在奔走鑽營，不顧人渴馬飢！函
谷關，關了又開，開了又關，但為什麼千百年來人們總是這樣
追名逐利、不肯安閒呢？

　　六國紛擾，秦國一掃而平，漢王朝又把三秦諸侯平定。原
來以為商山四老能不慕富貴，安於山林，誰知道使臣徵召的書
函一到，他們全把隱居的服裝撕掉，一個個腳跟腳地隨着使臣
來到君王的面前，穿上了長長的官袍。只有高人才真正懂得酒
中的樂趣，能安於醉酒之鄉。活着要忘記自己的形體，死後也
不要身後的虛名，誰在乎那公子、豪紳最初對酒徒劉伶的議論
呢？

評析

　　此調名為《小梅花》。《將進酒》乃樂府舊題，是作者學
習唐代樂府詩後有意改用的調名。這是一篇詠史抒懷之作。
"城下路"三句，寫陸上之變化。"岸頭沙"三句，寫水中之變

化。“黃埃”二句，寫人們的奔走逐利。千百年來，自然界的滄桑巨變一直不斷，世間的人們也總是沒有休止、不顧勞頓地追名逐利。“開函關”三句，用函谷關的開合來概括朝代的改換，用一反問句譏諷世間忙忙碌碌的執迷不悟者。過片兩句，概括了秦統一六國和漢平三秦的歷史。“初謂”諷刺不能忘情於高官厚祿的商山四老。“裂荷”句連用“裂”、“焚”、“接”、“曳”四個動詞，生動地刻畫了商山四老急不可待地出山做官的嘴臉，諷刺辛辣。“高流”以下五句，正面推出本意，讚揚那些外生死、淡名利、超凡脫俗的狂人高士，也流露出作者的激憤之情。這首詞旨在說理，但不是枯燥地發議論，而是把自己的見解和憤激的感情與生動的形象結合起來，從而給人以強烈的藝術感染和思想啟迪。這首詞的另外一個特點是善於融化前人的成句，宋葉夢得《賀鑄傳》稱讚他“掇拾人所遺棄，少加隱括，皆為新奇”。此詞的題材與主題，同李白等人的樂府詩《將進酒》有明顯的相似，賀鑄以故作為詞調，是要在繼承漢魏至唐代樂府詩的傳統中創新。

橫塘路

凌波不過橫塘路[1]，但目送、芳塵[2]去。錦瑟華年[3]誰與度？月橋花院[4]，瑣窗[5]朱戶，只有春知處。　　飛雲冉冉蘅皋暮[6]，彩筆[7]新題斷腸句。試問閒愁都幾許[8]？一川[9]煙草，滿城風絮，梅子黃時雨[10]。

注釋

1. 凌波：形容女子走路輕盈。曹植《洛神賦》："凌波微步，羅襪生塵。"後人即以凌波形容美人步履輕盈。橫塘：地名，在蘇州胥門外九里。賀鑄在此建了一所小屋，題為"企鴻居"，表達他企望"翩若驚鴻"的洛神宓妃來臨的心願。

2. 芳塵：美人經過時揚起的塵土，這裡借指美人。

3. 錦瑟華年：指美好的青春時期。李商隱《錦瑟》："錦瑟無端五十弦，一弦一柱思華年。"

4. 月橋花院：一作"月台花榭"。

5. 瑣窗：雕有連瑣花紋的窗。

6. 冉冉：慢慢流動。蘅皋：生長着香草的水邊高地。蘅：香草名。皋：水邊的高地。飛雲：一作"碧雲"。這句暗用江淹《休上人怨別》"日暮碧雲合，佳人殊未來"句意。

7. 彩筆：據《南史·江淹傳》，江淹因得一支五色筆，寫詩多妙言美句。後夢見郭璞向他討回了這支筆，於是文思大不如前，當時人說是"江郎才盡"。

8. 都幾許：總共有多少。

9. 一川：滿地。

10. 梅子黃時雨：江南陰曆四五月間，陰雨連綿，此時正值梅子成熟，故稱梅雨，或黃梅雨。

串講

　　你輕盈的步履不過橫塘這邊來，我只能悵然地目送你的情影隨芳塵而去。誰來陪伴你度過這美好的青春時光呢？多半是水月相映的小橋、花團錦簇的庭院、朱紅大門和雕花窗戶。這些地方啊，幸運的春風去過，只有它知道。碧雲在天空中緩緩流動，長滿香草的水邊高地上暮靄沉沉。我揮動彩筆，新題下令人心傷腸斷的詩句。要問我閒愁有多少啊，告訴你吧，多得像如煙的遍地芳草、隨風飄蕩的滿城柳絮、梅子時節霏霏揚揚的絲雨。

評析

　　本篇的詞調為《青玉案》，《橫塘路》是作者根據文義改題的新名。賀鑄晚年退隱蘇州，住在橫塘，因傾慕一位美女，便寫下這篇名作，抒寫對她的相思，兼寄託幽居生活的“閒愁”。上片寫目送佳人去後的悵惘之情。美人如曹植《洛神賦》中的洛神一樣步履輕盈，款款走近，但她卻並不來橫塘，作者只有默默地目送“芳塵”遠去。“目送”一語，寫盡作者愛慕、期盼、失落種種情態。隨後幾句，作者從對方寫去，設想佳人的寂寞孤獨，年華虛度。“錦瑟”一句提問，揣摩其無人共度，暗喻自己身世之感。“月橋花院，瑣窗朱戶”設想女子所居之所，“只有春知處”是說她幽居華麗的深閨卻無人知道，顯示出其人之寂寞，也暗喻着自己沉淪下僚，默默無名。下片抒發閒愁。“飛雲”一句，寫碧雲悠悠、暮色蒼茫的實景，一片愁情溢於紙面。“彩筆”句是說作者無心賞景，生花妙筆寫出來的都是令人愁腸百結的詩句。緊接着，用“一問三疊答”的抒情方式，巧妙扣合春末夏初的季節風物，連用煙草、風絮、梅雨這三種複合的景物意象比喻閒愁之多、之亂以及持續時間之長，使看不見、摸不着的抽象情緒可見可聞、可觸可感，將隱喻、博喻和借喻三種比喻手段融為一體，不着痕跡，令人回味無窮。這是賀鑄的天才創造，歷來為人讚賞。羅大經《鶴林玉露》：「詩家有以山喻愁者……有以水喻愁者……賀方回云：『試問閒愁都幾許？一川煙草，滿城風絮，梅子黃時雨。』蓋以三者比愁之多也，尤為新奇；兼興中有比，意味更長。」周紫芝《竹坡詩話》稱，賀鑄有「梅子黃時雨」之句，「人皆服其工」，因此人們稱他「賀梅子」。此詞在當時的影響之大，可想而知。

周邦彦

滿庭芳

夏日溧水無想山作[1]

風老鶯雛，雨肥梅子[2]，午陰嘉樹清圓[3]。地卑山近，衣潤費爐煙[4]。人靜烏鳶[5]自樂，小橋外、新綠濺濺[6]。憑闌久，黃蘆苦竹，疑泛九江船[7]。　　年年，如社燕[8]，飄流瀚海[9]，來寄修椽。且莫思身外[10]，長近尊前。憔悴江南倦客，不堪聽、急管繁弦[11]。歌筵畔，先安簟[12]枕，容我醉時眠[13]。

注釋

1. 溧水：今江蘇南京市東南之溧水縣。無想山：在溧水縣東南十八里，有無想寺。
2. 老、肥：均作動詞用。杜甫《陪鄭廣文遊何將軍山林》："紅綻雨肥梅。"
3. 嘉樹：佳木。清圓：清涼又圓正。劉禹錫《晝居池上亭吟》："日午樹陰正。"
4. 爐煙：用來熏衣服，去除潮氣。

5. 鳶：鷂鷹。

6. 濺濺：流水聲。

7. “黃蘆苦竹”二句：白居易《琵琶行》：“住近湓江地低濕，黃蘆苦竹繞宅生。”上句是說溧水“地卑山近”與湓江同，下句是說要追尋白居易，也就是以白居易貶謫江州（今江西九江）時的處境與心境自比。

8. 社燕：燕子春社北來，秋社南去，故稱。

9. 瀚海：沙漠，這裡泛指荒遠地區。

10. 身外：古人稱功名事業為身外事。杜甫《絕句漫興九首》之四：“莫思身外無窮事，且盡尊前有限杯。”

11. 急管繁弦：曲調激越而又繁複的音樂。

12. 簟：竹席。

13. 容我醉時眠：蕭統《陶淵明傳》記載，陶淵明為人率真，他請別人喝酒，如果他先喝醉了，他就會對客人說：“我醉欲眠，卿可去。”

串講

　　暖風吹得小鶯兒羽翼豐滿，夏雨滋潤的梅子個個鮮肥。正午的陽光當頭照射，茂綠的樹冠撒下一個個圓圓的清涼的影子。這裡地勢低窪，挨近亂山，衣服潮濕總費爐火烘乾。人靜境僻，烏鴉與鷂鷹自得其樂。小橋外，新漲的綠水濺濺地流淌。我久久地憑欄遠望，但見黃蘆苦竹亂生，竟彷彿我自己是遭貶的白居易泛舟九江邊。

　　我年年像燕子一樣，漂流在荒遠之地，暫時寄宿在人家的長屋簷下。別去考慮功名利祿這些身外事，經常舉起酒杯痛飲吧。我這個身心憔悴的江南倦客啊，不堪聽那激越繁複的樂調。就在歌筵旁邊安放涼枕竹席，等我喝醉時就高枕而睡吧。

評析

周邦彥（1056—1121年），字美成，號清真居士，錢塘人。他曾任徽猷閣待制，提舉大晟府。妙解音律，能自度曲，詞律細密，為北宋婉約詞的集大成者。作者於哲宗元祐八年（1093年）任溧水縣令，此詞作於任上。全篇抒寫他對做官的厭倦與無法排遣的苦悶。上片寫江南初夏景色。"風老"三句，實寫景物之美。"風老鶯雛"與"雨肥梅子"對得很工整，體物精微。其中的"老"與"肥"二字皆是形容詞活用做動詞，極生動。"清圓"二字，繪出夏日正午綠樹蔥蘢亭亭如蓋的景象，體物細微。"地卑"二句寫溧水周圍的地理環境，"費"字精煉地表現出衣服潮潤，令人想見地卑多雨情狀。"人靜"三句寫空山人寂，鳥鳶自得其樂，綠水濺濺流淌，一派幽靜景象。"憑闌久"三句，用白居易詩，寫出當地的實景，突出環境惡劣，表現自己的失意落魄。下片抒發自己漂泊流轉的哀痛。"年年"四句，以社燕自比，感歎自己的身世。"且莫思"二句，從杜甫詩"莫思身外無窮事，且盡尊前有限杯"中化出，勸人及時行樂。接下來 "憔悴"兩句，卻筆鋒一轉，說不堪聽急管繁弦之聲。作者強欲作樂而不得的悲痛就在這筆鋒一轉中深刻地表現出來。"歌筵畔"一句，筆鋒再轉。作者愁思滿懷，只有借醉眠才能得到暫時的解脫。此詞寫景抒情筆多轉折，曲折頓挫，顯示出內在情感的豐富複雜。作者用清麗幽靜的景物與孤寂淒涼的心情交錯映襯，樂與哀交融，構成了一種沉鬱頓挫又含蓄有味的藝術風格。正如清人陳廷焯所言：“烏鳶雖樂，社燕自苦，九江之船，卒未嘗泛。此中多少說不出處，或是依人之苦，或有患失之心，但說得雖哀怨卻不激烈，沉鬱頓挫中別饒蘊藉。”（《白雨齋詞話》）寫景細緻入微，煉字琢句生動、傳神、善於隱括前人詩語等，都體現出作者的藝術功力。

蘇幕遮

燎沉香，消溽暑[1]。鳥雀呼晴，侵曉[2]窺簷語。葉上初陽乾宿雨[3]。水面清圓，一一風荷舉。　　故鄉遙，何日去？家住吳門[4]，久作長安[5]旅。五月漁郎[6]相憶否？小楫[7]輕舟，夢入芙蓉浦[8]。

注釋

1. 沉香：香木，能沉於水，故名，為名貴香料。溽暑：暑天潮濕悶熱。
2. 侵曉：破曉，天剛亮。侵：接近。
3. 宿雨：隔夜的雨。
4. 吳門：古地名，泛指今江浙一帶。作者是浙江錢塘人，故云家住吳門。
5. 長安：這裡借指汴京。

6. 漁郎：指水鄉的少年。

7. 楫：船槳。

8. 芙蓉：荷花的別稱。浦：水邊，此指池塘。

串講

　　點燃沉香，驅趕濕熱煩悶的暑氣。一清早，鳥雀兒就在屋檐下嘰嘰喳喳地叫個不停，似在為新晴而歡呼。初升的太陽映紅了荷葉，也曬乾了葉子上昨夜殘留的雨滴。碧綠圓潤的荷葉連同嬌豔欲滴的荷花一個個挺出水面，隨清風輕輕起舞。故鄉是那樣地遙遠，不知道何日才能歸去。我家住在吳門，卻長久地在京都客居。又是五月了，久別的漁郎還記得我嗎？夢中，我搖動小船，划入了家鄉的荷花塘裡。

評析

　　這首詞的上片寫景。"燎沉香，消溽暑"二句，寫室內環境。室內香氣嫋嫋，一片靜謐。"鳥雀"二句，由靜轉動，氣氛一下子熱鬧起來。寫鳥雀"呼晴"、"窺簷語"極生動傳神。"葉上初陽乾宿雨。水面清圓，一一風荷舉"三句，寥寥幾筆便活畫出雨後圓荷迎風挺舉的優美姿態，清新明麗，生動活潑，成為歷代詠荷的絕唱。王國維《人間詞話》說它"能得荷之神理"，確非虛譽。詞的下片抒發思鄉之情。作者家住錢塘，滿眼的荷花，自然讓他想起了家鄉的陂塘風光，於是思鄉之情油然而生，發出了"故鄉遙，何日去"的感慨。"五月漁郎相憶否"不言己之思鄉，而說漁郎是否思念自己，對面着筆，思鄉之情表達得更委婉曲折。"小楫輕舟，夢入芙蓉浦"二句，以虛構的夢境作結，使詞變得輕靈而有韻致。

少年遊

并刀如水[1]，吳鹽[2]勝雪，纖手破新橙。錦幄[3]初溫，獸煙[4]不斷，相對坐調[5]笙。低聲問：向誰行[6]宿？城上已三更。馬滑霜濃[7]，不如休去，直是[8]少人行。

注釋

1. 并刀：古并州（今山西太原一帶）出產的刀以鋒利著稱。如水：形容并刀明亮、鋒利。

2. 吳鹽：即淮鹽。唐肅宗時，鹽鐵鑄錢使第五琦於兩淮煮鹽，以潔白著名，後世因稱淮鹽為吳鹽。此處大約用來中和橙子的酸味。李白《梁園吟》："吳鹽如花皎如雪。"

3. 錦幄：錦製的床帳。

4. 獸煙：獸形香爐中飄出的香煙。

5. 調：吹奏。

6. 誰行：宋代方言，猶言哪裡。

7. 馬滑霜濃：杜甫《放船》："直愁騎馬滑，故作泛舟回。"《水會渡》："霜濃木石滑，風急手足寒。"

8. 直是：真是，正是。

串講

　　燈光下，并刀像水一樣透明，吳鹽如雪一般晶瑩。她用纖纖玉手剖開了鮮美的黃橙。錦繡帷帳暖烘烘的，獸形的銅爐內升起嫋嫋的香煙，我和她相對而坐，用銀笙吹奏起婉轉的樂曲。她在耳邊低聲問道：“今夜，你到哪兒歇住？城樓上已經敲過三更了，地上霜濃，馬兒會滑倒的。不如別走了吧，這會兒，寒夜中哪裡有行人啊！”

評析

　　這是一首戀情詞。上片寫室內情事。首三句，寫女子殷勤地為戀人剖開新橙。作者首先用燈光下閃閃發光的并刀、晶瑩剔透的吳鹽來作陪襯，未見其人，其用物已經給讀者以無比的美感。接着描繪女子用纖纖玉手剖開新橙這一動作細節，女子對戀人的一片深情也從這個動作中流露出來。“錦幄初溫，獸煙不斷”二句，寫室內環境。暖烘烘的帷帳，嫋嫋上升的香煙，烘托出一派寧靜溫馨的氛圍。“相對坐調笙”句，突出了男女之間親密和諧的關係。下片以人物的語言表現女子對戀人無微不至的體貼和關懷。這幾句全是女主人公的語言，言中見情，言中見景。女主人公先是小心打探戀人欲往何處歇宿，然後再提醒對方時間不早了，再說霜重路滑，最後才說出想要說的話“不如休去”，然而猶嫌理由不充分，忽又補出一句“直是少人行。”這幾句話一語一試探，一句一轉折，女子對戀人的體貼關懷之情、殷勤挽留之意，都通過這幾句話含蓄曲折地表現出來。著名學者吳世昌先生指出：周邦彥的作品中“有許多是以景抒情的方法敘述故事。……《少年遊》‘並刀如水’一曲是最好的說明！試想在寥寥五十一字中，不但寫故事，使當時境界重現，而且寫對話，使讀者如見詞中人，能聞詞中人語，此境界並非一般寫景抒情所能創造"（《吳世昌全集》第四卷《詞學論叢》），見解精闢。此詞語淺情深，風格清麗俊爽，具有很動人的藝術魅力。

六醜

薔薇謝後作

正單衣試酒[1]，悵客裡、光陰虛擲。願春暫留，春歸如過翼[2]，一去無跡。為問花何在？夜來風雨，葬楚宮傾國[3]。釵鈿[4]墮處遺香澤。亂點桃蹊，輕翻柳陌[5]，多情為誰追惜？但蜂媒蝶使[6]，時叩窗槅。　　東園岑寂，漸蒙籠[7]暗碧。靜繞珍叢[8]底，成歎息。長條故惹行客[9]，似牽衣待話，別情無極。殘英小、強簪巾幘[10]；終不似、一朵釵頭顫嫋，向人欹側[11]。漂流處、莫趁潮汐。恐斷紅、尚有相思字[12]，何由見得。

注釋

1. 試酒：宋代風俗，農曆三月末或四月初嘗新酒。見《武林舊事》等書。

2. 過翼：飛鳥掠翼而過，喻指時間過得飛快。

3. 楚宮傾國：楚宮美女，喻指薔薇花。傾國：代指容貌傾國的絕代佳人，語出漢李延年《李夫人歌》："北方有佳人，絕世而獨立。一顧傾人城，再顧傾人國。"

4. 釵鈿：女子頭上的飾物，這裡喻指花瓣。

5. 桃蹊、柳陌：長滿桃樹、柳樹的小徑。

6. 蜂媒蝶使：形容蜜蜂蝴蝶終日來往於花叢之中。

7. 蒙籠：指草木茂密。

8. 珍叢：指薔薇花叢。

9. 長條故惹行客：指薔薇伸出柔長的枝條，用刺拉人的衣襟。意本唐代詩人儲光羲《薔薇歌》："低邊綠刺已牽衣。"

10. 殘英：落花。巾幘：頭巾。

11. 顫嫋：擺動。欹側：傾側。

12. 恐斷紅、尚有相思字：唐代詩人盧渥到長安應試，拾得御溝漂出的紅葉，上有宮女題詩。後娶遣放宮女為妻，恰好是題詩者。見范攄《雲溪友議》。本句化用"紅葉題詩"的故事。斷紅：落花。

串講

　　正是換上單衣品嘗新酒的時節，只恨客居異地，光陰白白地流逝。多麼盼望春天能暫留片刻啊，但春天卻像鳥兒一樣匆匆飛去，不留下一點痕跡。試問薔薇花兒，如今你在哪兒？莫非昨夜的急風驟雨，埋葬了你嬌柔美麗的身軀。花瓣兒像美人的釵鈿撒落得到處都是，還散發着殘留的香氣，凌亂地點綴着桃花小路，輕輕地在楊柳行中翻飛。你是這樣地多情，但又有誰來憐惜你呢？只有蜂兒蝶兒像媒娘般往還，時時叩擊着窗櫺來傳遞你的消息。東園裡一片靜寂，漸漸地草木蔥蘢茂密，綠蔭幽暗青碧。我默默地在薔薇花叢中徘徊，不斷地哀聲歎氣。薔薇伸着長枝條，故意招惹行人的注意，牽着人衣襟似乎有話要說，表現出無限的離情別意。拾起一朵小小的殘花，在頭巾上勉強簪起。終究不像一朵鮮花戴在美人釵頭上顫動、搖曳，向人擺弄俏姿。花兒呵，可別隨着潮水遠遠逝去。只怕那殘花上還寫有寄託相思的字，漂走了，叫人怎樣理解你的濃情蜜意呢？

評析

　　這首詞是周邦彥的自度曲。它並非泛泛詠落花，而是託落花以自比，在惜花傷春的同時，寄寓深刻的身世之感，與蘇軾《水龍吟·次韻章質夫〈楊花詞〉》有異曲同工之妙。詞的上片寫春歸花落，一去無跡，感歎滯留他鄉的漂泊之情。開首二句，點明春末夏初，作者羈留他鄉，光陰虛度。這兩句雖與薔薇不相關，但從側面流露出惜春之情，為下文抒情奠定了基礎。"願春"三句，先是盼望暫留春光，但春不但不留，反而像鳥一樣疾逝，甚至連一點痕跡都不留。一句一轉，惜春之情愈轉愈深。周濟評曰："十三字千回百折，千錘百煉。"（《宋四家詞選》）"為問花何在"，以問句引起下文。"夜來"二句，正面寫落花。"傾國"一詞本是比喻美人，這裡比落花。這兩句實際上以花之凋零暗喻作者隨處飄零之身世。"釵鈿"三句，具體寫落花的飄零。"多情"句，以問句表達作者對薔薇花無人憐惜的命運的同情、傷感、惋歎之情。"但蜂媒"二句，回應前句設問，寫只有無知蜂蝶追惜落花，更見淒涼。下片敘東園悼花，憐香惜玉，暗寫自己的身世之痛。開頭四句，寫草樹的蔥蘢茂盛正見薔薇花的凋落，傷感之意寓於寫景之中。下面"長條"三句，如神來之筆，作者惜花之情溢於紙面。薔薇藤蔓上有小刺，可掛住人的衣服，說"長條故惹行客"，契合物性。"故惹"與"似牽衣待話，別情無極"，則又賦予花以人的情感了，立意新穎別致。"殘英小"四句，寫作者把一朵殘花插在頭上表示喜愛傾慕之情，然而它終究不是"簪巾幘"之物，比不上它當初盛開時插在美人頭上之嫵媚動人。這四句既寫出花盛時的芳姿，又映帶出凋謝後景況，有無限珍惜慨歎之意。這既是慨歎花之今不如昔，更是慨歎自己光陰虛擲、老大無為。最後三句，引用紅葉題詩之典，表達對隨水漂流的落花的惋惜之情，耐人尋味。詞人極盡騰挪跌宕、開合變化之能事，把花凋落後人惜花、花戀人、人花相戀的感情寫得纏綿婉轉、動人心弦又耐人尋味。全詞構思精巧，想像奇特，語言清麗而聲調幽咽。清代蔣敦複在《芬陀利室詞話》中稱讚此詞"精深華妙"。

蘭陵王

柳

柳陰直，煙裡絲絲弄碧。隋堤[1]上、曾見幾番，拂水飄綿送行色。登臨望故國[2]，誰識京華倦客[3]？長亭路、年去歲來，應折柔條過千尺[4]。　　　　閒尋舊蹤跡，又酒趁哀弦，燈照離席。梨花榆火催寒食[5]。愁一箭風快，半篙波暖，回頭迢遞[6]便數驛。望人在天北。　　　　淒惻，恨難積！漸別浦[7]縈回，津堠岑寂[8]，斜陽冉冉春無極。念月榭攜手，露橋聞笛。沉思前事，似夢裡，淚暗滴。

注釋

1. 隋堤：隋煬帝開鑿汴水，名通濟渠，沿渠築堤，稱隋堤，道皆種柳。這裡借指汴京附近汴河一帶河堤。

2. 故國：這裡指故鄉。

3. 京華：汴京。倦客：作者三次入京師，先後共留居十餘年，故稱。

4. 應折柔條過千尺：古人送行多折柳枝以示相送，取"柳"與"留"相諧音表示挽留惜別之意。

5. 梨花榆火催寒食：梨花開於清明寒食時節，蔡襄《寒食梨花小飲》："二月中央寒食朝，牆隅忽見梨花飄。"寒食：古節令名，在清明節前一二日，有禁火三天的習俗，節後另取新火。榆火：唐宋時，寒食節人們有鑽榆木取火的遊戲，朝廷則於清明日取榆柳之火以賜百官。

6. 迢遞：遙遠。

7. 別浦：江河支流的入水口。唐宋詩詞中常見，有時只借用其字面意思，借指送別之意。

8. 津堠：津：渡口。堠：里堠，於驛道旁築土為堡，置木牌或石於其上，書律令、年月日及當地地名，其間隔多為五里、十里，五里為單堠，十里稱雙堠。岑寂：寂靜。

串講

　　一行柳蔭直直延伸到前方。煙霧中，千萬絲碧綠的柳條隨風擺動着嫋娜的腰肢。古老的隋堤之上，柳絲拂水，飄絮漫天。它們不知目睹過多少次世間的愁離慘別！我登上高處眺望故鄉，心中淒然而悲。此刻，有誰會理解我——一個厭倦了旅居京城生活的人的心情呢？就在這十里長亭的路上，我年復一年地迎來送往，光攀折送別的柳條也早有千尺萬尺了吧！

　　今天我閒尋舊日的蹤跡，又趕上離別的酒宴。哀怨的樂曲聲起，昏黃的燈光搖曳，人們頻舉酒杯，又是一次傷感的別離。人們又開始用榆木鑽取新火，雪白的梨花也開得正盛，這一切似在催促着寒食節快快到來。滿懷別情,送朋友登船。順風的船兒卻不管人們離情正濃，快得像一支離弦的箭。春水波暖，長篙半沒其中，船上的人回頭頻望，轉眼間，船兒已經駛過了幾個驛站，只留下送行者在天北遙望。

　　傷心淒慘！離恨在心中鬱積。送別岸邊只留下迴旋的水波、寂靜的渡口里堠。夕陽緩緩西沉，絢麗的餘輝與無邊的春色融成一片。此刻，又想起了月光下和你攜手漫步於水榭回廊之中的情景：那時啊，我們並肩斜倚在露濕的橋頭，一起聆聽悠遠的笛聲。沉思往事，恍然如夢，淚水禁不住流了下來。

評析

　　這首詞是周邦彥自創的新聲。名為詠柳，實寫別情，同時也揉進了作者仕途失意與漂泊無依的身世之感。上片借柳烘托離情別緒。開頭兩句就寫出一片春光駘蕩景象。大堤上柳蔭蔽地，連成一條直線，煙霧中，千萬碧綠的枝條隨風起舞，依依有情。作者用"柳陰直"三字寫柳蔭的綿延筆直，非常高妙。"隋堤上、曾見幾番，拂水飄綿送行色"幾句，寫垂柳送行之態。此時作者正宦遊汴京，汴水畔的柳樹，自然引起了作者的無窮感慨。"拂水飄綿"十分精工，生動地摹畫出柳樹依依惜別的情態，又為下文的抒情做鋪墊，渲染氛圍。　"登臨"二句，主人公正式出場。陳廷焯說"二語是一篇之主"（《白雨齋詞話》），確實。"京華倦客"四字點明這首詞感情生發的基礎。作者長年客居他鄉，欲歸不得，望故鄉而不見，又無人理解，感情鬱積，愁緒滿懷。"長亭路"三句，感歎多年漂泊之苦。客中送客的傷感辛酸溢於紙面。中片抒寫離筵與惜別。離筵上，華燈照席，哀弦勸酒，令人傷感不已。一個"又"字關合許多次送別場面，增加了句子容量。"梨花榆火催寒食"一句，點明節令。梨花開了，大家又在鑽榆木取新火。這些景物彷彿在提醒京華倦客又一年來了，無疑使他更加痛苦。陳廷焯分析道："只眼前景物，約略點綴，更不寫淹留之故，卻無處非淹留之苦。"（《白雨齋詞話》）"愁一箭"四句，是代行者設想之詞。"愁"字貫穿四句，說行者愁風快、舟快、途遠、人遠，依依別情可見。這四句是想像中的情事，是翻進一層的寫法。　下片寫別後相思。"淒惻"二句，直抒胸臆。"漸別浦"三句，寫行人去後淒涼，更增幾分分離愁。"漸"字精確地寫出行人去後，送者久久悵望，直至周圍逐漸平靜的過程。“念”字以下回憶行人未走時的情事。作者擷取生活中攜手水榭與橋頭聽笛兩個畫面，反襯別離之苦。全篇把京華倦客那種欲歸不得的傷感情懷寫得搖曳動蕩，真切細緻。上中下三片都緊扣詠柳，結構嚴謹，筆重墨飽。繁音與促節交織穿插，節奏多變，又以入聲韻收結，造成一種沉鬱頓挫的風格。宋人毛开《樵隱筆錄》說此詞在南宋紹興年間（1131—1162年）頗流行，常用作送別時的唱曲，與唐代王維的《陽關三疊》齊名，可見其巨大藝術感染力。這首詞的表現手法變化多姿，極盡吞吐迴環之妙，不愧為宋詞中的名篇。

西河

金陵懷古

佳麗地[1]，南朝[2]盛事誰記？山圍故國繞清江，髻鬟對起。怒濤寂寞打孤城，風檣遙度天際[3]。　　斷崖樹、猶倒倚，莫愁[4]艇子曾繫。空餘舊跡鬱蒼蒼，霧沉半壘。夜深月過女牆來，傷心東望淮水[5]。　　酒旗戲鼓[6]甚處市？想依稀、王謝[7]鄰里。燕子不知何世，入尋常、巷陌人家[8]，相對如說興亡，斜陽裡。

注釋

1. 佳麗地：指金陵（今江蘇南京），語本謝朓《入朝曲》："江南佳麗地，金陵帝王州。"

2. 南朝：指偏安江左的東吳、東晉、宋、齊、梁、陳六朝。

3. "山圍"、"怒濤"四句：出自劉禹錫《金陵五題・石頭城》："山圍故國周遭在，潮打空城寂寞回。淮水東邊舊時月，夜深還過女牆來。"髻鬟：女人的髮髻，此處喻山巒秀美。

4. 莫愁：南朝一個女子名。古樂府《莫愁樂》："莫愁在何處？莫愁石城西。艇子打兩槳，催送莫愁來。"

5. 淮水：指橫貫南京城的秦淮河。

6. 戲鼓：指遊藝場所的樂器。

7. 王謝：東晉時王導、謝安兩大名門望族。他們都住在金陵烏衣巷一帶。

8. 尋常：平常。巷陌：街巷。劉禹錫《烏衣巷》："朱雀橋邊野草花，烏衣巷口夕陽斜。舊時王謝堂前燕，飛入尋常百姓家。"

串講

　　綺麗迷人的金陵在南朝時的繁榮景象，如今誰還記得？但見青山依舊繞着故都，夾峙在長江兩岸，好像美人髮髻般對立着。怒濤寂寞地拍打着孤城，風檣船帆駛向遙遠的天邊。枯藤老樹還倒掛在懸崖石壁上。當年莫愁女的遊艇，不就曾拴在那裡嗎？此地空留下蒼蒼鬱鬱的樹林，半壁營壘淹沒在霧氣沉沉之中。深夜，明月越過城上的矮牆，傷心地向東回望着細浪鄰瀰的淮水。如今熱鬧繁盛的酒樓戲館，當年是什麼市場？想來大約是舊日王謝家族聚居的地方。往昔巢居在豪門大宅的燕子不知人世變化，飛入了尋常百姓家裡，在斜陽中相對呢喃，好像在訴說歷史的興衰。

評析

　　周邦彥的這首懷古詞是詠金陵的名篇。上片寫金陵的地勢險固。起二句為總括。先揚，稱讚金陵為佳麗地；再抑，說"南朝盛事"已隨流水逝去，人們早已將它遺忘了。在一揚一抑中寄寓了無限的歷史興亡之感。"山圍"二句，寫金陵的山川形勝依然如故。以美人頭上的"髻鬟"形容環繞長江兩岸對峙的山巒，形象生動、美麗。"怒濤"二句，極力渲染環境的冷落寂寞。中片寫金陵的古跡。"斷崖樹、猶倒倚"句，用一"猶"字，強調景色依然如故。下面追加一句"莫愁艇子曾繫"，進一步渲染歷史色彩。"空餘"二句，寫江邊雲霧沉沉，籠罩着殘城舊壘。"空"字表現出深沉的歷史感慨。結末二句，化用劉禹錫詩意，抒發景物依然而人事已非的歎喟。下片由眼前景物酒樓、戲館，想到這可能是當年王、謝兩家比鄰而居的烏衣巷，借燕子飛入尋常百姓家，表現出人世滄桑的巨大變化。結尾幾句，化用劉禹錫的詩句，感慨深遙。這首詞櫽括了古樂府及唐劉禹錫《石頭城》、《烏衣巷》等詩而成，卻融化得渾然天成，如同己出。結構嚴整，句法參差，音調抑揚頓挫。清代陳廷焯《雲韶集》評讚說："此詞純用唐人成句融化入律，氣韻沉雄，蒼涼悲壯。"甚至說："金陵懷古詞，古今不可勝數，要當以美成此詞可稱絕唱。"可謂推崇備至。

蝶戀花

月皎驚烏棲不定，更漏將殘[1]，轆轤牽金井[2]。喚起兩眸清炯炯，淚花落枕紅綿[3]冷。

執手霜風吹鬢影。去意徊徨，別語愁難聽。樓上闌干橫斗柄[4]，露寒人遠雞相應[5]。

注釋

1. 更漏：古時用漏壺滴水計時，夜間憑漏刻傳更。殘：一作"闌"。
2. 轆轤：井上用來轉動井繩汲水的裝置。金井：井欄上有雕飾的井。
3. 紅綿：裝入枕頭內的絲綿。
4. 闌干：橫斜的樣子。斗柄：北斗七星，四星像斗，三星像柄，故北斗星稱斗柄。唐劉方平《月夜》："更深月色半人家，北斗闌干南斗斜。"
5. 露寒人遠雞相應：化用溫庭筠《商山早行》："雞聲茅店月，人跡板橋霜。"

串講

　　皎潔的月色驚擾得烏鵲棲息不定。滴漏將盡，井台上傳來轆轤絞水的響聲。忙去喚醒身邊的她，只見她正睜着兩隻清亮的眼睛。紅綿枕上，已是淚水斑斑，又濕又冷。兩人執手相對，淒冷的清風吹亂了她的鬢髮。臨行時意緒彷徨，別離的話太過悲愁而不忍聽下去。登樓遠望，北斗星已橫斜低移了斗柄。露重風寒，人已走遠，四下裡傳來陣陣雞鳴。

評析

　　這是一首寫離情別恨的詞。開頭三句寫室中人眼中所能看到，耳中所能聽到的室外情景。窗外月色皎潔，烏鵲不時從樹枝上撲棱棱飛起，井邊傳來吱吱的轆轤轉動的聲音。這一切使夜顯得更加寂靜。從這兩句的描寫中我們可以想像得出室中人沒有睡熟，已經醒來很久了。“喚起”二句，寫女主人公傷別。天已將曉，行人就要動身了，所以得把女主人公喚醒。待要喚時，卻發現她正睜着清亮的兩眼。原來，和男主人公一樣，即將到來的別離也使得她徹夜未眠。“清炯炯”三字是刻畫女子的點睛傳神之筆。而“紅綿冷”三字，則表明她落了一整夜的淚以至於打濕了枕頭。下片“執手”句，為門外送別時之情景。“風吹鬢影”，寫實極為生動。“去意”二句，寫難分之情。男女主人公情意綿綿，不忍就此別去，所以行者是欲行又止，送者是千叮萬囑。“樓上”二句，寫別後情景。女主人公把情人送走以後，並不能入睡，又去登樓遠眺。只見樓上北斗斜橫，四下雞鳴相應。這兩句景中含情，黃蘇說“玉人遠而惟雞相應，更覺淒婉矣”(《蓼園詞選》)。這首詞短短六十字裡，寫別前、別時、別後情景歷歷如繪，將男女主人公依依不捨的離情，表達得淋漓盡致。俞陛雲《唐五代兩宋詞選釋》對這首詞層次分明的情景描寫作了中肯的分析：“此紀別之詞，從將曉景物說起，而喚睡醒，而倚枕泣別，而臨風執手，而臨別依依，而行人遠去，次第寫出，情文相生，為自來錄別者希有之作。結句七字神韻無窮，吟諷不厭，在五代詞中，亦上乘也。"

毛滂

惜分飛

富陽[1]僧舍作別語贈妓瓊芳

> 淚濕闌干花着露[2]，愁到眉峰碧聚[3]。此恨平分取，更無言語空相覷[4]。　　斷雨殘雲無意緒，寂寞朝朝暮暮[5]。今夜山深處，斷魂分付潮回去。

注釋

1. 富陽：縣名，在杭州市西南富春江北岸。
2. 闌干：形容眼淚縱橫的樣子。白居易《長恨歌》："玉容寂寞淚闌干。"花着露：比喻女子含淚的情態。
3. 眉峰碧聚：緊蹙的雙眉如碧山聚集。
4. 覷：看。
5. "斷雨"二句：宋玉《高唐賦》："旦為朝雲，暮為行雨。朝朝暮暮，陽台之下。"後人遂以雲雨喻指男女歡愛。詞中"斷雲殘雨"喻男女分離。

串講

　　你淚流滿面，就像掛着露珠的美麗花兒，心中愁苦鬱結，使你雙眉緊蹙如碧峰聚集。懷着同樣的離愁別緒，我們只是默默對視。我們心情黯淡，因為今後就要像斷雲殘雨一樣各自東西，空留下朝朝暮暮的寂寞相思。今夜啊，在寒山深處，我將把我的離魂託付潮水給你帶回去。

評析

　　毛滂，生卒年不詳，字澤民，衢州江山（今浙江江山）人。這首詞是毛滂的代表作。據《西湖遊覽志》記載，元祐（1086—1094年）中，蘇軾知杭州時，毛滂為法曹掾，與歌妓瓊芳相好。秩滿辭官，歸途中，於富陽僧舍裡作此詞送與瓊芳。蘇軾偶於宴席上聽歌妓唱這首詞，大為讚賞，馬上派人追回毛滂，挽留達數月，毛滂於是聲名大噪。詞的上片追憶與瓊芳惜別情景。"淚濕"一句，化用白居易"玉容寂寞淚闌干，梨花一枝春帶雨"，用帶露花兒來比喻淚流滿面的瓊芳，形象生動柔美。"愁到"句，用青山疊翠來形容瓊芳緊蹙雙眉的情態，亦給人以鮮明的視象感。更妙的是所用的喻象正是取自周圍的景色，二者化成一片。三、四兩句，選取分別時相對無言的細節來表現兩人惜別時悲傷、酸楚、無奈、千言萬語不知從何說起的複雜情緒。詞的下片直抒對瓊芳的留戀之情。"斷雨"二句，設想別後的孤獨寂寞反襯別離的痛苦，既寫出斷雨殘雲的荒殘淒涼景色，又暗用典故，有一石三鳥之妙。"今夜"二句，設想別後的思念，竟幻想將斷魂交付潮水帶回到情人跟前。此語與李白送王昌齡之句"我寄愁心與明月，隨君直到夜郎西"一脈相承，同是用奇想癡語表現癡情的妙句。這首詞情真意切，音律協美，格調淒婉，是小令中的佳作。

汪藻

點絳唇

　　新月娟娟¹，夜寒江靜山銜斗²。起來搔首³，梅影橫窗瘦。　　好個霜天，閒卻傳杯手。君知否？亂鴉啼後，歸興⁴濃於酒。

注釋

1. 娟娟：秀美的樣子。
2. 山銜斗：謂星斗在兩山之間，其狀如口銜一般。
3. 搔首：以手搔頭，表示思緒不寧。
4. 歸興：歸家的情興。

串講

　　新月娟娟，冬夜寒冷，江上風平浪靜，遠山銜着幾顆星斗。起身觀望，心緒不寧，用手搔頭。窗外，梅枝的影子橫映在窗紙上，顯得分外清瘦。嚴霜時節，天空高潔無塵，我卻孤獨無友，閒着了這一雙傳杯把盞的手。君知道嗎？亂鴉聒噪之後，我回鄉的興味比酒還濃烈。

評析

　　汪藻（1079—1154年），字彥章，饒州德興（今屬江西）人。進士及第。曾拜翰林學士，知湖州、徽州、宣州。博學，工詩，擅四六文。作者在這首詞裡抒發冬夜清寂、懷友思鄉的感受。上片寫景。作者中夜不寐，遂起身觀望。只見一彎新月高掛中天，星斗與遠山相連，江上波瀾不興，窗外瘦梅弄影。作者在着意渲染冬夜幽靜清冷景色的同時，也流露出自己的寂寞之情。"瘦"字既妙寫梅花的疏影，又暗喻自己清瘦的形象，煉字精警傳神。下片由寫景轉向抒情。"好個霜天"一句，承上啟下，非常自然。新月霜天，最宜飲酒，但此時卻無人與作者對飲。"閒卻傳杯手"五字，一掃上句"好個霜天"所表現的興致，語意冷峻，而作者的失落情緒卻盡顯無遺。"君知否"以下，點明煩悶的原因，托出詞的主旨。原來作者歸鄉之情正濃，所以才心緒不寧，中夜不寐。前人對這首詞的主旨有不同的說法，從"亂鴉"一詞看來，作者可能是影射政壇小人，曲折地表達對官場紛爭的不屑與厭惡。這首詞寫景如畫，文字清淺而語意含蓄，是一首精美的小令。

万俟詠

長相思

雨

> 一聲聲，一更更。窗外芭蕉窗裡燈，此時無限情。　　夢難成，恨難平。不道[1]愁人不喜聽，空階滴到明[2]。

注釋

1. 不道：猶云不管或不顧。
2. 空階滴到明：溫庭筠《更漏子》："梧桐樹，三更雨，不道離情正苦。一葉葉，一聲聲，空階滴到明。"

串講

滴滴答答的雨聲不緊不慢地一聲聲傳來，打更的聲音也一遍遍地響起。聽着窗外雨打芭蕉之聲，看着昏黃的燈光，心中湧起無限愁情。夢又不成，恨也難平，綿綿的夜雨卻不管人愛聽不愛聽，敲打着空寂的台階直到天明！

評析

万俟詠，生卒年不詳，字雅言。哲宗元祐間，即以詩著名。後絕意仕進，以填詞自娛，自號大梁詞隱。這首小令寫聽雨失眠的愁思。其命意措語顯然受溫庭筠《更漏子》的影響，但抒情角度有所變化。詞的上片寫雨夜的孤寂。從寫聲音入手，用單調的雨打芭蕉聲來渲染夜的寂靜。"一更更"點明夜已經很深了，而主人公還不能入眠。"窗外"句，從聽覺和視覺兩個方面寫雨

"一聲聲，一更更。窗外芭蕉窗裡燈，此時無限情。"

夜的淒寂氣氛，逼出"此時無限情"一句。下片抒發主人公的淒苦心情。"夢難成"二句，極寫離愁別恨難以排遣。結尾兩句埋怨雨不解人情，滴滴答答個不停，使人倍覺悽楚。這首詞題為"雨"，而通篇卻不着一"雨"字，而雨淅瀝之聲與迷濛之狀瀰漫紙上，較溫詞更含蓄。全篇三五七言交錯，句句押韻，又有意運用疊句與疊字，使聲情相生。

陳克

菩薩蠻

綠蕪[1]牆繞青苔院，中庭日淡芭蕉捲。 蝴蝶上階飛，烘簾[2]自在垂。 玉鈎雙燕語，寶甃[3]楊花轉。 幾處簸錢[4]聲，綠窗春睡輕。

注釋

1. 綠蕪：叢生的青草。
2. 烘簾：熏香時用以遮擋空隙的簾幕。
3. 甃：用磚石砌成的井台。寶甃，井欄的美稱。
4. 簸錢：古代的一種遊戲，玩者持錢在手裡顛簸，然後依次攤開使人猜測正反面，以中否為勝負。唐代王建《宮詞》：“暫向玉花階上坐，簸錢贏得兩三聲。”

串講

綠草叢生的牆垣，圍繞着長滿青苔的庭院；淡淡的日色，照着庭中芭蕉捲曲的葉子。蝴蝶翩翩地飛到台階之上，帷簾悠然下垂，擋着嫋嫋飄散的香煙。一雙小燕子在白玉簾鈎上呢喃，白色的柳絮在華美的井欄邊飛旋。窗外傳來人們搖簸銅錢叮噹叮噹的響聲，綠紗窗內少婦在甜甜地淺睡。

評析

　　陳克（1081—？），字子高，自號赤城居士，臨海人。工詩，善詞。這首詞寫少婦綠窗春睡，表現她的閒情逸趣。上片寫庭院之景。由“綠蕪”和“青苔”可見人跡罕至，是一個幽靜的地方。“淡”與“捲”分別描狀春陽的光色與芳心未展的芭蕉，煉字精警。“蝴蝶”兩句，再以蝴蝶在階上翩翩起舞、烘簾輕垂的景象進一步烘托氛圍。下片寫閨房的幽靜。“玉鈎”二句，先寫燕子呢喃，楊花旋舞，以動態反襯幽寂。“幾處”句，再以窗外簸錢的聲響反襯窗內的寂靜。直到結尾一句，才點出人物。用一個“輕”字狀寫春睡，點出綠窗內的人似睡非睡、朦朦朧朧的狀態，新穎奇妙。明卓人月在《古今詞統》中讚歎：“一‘輕’字，全首俱靈。”通篇寫景，而人之閒適情趣全都寓於景色描寫之中，藝術構思巧妙。

朱敦儒

鷓鴣天

西都[1]作

我是清都山水郎[2]，天教懶慢帶疏狂[3]。曾批給雨支風敕[4]，累奏留雲借月章[5]。　　詩萬首，酒千觴[6]，幾曾着眼看侯王？玉樓金闕慵歸去[7]，且插梅花醉洛陽。

注釋

1. 西都：指洛陽。宋時稱洛陽為西京。
2. 清都：傳說中天帝的居處。山水郎：為天帝管理山水的郎官。
3. 疏狂：狂放不羈。懶慢：一作"分付"。帶：一作"與"。
4. 給雨支風：調撥差遣風雨，一作"給露支風"。敕：指天帝的詔令，一作"券"。
5. 累：再三。章：指上呈帝王的奏章。
6. 觴：古代盛酒的容器。
7. 玉樓金闕：指汴京的宮殿。慵：懶。

串講

　　我是天宮中主管山水事務的郎官，天帝讓我懶散狂放地遨遊山水。他曾經批准我調遣風雲雨露，我也曾多次呈遞留下雲彩借取月亮的奏章。揮筆寫就詩歌萬首，盡興豪飲美酒千杯，幾曾見我正眼看過身居高位的王侯將相？縱然是京城的華麗樓閣，我也懶得去逗留。且把梅花一朵朵插滿頭上，帶上美酒，在酣飲沉醉中遨遊洛陽吧。

評析

　　朱敦儒（1081－1159年），字希真，號岩壑，又自稱伊水老人、洛川先生，洛陽人。這是北宋末年膾炙人口的一首佳作，曾經風行於汴洛。作者志行高潔，在當時很有清望。靖康（1126－1127）中，朝廷將他召至京師，欲授以官職。他固辭說：“麋鹿之性，自樂閒曠，爵祿非所願也。”此詞當是他由汴京返回洛陽後寫下的明志之作，詞中袒露了他放浪山水、傲視王侯的情懷。起句開門見山，直率地以“清都山水郎”自命，表明自己天性熱愛山水。接下來“天教懶慢帶疏狂”句，進而聲稱自己的懶散狂放亦屬天賦。“曾批”二句，意思是說天帝授權下，他能支使風雲雨露，以詼諧風趣的方式抒發自己縱情山水的懷抱，顯得豪氣四溢。換頭“詩萬首”三句遙接上片中的“疏狂”二字，作形象化的表現。“詩萬首，酒千觴”是他詩酒自娛的隱逸生活的生動寫照，而“幾曾着眼看侯王”，表現了作者鄙夷權貴、傲視王侯的高傲品格，與陶淵明“不為五斗米折腰”和李白“安能摧眉折腰事權貴”的獨立精神一脈相承。結尾“玉樓金闕”二句，重申自己不願在朝廷中追名逐

利，只願詩酒狂放、嘯傲汴洛的心志。這首詞想像奇崛，語言
詼諧，音調鏗鏘，具有李白詩的浪漫風格。

相見歡

> 　　　　金陵城上西樓，倚清秋。萬里夕陽垂地，
> 大江流。　　　　中原亂[1]，簪纓[2]散，幾時收[3]？
> 試倩[4]悲風吹淚，過揚州。

注釋

1. 中原亂：指靖康二年（1127年）靖康事變後金兵佔領中原
   地區。
2. 簪纓：古代貴族達官帽子上的裝飾，此借指達官貴族。
3. 幾時收：幾時才能收復失地。
4. 倩：託，請求。

串講

　　登上金陵西門的城樓，放眼眺望清朗秋色裡的天地。只見
夕陽低垂，照耀着遼闊大地，長江滾滾向東奔流。此刻中原正
處於戰亂之中，貴族高官早已四處逃散，淪陷的河山幾時才能
收復呢？就請悲涼的秋風，把我的熱淚吹過江北烽煙瀰漫的揚
州城吧！

評析

　　宋高宗建炎二年（1128年），金兵繼續南侵，朱敦儒逃亡至金陵。秋日登樓，有感於時事，寫了這首詞，抒發憂國之思和抗金復國之志。上片寫倚樓眺望所見之景。"萬里"二句，描繪夕陽西沉、大江奔流的遼闊景象，氣勢壯闊，景中含情，給人以蒼涼悲壯之感。這二句與杜甫"星垂平野闊，月湧大江流"（《旅夜抒懷》）相比也毫不遜色。下片抒發一腔愛國之情。"中原亂"二句，先寫中原大亂的形勢，語極沉痛。接下來"幾時收"一句，以問句表達自己對收復失地的關切。結尾二句說，要秋風把自己的憂國之淚傳向仍處於戰亂中的北方，這是用浪漫的手法表現沉痛的情思，感人至深。作者以小令的形式寫壯大景物與慷慨的情懷，很具有開創性。陳廷焯稱讚道："筆力雄大，氣韻蒼涼，短調中具有萬千氣象。"（《白雨齋詞話》）

趙佶

燕山亭

北行見杏花

裁剪冰綃，輕疊數重，淡着胭脂勻注[1]。新樣靚妝[2]，艷溢香融，羞殺蕊珠宮[3]女。易得凋零，更多少、無情風雨。愁苦。問院落淒涼，幾番春暮。　　憑寄[4]離恨重重，這雙燕，何曾會人言語。天遙地遠，萬水千山，知他故宮[5]何處。怎不思量，除夢裡、有時曾去。無據。和[6]夢也、新來不做。

注釋

1. “裁剪冰綃”三句：形容杏花像是白綢經過裁剪成瓣狀而疊成數重，又淡淡地塗上胭脂。綃：似縑而較疏的薄綢。冰綃：白色的綢子。輕疊：宋時方言，猶安排、收拾。
2. 靚妝：脂粉的妝飾。賈至《長門怨》：“繁花對靚妝，深情託瑤瑟。”
3. 蕊珠宮：道家傳說天上上清宮有蕊珠宮，神仙所居。
4. 憑寄：託寄。

5. 故宮：指北宋都城汴京的皇宮。

6. 和：連。

串講

　　花瓣似巧手裁剪成的層層疊起的白綢子，又像勻稱地抹過一層淡淡的胭脂，看起來風姿綽約。它的脂粉妝飾新奇而美麗，光彩照人芳香四溢，連蕊珠宮美麗的仙女見了它也會羞愧欲死的。只可惜它容易過早凋零，更何況又遭遇幾多無情風雨的摧殘。滿心愁苦，且問庭院如此地淒涼，曾經歷了幾番春來春去。靠誰寄去這不盡的離恨別情呢，眼前翻飛的雙燕，如何懂得人間言語？天遙地遠，山水相隔，不知道故宮現在何處，怎能叫人不思念呢？只有在夢裡才偶爾去過。但夢畢竟虛幻無憑，近來連夢也未曾做了。

評析

　　宋徽宗趙佶（1082－1135年），元符三年（1100年）即位，政治昏庸腐敗。宣和七年（1125年），金兵南下，傳位欽宗趙桓。靖康元年（1126年），金兵攻破汴京，父子被俘。他擅畫花鳥，通音樂，能詩詞。靖康二年（1127年），在被金兵擄往北方的途中，趙佶忽見如火的杏花，不禁百感交集，寫下了這首血淚之詞。上片描繪杏花開放時的嬌豔以及雨後的凋零，婉轉地傾訴了他內心的無限哀怨。"裁剪"三句，寫開放的杏花，如同一疊疊的白綢經過巧手裁剪出重重的花瓣，還暈染上淡淡的胭脂，運筆極其細膩。"新樣"三句，寫杏花容貌豔麗，花氣濃鬱。作者在這裡用蕊珠宮的宮女來襯托杏花香豔絕倫，設想奇妙。“易得”以下，陡轉變徵之音，寫風雨摧殘之後景象。這幾句語帶雙關，既憐惜杏花容易凋零又憐己之失國，感情深沉。下片由傷花轉入自傷。“憑寄”三句，因見雙燕翻飛，愁自己的重重離恨無法傳遞。“天遙”三句歎息身為俘虜，難見故國。這幾句與李煜《虞美人》“故國不堪回首月明中”之句並讀，益見其哀。最後幾句，言故國只能在夢裡才能偶得一見，而如今連夢也做不成了，更見亡國之痛。下片抒寫哀情，層層深入，且問且歎，如泣如訴，把作者內心的悽楚表現得淋漓盡致。這首詞託物抒懷，狀物細緻，借喻精巧，含蓄蘊藉，情真意切，具有很強的藝術感染力。

李清照

漁家傲

天接雲濤連曉霧，星河[1]欲轉千帆舞。彷彿夢魂歸帝所[2]。聞天語，殷勤問我歸何處？

我報路長嗟日暮[3]，學詩謾有驚人句[4]。九萬里風鵬正舉[5]。風休住，蓬舟吹取三山去[6]！

注釋

1. 星河：銀河。
2. 帝所：天帝居住的地方。
3. 報：回答。路長日暮：化用屈原《離騷》："日忽忽其將暮……路漫漫其修遠兮，吾將上下而求索。"
4. 謾有：空有。驚人句：語出杜甫《江上值水如海勢聊短述》："為人性僻耽佳句，語不驚人死不休。"
5. 九萬里風鵬正舉：表示自己正要像鵬鳥高飛遠舉。舉，飛。
6. 蓬舟：像蓬草一般的輕舟。三山：指渤海中蓬萊、方丈、瀛洲三座仙山，相傳為神仙所居。

串講

長天之上，雲海蒼茫，波濤奔湧，曉霧迷濛。銀河流轉，閃爍的星星就像千萬條船一樣在其中飛舞流走。夢中，我彷彿回到了天帝居住的地方。天帝熱情地問我要去何處，我回答說，前途漫長而且已經到了黃昏，雖會作詩但空有驚人的佳句。我就像乘九萬里長風的大鵬正要展翅高飛。風，你不要停住，快把我的輕舟吹到神仙們居住的三山去。

評析

　　李清照（1084—約1151年），號易安居士，山東濟南章邱人。著名學者李格非之女，自幼博通詩書。十八歲與太學生趙明誠結婚，夫婦雅好詞章，共同搜集金石書畫。金兵入據中原後，她歷經離亂，其夫明誠又於建炎三年（1129年）病死，境遇孤苦。她詞風婉約，語言清麗，稱"易安體"，亦能詩。這首詞在黃昇《花庵詞選》中題作"記夢"，它借助於對夢境的描述，構築了一個幻想世界，表露了作者對人間黑暗的不滿、對自由的嚮往和對光明的追求。開頭兩句寫夢中所見的雲霧迷茫的壯觀景象。這兩句境界本來就極壯闊，"接"、"連"、"轉"、"舞"四個動詞運用更顯得氣勢飛動。"彷彿夢魂歸帝所"一句，點明是夢境，而用一"歸"字，暗示自己本來就是天帝那兒來的人，極浪漫。"聞天語"二句，寫天帝好意相問，引起下文的回答。詞的下片是對天帝的答話。"我報路長嗟日暮"一句，化用屈原的詩句表達前途茫茫、難以實現理想的感慨。而"學詩謾有驚人句"進一步表達詞人以詩才自負卻又感到在政治上難有大作為的無奈和憤慨。結尾三句，寫她願意像大鵬一樣搏擊九天，希望駕輕舟乘風破浪，駛向仙境。這幾句，意象雄奇，氣勢豪邁奔放，讀之令人振奮。在詞史上，李清照被譽為婉約之宗，她的詞清麗婉轉，幽怨淒惻，含蓄雋永，極富於抒情性。她這首《漁家傲》卻與她一貫的詞風有所不同，是一首豪放詞，也是李清照詞中僅見的浪漫主義名篇。黃蘇《蓼園詞選》讚賞道："無一毫釵粉氣，自是北宋風格。"梁啟超也說："此絕似蘇辛派，不類《漱玉集》中語。"（《藝蘅館詞選》乙卷引）

如夢令

　　昨夜雨疏[1]風驟。濃睡不消殘酒[2]。試問捲簾人[3]，卻道海棠依舊。知否，知否？應是綠肥紅瘦[4]。

注釋

1. 雨疏：雨狂。疏：疏放，狂放。
2. 不消殘酒：殘留的醉意未消。
3. 捲簾人：指正在捲簾的侍女。
4. 綠肥紅瘦：指綠葉繁茂，紅花凋零。

串講

　　昨夜雨狂風猛，早上沉睡醒來，醉意仍未全消。忙試問捲簾的侍女：花兒怎麼樣了？侍兒卻答道："海棠花兒還和原來一樣。""你可知道，你可知道，應該是綠葉變肥，紅花卻瘦了。"

評析

　　這是李清照早期充滿生活情趣的一首小令。把詞人惜春憐花之情抒發得淋漓盡致。詞人巧妙地設計了同捲簾人的問答，表現出對春光的愛惜以及女性特有的敏感。作者醒來之後，就無限關切地詢問海棠花怎麼樣了，捲簾的侍女不瞭解女主人的心意，便不假思索地回答還和以前一樣。作者憑着敏感的心靈，感到花兒經雨之後必然會憔悴

"試問捲簾人，卻道海棠依舊。"

凋零，於是便帶着責備的口吻矯正侍女的回答。這段對話，問者情多，答者意淡，生動地刻畫出兩個思想各異、性格不同的人物形象，筆墨靈活而有情致。"試問"兩個字，包含着作者複雜的感情。她預感到花兒會凋零，但又不希望這樣，因此試着問捲簾人，看到底怎麼樣。兩個"知否"的疊用，口吻逼肖，也極富感情色彩。清黃蘇《蓼園詞選》讚此詞"短幅中藏無數曲折"。這六句確實句句轉，筆筆換，層次曲折，富於戲劇性。作者用"綠肥紅瘦"四個字形容海棠葉多花少，擬人新鮮奇特，形象逼真，對比強烈，更為歷來的詞評家讚賞。胡仔說"此語甚新"（《苕溪漁隱叢話》前集卷六十），王士禎讚道"人工天巧，可稱絕唱"（《花草蒙拾》），黃蘇則說"'綠肥紅瘦'，無限淒婉，卻又妙在含蓄"（《蓼園詞選》）。

鳳凰台上憶吹簫

香冷金猊[1]，被翻紅浪[2]，起來慵[3]自梳頭。任寶奩[4]塵滿，日上簾鉤。生怕[5]離懷別苦，多少事、欲說還休。新來瘦，非干病酒[6]，不是悲秋[7]。　　休休[8]！這回去也，千萬遍《陽關》[9]，也則難留。念武陵[10]人遠，煙鎖秦樓[11]。惟有樓前流水，應念我、終日凝眸。凝眸處，從今又添，一段新愁。

注釋

1. 金猊：獸形香爐。

2. 被翻紅浪：錦被亂攤在床上，像捲起的層層紅色波浪。

3. 慵：懶。

4. 寶奩：鏡匣的美稱。

5. 生怕：最怕。

6. 干：關涉，關係。病酒：因酒而病。

7. 悲秋：對秋景而悲傷。語出宋玉《九辯》："悲哉秋之為氣也。"

8. 休休：即罷休，猶口語"罷了"。

9. 《陽關》：王維《送元二使西安》："勸君更盡一杯酒，西出陽關無故人。"後此詩被譜成《陽關曲》，作為送別之曲。

10. 武陵：典出晉陶淵明《桃花源記》，稱晉太元（376—396年）中武陵郡漁人入桃花源，見到了一個與世隔絕的美好世界。故桃花源又稱武陵源。後來詩文中的桃花源故事又常與南朝劉義慶《幽明錄》中劉晨、阮肇到天台山遇仙女的故事混雜在一起。詞用此典以劉阮之離武陵（天台）喻趙明誠之離家。

11. 秦樓：又稱鳳台。相傳春秋秦穆公時有個蕭史，善吹簫，作鳳鳴。秦穆公以女弄玉妻之，為他們築鳳台。一夕吹簫引鳳，夫婦乘鳳而去。後常用秦樓泛指女子居所。

串講

金獅香爐裡煙滅香冷，錦緞被子亂堆在床上，像翻滾着的紅色波浪。起床後，懶洋洋的，無心梳理頭髮。聽任梳粧台上的鏡子寶匣落滿灰塵。外面，太陽已升起老高，斜斜地照着簾鈎。離別的淒苦最難忍受，有多少往事湧上心頭，想說卻無從說起。近來身體日漸消瘦，不是因為喝酒太多，也不是因為悲傷秋天的蕭索。算了吧，這次離別，即使是唱上千萬遍的《陽關曲》，也留不住他的腳步。想他像武陵人一樣離家遠去，我這裡則是終日煙霧籠罩着閣樓。只有樓前的流水，記着我終日凝眸遠望的癡情。眼神所及的天際，從今以後又添上了一段新愁。

評析

這首詞作於宋徽宗宣和年間（1119－1125年）趙明誠出任萊州太守之時。李清照與趙明誠於建中靖國元年（1107年）結婚之後，夫婦二人詩酒唱和，感情甚篤。一旦離別，自是難捨難分。詞中表現的就是這種別愁離恨。上片寫別前。起三句，寫早晨起來的慵懶。"香冷"表明天已經亮了。"被翻"寫被子散亂地攤在床上，可見人物懶於收拾。"起來慵自梳頭"更是直接點明了人物的慵懶。接下來"任寶奩塵滿，日上簾鈎"二句，從"任"字可見人物之無心緒，而"塵滿"則表明此種情況已非一日了。"生怕"二句，才點出人物慵懶的原因是離別的愁苦。"欲說"是想把心中苦悶傾

"惟有樓前流水，應念我、終日凝眸。"

訴出來，"還休"則是因為怕說出來使丈夫煩惱，所以還是壓抑住了。這種"欲說還休"複雜的心理包含了人物的許多無奈、淒苦。"新來瘦"三句，連着否定兩種原因，卻始終不說出導致消瘦的真正原因，極為含蓄。清陳廷焯稱讚道："'新來瘦'三句，婉轉曲折，煞是妙絕。"(《雲韶集》)詞的下片"休休"四句，追溯離別時的情景。連用兩個"休"字，加重語氣，表達對離別的無奈。"千萬遍"唱陽關曲，表現挽留丈夫的癡情。"念武陵"二句，寫人去樓空的淒涼。"秦樓"本是結局美好的典故，故事中的弄玉、蕭史雙雙乘鳳而去。作者用秦樓之典有反襯自己獨守悲苦之意。"惟有"三句，寫門前流水竟能記住她凝望的眼神，純是癡語，更顯示出她的愁苦之深。接着翻進一層，以凝眸遠望，又添一段新愁收結。"慵"、"瘦"、"愁"三字是全篇詞眼，作者圍繞着這三字一層層鋪敘，步步深入，結構緊湊，細節描寫生動傳神。

一剪梅

　　紅藕香殘玉簟秋[1]。輕解羅裳，獨上蘭舟[2]。雲中誰寄錦書[3]來？雁字回時[4]，月滿西樓。

　　花自飄零水自流。一種相思，兩處閒愁。此情無計可消除，才下眉頭，卻[5]上心頭。

注釋

1. 玉簟秋：意思是說已到秋天，用竹蓆已經嫌涼了。玉簟：光滑如玉的竹蓆。
2. 蘭舟：木蘭舟。因木蘭做的舟木質堅而有香味，詩家遂以為舟的美稱。
3. 錦書：錦是彩色花紋的絲織品，這裡是書信的美稱。
4. 雁字回時：大雁回來的時候。相傳雁能傳書，故云。雁字：雁群飛行時排成"人"字或"一"字形。
5. 卻：又。

串講

　　紅豔荷花已經凋殘，也漸漸消失了香氣。秋天到了，睡在光滑如玉的竹蓆上已覺得有些冰涼。我輕輕地脫換薄羅紗的衣裙，獨自登上了木蘭舟。天上白雲悠悠，是誰為我寄書信來呢？當清冷的月光灑滿了西樓，雁群排着"人"字飛回來時，我卻沒有收到書信。花兒獨自飄落，溪水也自顧自地流淌不止。一樣的相思之情，引起了身處兩地的人的愁思。這種愁思沒有辦法消除，它剛剛離開了緊蹙的眉尖，卻又很快地鑽入了人的心頭。

評析

　　這首詞抒發作者與丈夫分別後的相思之情。"紅藕"句，點明時令，渲染出一派蕭瑟淒涼氛圍。用"紅藕香殘"寫凋零的荷花，形神兼備，很妙。"殘"與"秋"字暗示人物的心緒不佳。"輕解"二句，寫她準備出遊。"獨"字，點出她的孤獨。下面"雲中"三句，是作者的想像之詞，先設問，再做答，表達了極盼丈夫書信而不得的失望情緒。這三句以"月滿"、"雁回"反襯自己的孤獨與失望，借景抒情，委婉曲折，悽楚動人。換頭"花自飄零水自流"句，遙應上片"紅藕香殘"、"獨上蘭舟"，既是即景，又兼比興，暗喻青春易逝，人已憔悴。寫落花和流水不管人的愁苦，照樣飄零、流淌，這是用物之無情來反襯人之多情。兩個"自"字，有無窮哀怨。"一種"以下五句，直接抒發作者不可排遣的相思之苦。特別是"此情無計可消除，才下眉頭，卻上心頭"三句，點化范仲淹《御街行》"都來此事，眉間心上，無計相迴避"，卻把抽象的愁情，寫成能夠從眉頭上很快鑽入心頭的精靈，十分新奇。通篇用語淺近，情感深摯，"一種相思，兩處閒愁"和"才下眉頭，又上心頭"，對偶工巧而自然，顯示了作者創作性地運用語言的高超藝術才能。

醉花陰

薄霧濃雲愁永晝[1]，瑞腦消金獸[2]。佳節又重陽[3]，玉枕紗廚[4]，半夜涼初透。　　東籬[5]把酒黃昏後，有暗香[6]盈袖。莫道不消魂[7]，簾捲西風[8]，人比黃花瘦。

注釋

1. 永晝：悠長的白天。
2. 瑞腦：即龍腦，香料名。金獸：獸形的銅香爐。
3. 重陽：古代以陰曆九月九日為重陽節。
4. 玉枕：枕的美稱，或指磁製枕頭。紗廚：紗帳，一稱碧紗帳。
5. 東籬：陶淵明《飲酒》詩："採菊東籬下，悠然見南山。"後即以東籬指代種菊之處。
6. 暗香：幽香。這裡指菊花的香氣。
7. 消魂：極度悲傷愁苦。
8. 簾捲西風："西風捲簾"的倒文。

串講

薄霧濃雲整日籠罩着天地，讓人心中愁苦鬱結。在獸形爐中燃燒的龍腦香煙氣漸漸消失。重陽佳節又到了，半夜裡，寒氣襲來，讓人感到玉枕紗帳都是冰涼的。黃昏以後，在東籬菊花邊飲香醇的美酒，有菊花的幽香填滿了衣袖。莫要說人的魂魄不可飛散，當蕭瑟的西風捲起門簾，簾裡的人比這憔悴的黃菊花還要消瘦。

評析

　　這首詞寫作者與丈夫離別後的相思。詞的上片寫景，景中寓情。"薄霧"兩句，寫白天室外薄霧迷濛，濃雲凝聚，景色暗淡。一"愁"字點出人物的心緒不佳。深秋季節本已晝短夜長，作者卻借"永晝"一詞表現了她獨守空閨度日如年的心理錯覺。室內，嫋嫋的香煙也隨着時間的流逝慢慢消盡，氣氛寂靜，可見此中她的無聊寂寞。作者特意點出"佳節"二字，反襯出人的愁苦。而"又"字，既有一轉眼就到了的意思，又表明分手已經時間很長了。"玉枕紗廚，半夜涼初透"二句，表面上寫秋涼，實際表現主人公輾轉難眠的懷人之情，寫得含蓄。下片抒寫人物的感受。"東籬"二句，寫黃昏時對菊飲酒。"有暗香盈袖"，既烘托了女主人公雅淡如菊的情懷，又暗用古詩句"馨香盈懷袖，路遠莫致之"（《古詩·庭中有奇樹》）之意，表達對遠在他鄉的丈夫的掛念之情。結尾三句，先是一句喟歎，再推出西風捲簾之景，接着描繪清麗消瘦的自我容貌，情景交融，意境全出，為千古名句。"人比黃花瘦"，借物擬人，比喻新奇，既寫出別後相思之深以至於身心憔悴之貌，又含有孤芳自賞、對花自憐的意味。據說李清照的丈夫接到這首詞時，玩賞不已，想超過她，於是用了三天三夜的時間，寫出五十首，與此詞混雜在一起，給友人陸德夫。陸玩賞再三說，只有"莫道不消魂，簾捲西風，人比黃花瘦"三句絕佳。這個傳說未必真實，但可見這三句備受人們賞愛。

永遇樂

落日熔金，暮雲合璧[1]，人在何處？染柳煙濃，吹梅笛怨[2]，春意知幾許！元宵佳節，融和天氣，次第[3]豈無風雨？來相召、香車寶馬[4]，謝他酒朋詩侶。　　中州[5]盛日，閨門多暇，記得偏重三五[6]。鋪翠冠兒[7]，撚金雪柳[8]，簇帶爭濟楚[9]。如今憔悴，風鬟霜鬢，怕見[10]夜間出去。不如向、簾兒底下，聽人笑語。

注釋

1. 暮雲合璧：晚雲似擁合的璧玉。一說，晚雲擁合着璧玉般的明月。
2. 吹梅笛怨：指笛子吹奏出哀怨的《梅花落》曲調。梅：指樂曲《梅花落》。
3. 次第：轉眼，頃刻。
4. 香車寶馬：華貴的車馬。
5. 中州：河南古稱豫州，居九州之中，故稱。此指北宋都城汴京，今河南開封。
6. 三五：正月十五日，即元宵節。
7. 鋪翠冠兒：以翠羽裝飾的帽子。
8. 撚金雪柳：以金線裝飾的雪柳。撚：用手搓。雪柳：用素絹或銀紙做成的頭飾。

9. 簇：叢聚。帶：通“戴”。濟楚：整潔，漂亮。

10. 怕見：口語，猶云怕得或懶得。

串講

　　落日的餘輝像熔化的金子一般，傍晚的雲彩聚攏在一起像合起來的璧玉，真不知道我現在身在何處。濃重的煙靄籠罩着柳樹，笛裡吹出《梅花落》哀怨的樂曲，誰知道還有多少春意。正是元宵佳節，天氣和暖。難道就不會有風雨突然而至嗎？詩朋酒友乘着華貴的車馬來邀請我出去遊玩，我謝絕了。想當年，汴京正處於繁華盛世，閨中女子多有閒暇，記得人們特別看重元宵節。那時，有的戴着用翠鳥羽毛裝飾的帽子，有的插以金線裝飾的雪柳，個個都插戴滿頭，看誰打扮得整齊漂亮。如今我身心憔悴了，頭髮蓬亂鬢白如絲，懶得夜間出去。不如守在簾兒下，聽取他人的歡聲笑語。

評析

　　李清照南渡後流寓臨安，這首詞是元宵節感懷之作。作者撫今追昔，抒發了深沉的盛衰之感、家國之恨和身世之悲。開篇“落日熔金，暮雲合璧”二句，對仗工整，辭采鮮麗，描繪出一幅落日餘輝滿天、暮雲合攏如璧玉的美好景象。接下來卻氣氛陡轉，一句“人在何處”的問話，表現出一種流落異鄉、孤寂悵惘的境況心情。“染柳煙濃”，一派陽春景色，是樂景，用以反襯哀情；“吹梅笛怨”，移情入物，烘托出人物的哀怨。“元宵佳節，融和天氣”二句，先描寫節日裡風和日麗，而接下來“次第豈無風雨”一句，卻馬上發出可能有風雨襲擊的擔心。這是作者在經歷了國破家亡之後所產生的世事難料、橫禍隨來的疑懼心理的生動反映。“來相召”二句，寫婉言謝絕朋友的邀請。下片“中州”六句，描寫婦女們打扮得漂漂亮亮、齊齊整整過佳節的景象，表現昔日元宵的盛況和歡樂。“如今”三句，寫今日自己憔悴、懶得出門。在對比之中，深刻地反映出今昔盛衰之感和人我苦樂之別。結尾“不如向、簾兒底下，聽人笑語”二句，再生波瀾，用放下簾子，聽人家的笑語這個細節，深刻地揭示出她既想重溫舊夢，又怕因此觸引出更多孤寂淒涼的矛盾心理，語似平淡，卻沉痛徹骨。這首詞除了運用今昔對比與麗景襯托哀情的手法以外，還有意識地以淺易口語乃至方言俚語入詞，形成一種雅俗相濟、俗中見雅的語言風格，具有獨特的藝術魅力。

武陵春

> 風住塵香花已盡，日晚倦梳頭。物是人非事事休，欲語淚先流。　　聞說雙溪[1]春尚好，也擬[2]泛輕舟。只恐雙溪舴艋舟[3]，載不動、許多愁。

注釋

1. 雙溪：水名，在今浙江金華城南。
2. 擬：準備。

3. 舴艋舟：小船，形似蚱蜢。

串講

　　風停了下來，花兒早已落盡，它浸染得塵土也散發着餘香。太陽已經升得很高了，我卻懶得梳理頭髮。風景依舊，人卻完全不一樣了，事事都感到心灰意冷。想說些什麼，還沒有開口，淚水早已先流了出來。聽說雙溪的春光還是那樣美好，也想去那裡划着小船暢遊。只是怕那瘦小的蚱蜢舟，載不動我這麼多的哀愁。

評析

　　這是宋高宗紹興五年（1135 年）作者避難浙江金華時所作。當時，她的丈夫趙明誠已經病故，家藏的金石文物也散失殆盡。她子然一身，流落他鄉，歷盡人生的坎坷和辛酸，因而詞情極為悲苦。首句"風住塵香花已盡"寫當前所見，短短七個字，容量大，用筆也細膩曲折。"風住"、"花已盡"不正面寫大風驟起，落花紛紛，而寫風起花落後的結局，拓展了詩意的時空。從"塵香"二字，可想見滿地落花染香了塵土，而從滿地落花又可想見風之狂暴，兩個字牽動出如許內容，可見作者煉字的高超藝術。"日晚倦梳頭"一句，寫日色已高，而猶"倦"於梳頭。此句通過慵懶的行動揭示她內心的悲苦。"物是"兩句，縱筆直抒胸中悲苦。"事事休"三字高度概括了作者南渡以來的無數變故，接着，又推出一個"欲語淚先流"的特寫鏡頭，令人心弦震撼。過片"聞說"二句，宕開一筆，寫自己有意泛舟雙溪，觀賞春光，精神似稍振起。下面"只恐"

二句，復又折回，竟說愁有重量，還誇張地說它重得連船也載不動。想像奇特，造語新穎，化抽象為具象，舟之輕小與愁之沉重形成強烈對比，真是膾炙人口的千古名句。

聲聲慢

尋尋覓覓，冷冷清清，淒淒慘慘戚戚。乍暖還寒[1]時候，最難將息[2]。三杯兩盞淡酒，怎敵他曉[3]來風急。雁過也，最傷心，卻是舊時相識。　　滿地黃花堆積，憔悴損，如今有誰堪摘？守着窗兒，獨自怎生得黑[4]？梧桐更兼細雨，到黃昏、點點滴滴。這次第[5]，怎一個愁字了得[6]。

注釋

1. 乍暖還寒：時而暖和，時而寒冷。乍：忽然，突然。
2. 將息：唐宋時方言，養息、調養之意。
3. 曉：一作"晚"。
4. 怎生得黑：怎樣才能捱到天黑。
5. 這次第：這光景，這情形。
6. 了得：怎包含得了。

串講

一起床便百無聊賴，茫然若失，於是四下裡尋尋覓覓，卻一無所獲，感到清冷孤寂，進而深感淒慘悲戚。這時候天氣忽冷忽熱，最難調養安息。喝三兩盞淡酒，怎抵得住這清早的急風呢。大雁飛去，偏偏是我舊日的相識。園中開滿了菊花，已是憔悴枯損，如今有誰還會來折取？獨自守着窗戶，怎麼能捱得到天黑？細雨敲打在梧桐葉上，到黃昏還淅淅瀝瀝下個不停。這種光景，一個愁字怎麼能包含得了呢？

評析

這首悲秋詞融合詞人的亡國之痛、孀居之悲、淪落之苦，情調淒慘悲愴，纏綿悱惻，感人至深。開頭三句，連用十四個疊字，有層次地、細膩地表現了詞人彷徨淒苦的心理狀態。此時，北宋淪亡，丈夫去世，作者獨自飄零，心情孤寂，"尋尋覓覓"正表現出詞人空虛寂寞、悵惘茫然的精神狀態。尋覓無果，更加重了她的冷清孤苦，於是，"冷冷清清"，先感於外，"淒淒慘慘戚戚"，後感於內，在淒慘憂戚中哽咽悲泣。這十四個疊字，聲調艱澀，一聲緊似一聲，表情深刻，歷來為詞評家所讚賞。徐釚云："首句連下十四個疊字，真似大珠小珠落玉盤也。"（《詞苑叢談》卷三）"乍暖"四句，以忽暖忽寒的天氣、猛急的冷風，進一步烘托人物心情的悲苦。接下來說從淪陷北方飛來的大雁是舊時相識，正寄託她的懷鄉之愁、亡國之悲。下片進一步抒寫悲苦。"滿地"三句，實寫滿園菊花盛開，秋意正濃，反襯自己的憔悴瘦損。"守着"兩句，抒發度日如年、時光難捱的淒苦。"梧桐"二句，寫昏黃時分，細雨敲打梧桐，又點點滴滴地落在地上，也敲擊着詞人痛苦不堪的心靈。這二句情景渾融一體。最後以反問句戛然結束，愁情卻不絕如縷。這首詞多用賦體和白描手法，層層深入地抒寫悲苦心情；多用口語入詞，明白如話，卻又含蘊深厚；多用雙聲疊韻字和齒音、舌音字，於齒舌交切中形成了一種短促、輕細、淒清的節奏，使詞具有"哀音似訴"的藝術效果。

呂本中

採桑子

別情

恨君不似江樓月，南北東西。南北東西，只有相隨無別離。　　恨君卻似江樓月，暫滿還虧[1]。暫滿還虧，待得團圓[2]是幾時？

注釋

1. 滿：月圓。虧：月缺。
2. 團圓：指月圓。喻指人間團聚。

串講

　　恨你不像江邊樓頭的明月，無論南北還是東西，都與我相隨相伴永不分離。恨你卻像江邊樓頭的明月，剛剛圓了又缺，待到再團圓不知又到何時？

評析

　　呂本中（1084－1145年），字居仁，世稱東萊先生，壽州（今安徽壽縣）人，徙居京師。江西詩派著名詩人。這是一首膾炙人口、優美動人的詞作，寫思婦望月懷遠。上片寫她恨郎君不像明月那樣長相陪伴，始終相隨而無別離。下片寫她恨郎君像明月那樣，剛剛團圓又要分離。上下兩片，既恨郎君不似明月，又恨郎君似明月，看似兩種相反的情緒，實際上是統一的，都源於思婦對丈夫深沉的愛和思念。詞人的高明之處，就在於巧妙地抓住月亮"處處隨人"，"有盈有虧"的不同特徵從正反兩方面設喻，將相互矛盾的兩種意象和諧地統一在同一首詞裡，深刻地表現出女子的刻骨相思和纏綿愛情。通篇語淺情深，饒有民歌風味。上下片詞句排比、復沓、對照，有迴環往復的音樂美。

李重元

憶王孫

春詞

> 萋萋芳草憶王孫[1]，柳外樓高空斷魂[2]，杜宇[3]聲聲不忍聞。欲黃昏，雨打梨花深閉門。

注釋

1. 萋萋：形容草長茂盛。王孫：泛指貴族子弟，此指遠出不歸的意中人。
2. 斷魂：猶言消魂，形容極度悲傷。
3. 杜宇：即杜鵑，又名子規，傳說古代蜀帝杜宇，死後化為杜鵑，鳴聲淒厲，能動人情。

串講

　　在春草連天之時，我又思念起遠行未歸的意中人，於是登樓遠眺。窗外楊柳輕拂，令人魂消心傷；杜宇聲聲，更讓人不忍聽聞。天近黃昏，風雨驟至，打得梨花零落滿地，我忙把門窗關緊。

評析

　　李重元，生卒年不詳。南宋黃昇《唐宋諸賢絕妙詞選》卷七收其《憶王孫》詞四首。這首詞寫思婦春日懷念遊子。首句化用淮南小山《招隱士》賦中"王孫遊兮不歸，春草生兮萋萋"兩句，點明時間及詞的主旨。"柳外"二句，寫女主人公登樓所見所聞所感。這兩句借景抒情，情景交融。末尾二句，用"黃昏"、"雨打梨花"、"深閉門"三個意象，渲染了一種的淒美的意境氛圍，襯托出女子的寂寞愁苦情緒。清人黃蘇說："高樓望遠，'空'字已淒惻，況聞杜宇？末句尤比興深遠，言有盡而意無窮。"（《蓼園詞選》）說得很對。

陳與義

臨江仙

夜登小閣，憶洛中¹舊遊

憶昔午橋²橋上飲，坐中多是豪英。長溝流月³去無聲，杏花疏影裡，吹笛到天明。

二十餘年如一夢，此身雖在堪驚。閒登小閣看新晴。古今多少事，漁唱起三更。

注釋

1. 洛中：今河南洛陽。
2. 午橋：橋名，在洛陽城南，唐朝宰相裴度曾經建別墅於午橋莊。
3. 長溝流月：月光灑在長河上，隨水波流動。

串講

回想當年，在午橋上排開筵席，滿座都是意氣風發的豪傑精英。長渠水緩緩流淌，月色隨波粼粼閃動，無聲流淌。在稀疏的杏花影裡吹起短笛，從午夜吹到天明。二十多年恍然做了一場大夢，如今雖然微軀尚在，但想起國破家亡的境況，猶使人心驚。閒來無事又登上小閣，觀看雨過天晴月色晶明的景

象。啊，古往今來多少興亡事，都化作半夜三更漁夫的歌聲。

評析

　　陳與義（1090－1138年），字去非，號簡齋，洛陽人。徽宗政和三年（1113年）進士。累官至參知政事，以病乞退。他是江西詩派後期著名詩人。這首詞大約是紹興八年（1138年）陳與義辭官寓居湖州時所作。靖康之難後，中原淪陷，陳與義歷經顛沛流離的避亂生活，飽嘗國破家亡之痛，在這首撫今追昔之作中寄寓了濃重的傷感悲哀。上片回憶當年良朋聚會的豪情雅興。首兩句點明地點人物，突出座中都是“豪英”。宴飲之時，明月高照，月光投影水中，彷彿無聲流逝。“杏花疏影裡，吹笛到天明”二句，又展現出一個明淨澄澈、疏影搖曳的境界，有色、有香、有聲、有人、有情，而且又有時間跨度，歷來為評論家讚賞。宋代胡仔說“此數語奇麗”（《苕溪漁隱叢話》後集卷三十四），明人王世貞也說“爽語也”。下片一改上片的熱烈歡快，抒發作者飽經喪亂後的感傷。“二十多年如一夢”句，陡然一轉，總括自己二十多年來國破家亡、顛沛流離的生活，情緒一落千丈。“此身雖在堪驚”句，直抒胸臆。作者在動亂中飽嘗的辛酸，對世事無常的感歎和友朋離散的悲痛都融入了“堪驚”二字之中。“閒登小閣”三句，以景色收束，點出夜登小閣本題。一個“閒”字，表面閒澹，實則蘊含深哀巨痛。而結句的漁唱緊接着作者對古今盛衰興亡的思索，更是餘音嫋嫋，給讀者留下無窮感慨和聯想的餘地。全詞前後對比鮮明，用往事的熱鬧、歡快反襯今日的冷落悲哀，情境由豪曠奇麗轉為慷慨悲涼，動人心魄。

張元幹

賀新郎

送胡邦衡[1]謫新州

夢繞神州[2]路。悵秋風、連營畫角[3]，故宮離黍[4]。底事崑崙傾砥柱[5]，九地[6]黃流亂注？聚萬落千村狐兔[7]。天意[8]從來高難問，況人情老易悲難訴！更南浦[9]，送君去。　　涼生岸柳銷殘暑。耿斜河[10]，疏星淡月，斷雲微度。萬里江山知何處？回首對床夜語[11]。雁不到，書成誰與？目盡青天懷今古，肯兒曹恩怨相爾汝[12]？舉大白[13]，聽《金縷》[14]。

注釋

1. 胡邦衡：胡銓，字邦衡。他於高宗紹興八年（1138年）十一月上書反對與金議和，請斬秦檜以謝天下。書上後即遭貶謫。紹興十二年（1142年）又被除名押送新州管制。張元幹於此時作詞送之。
2. 神州：古代稱中國為赤縣神州。這裡指中原淪陷地區。
3. 畫角：裝飾精美的軍中號角。

4. 離黍：語出《詩經・王風・離黍》首句"彼黍離離"。相傳東周大夫途經西周故都，看到宗廟宮室長滿了禾黍，彷徨不忍離去，故作此詩以寄哀思。後世以離黍之悲表現故國之思。

5. 底事：為什麼。崑崙：即崑崙山。砥柱：砥柱山，在黃河中。

6. 九地：遍地。九：泛指多數。

7. 狐兔：比喻金兵。

8. 天意：語本杜甫《暮春江陵送馬大卿公》："天意高難問，人情老易悲。"這裡借指皇帝身居高位，用心難測，表示對朝廷議和的不滿。

9. 南浦：梁・江淹《別賦》："送君南浦，傷如之何？"後世遂以南浦泛指送別之地。

10. 耿：明亮。斜河：銀河斜轉，表示夜深。

11. 對床夜語：指知己朋友深夜談心。

12. 肯：豈肯。兒曹：小兒女輩。爾汝：彼此以你我相稱，表示親密，叫做爾汝交。

13. 大白：酒杯名。

14. 金縷：即《金縷曲》。

串講

神州大地時常出現在我的夢中。令人惆悵的秋風送來敵人軍營的號角聲，昔日繁華的都城如今已是野草叢生，一片荒涼。國家為什麼突然傾覆，使得金兵像黃河一樣四處泛濫，像成群狐兔一樣在無數的村莊裡狂奔亂竄。老天距離人間太高太遠，他的旨意從來都捉摸不透。況且年老易悲是人之常情，我心中的悲痛就更難以傾訴了。今天在淒涼的水邊，我送君到南國荒僻之地。從岸邊的楊柳中吹來習習的涼風，催促着夏天的溽熱散去。銀河斜轉，晨星寥落，月色淡淡，浮雲斷續地緩緩飄移。你這一去，要到看也看不到的千山萬水之外。我心中感傷，又想起了往日我們對床聽雨徹夜長談的情景來了。南去的大雁也飛不到你的貶謫之地，我寫好了書信，誰為我傳遞到你的手中呢？放眼眺望，一直望到青天的盡頭，心中又回想起古今興亡的歷史。怎能像小兒女那樣只談個人恩怨呢？請舉起這白玉酒杯，聽我唱這支為你壯行的《金縷曲》吧！

評析

　　張元幹（1091－1161年），字仲宗，福州永福（今福建永泰）人，自號蘆川居士、真隱山人。紹興八年，樞密院編修官胡銓上書反對議和，請斬秦檜、王倫、孫近三人，結果被貶至廣州。紹興十二年，秦檜又將胡銓除名編管新州（今廣東新興），並大肆株連、殘酷迫害與胡銓有關係的人，以至胡銓的生平好友都不敢和他來往、交談。張元幹時在福州，激於義憤，不顧個人安危，毅然作此詞為胡銓送行。詞中表現對祖國山河淪陷的悲痛，對金兵入侵的憤恨，對權奸誤國、朝廷苟安的譴責和友人不幸的同情，慷慨悲涼。上片開頭四句，形象地概括北宋滅亡的歷史事實，揭示了時代背景。接下來 "底事" 三句，連用三個比喻真切生動地表現山河破碎、金兵入侵的淒慘景象，沉痛悲憤。"天意" 二句，筆鋒直指最高統治者，道出了對主和派的憤慨。"更南浦，送君去" 化用江淹《別賦》"送君南浦，傷如之何"句，既點明送別之意，又表達自己的悲憤感傷。詞的下片抒寫離別之情。"涼生"四句寫初秋殘暑景象，渲染一種淒清的氛圍。"萬里"四句抒發離別在即、相見無期的感慨。"萬里江山知何處"既是說胡銓此去路途遙遠，不知所在，又含蓄地指出胡銓被貶後，主和派得勢，恢復江山無望。結尾四句，一改前面離別的感傷情緒而為高昂之音，勉勵自己和胡銓：應放眼天下，俯視古今，不可像小兒女般只拘泥於一己的悲歡離合。此詞慷慨磊落，沉鬱頓挫，聲情悲壯，感人肺腑，在當時廣為流傳，為南宋愛國詞的名篇。

浣溪沙

山繞平湖波撼城[1]，湖光倒影浸山青。水晶樓[2]下欲三更。　　霧柳暗時雲度月，露荷翻處水流螢。蕭蕭散髮到天明。

注釋

1. 湖：指太湖。城：指吳興（今浙江湖州）。這句暗用唐代孟浩然《臨洞庭》："氣蒸雲夢澤，波撼岳陽城。"
2. 水晶樓：指月光照徹的樓房。

串講

山峰環繞着平闊的湖水，波濤搖撼着古城，青山的倒影浸潤在湖水之中。我獨自坐在水晶宮般的樓下，不知不覺已到了三更時候。浮雲緩移，遮住了月亮，煙籠霧罩的楊柳也由明轉暗。一陣清風吹來，帶露的荷葉翻轉，水面上忽明忽暗的流螢也四下飛散。我索性披散稀疏的頭髮，一直坐到東方放明。

評析

　　這首詞寫仲夏夜吳興的湖光山色，流露出作者對大自然的賞愛以及悠閒自適的情懷。詞中寫景，大筆勾勒與工筆細描結合，動與靜相生，使景物的光、色、態躍然紙上。其中“霧柳暗時雲度月，露荷翻處水流螢”二句，對仗工整，抓住浮雲遮月、清風翻荷一剎那間景物的運動變化有層次地描繪，尤為生動，而抒情主人公蕭散自適的形象也在景中活現，頗見作者的藝術表現功力。

胡銓

好事近

富貴本無心，何事故鄉輕別？空使猿驚鶴怨[1]，誤薜蘿[2]秋月。　　囊錐剛要出頭來[3]，不道甚時節。欲駕巾車[4]歸去，有豺狼當轍[5]。

注釋

1. 猿驚鶴怨：山中猿鶴都怪怨主人拋棄它們去做官。語本南朝孔稚珪《北山移文》："蕙帳空兮夜鶴怨，山人去兮曉猿驚。"
2. 薜蘿：薜荔和女蘿，代指隱居之所。
3. 囊錐出頭：比喻賢士才能突出。《史記·平原君列傳》記載，毛遂向平原君推薦自己有才能，說像錐子放在布囊裡，會整個挺現出來，而不僅僅露出錐尖。剛：硬要。
4. 巾車：有帷幔的車。陶淵明《歸去來兮辭》："或命巾車，或棹孤舟。"
5. 豺狼當轍：比喻秦檜當權誤國。轍：車輪碾過的印跡。

串講

我從來無心於富貴，究竟什麼事情使我輕易離開故鄉呢？

徒然使家鄉的白猿黃鶴驚怪埋怨，辜負了薜荔女蘿清風朗月對我的一片情意。本想像囊錐一樣出頭來為國大幹一番，卻沒有考慮是什麼世道。如今想駕着巾車歸鄉去，歸途上卻有豺狼阻攔！

評析

　　作者胡銓（1102─1180年），字邦衡，吉州廬陵（今江西吉安）人。建炎二年（1128年）進士。他是南宋初期著名的抗戰派人士，因上書請斬秦檜的人頭而屢遭貶謫。這是宋高宗紹興十八年（1148年），胡銓被貶居廣東新州時寫的詞。上片抒寫自己不慕富貴卻又輕別故鄉，辜負了家鄉的大好風光的惋惜、矛盾心情。前兩句是說自己輕別故鄉並不是為了追求榮華富貴，暗示自己另有追求。如果我們結合胡銓一生堅持抗戰、反對和議、屢逆權貴的經歷，我們不難看出作者濟世報國的志向。下片“囊錐剛要出頭來，不道甚時節”，化用毛遂自薦的典故，抒發自己生不逢時、報國無門的憤慨。“欲駕”句，字面上說要歸隱實是憤激之詞。“有豺狼當轍”直斥誤國的權奸秦檜等人對他的迫害，表現了作者不屈不撓的鬥爭精神。詞中有指斥怒罵，有冷嘲熱諷，鋒芒犀利，暢酣淋漓，用典形象貼切。據南宋王明清《揮麈後錄》卷十記載，秦檜的黨羽郡守張棣得知此詞後，上報秦檜，秦檜大怒，又將胡銓流放到更荒遠的海南島。

岳飛

滿江紅

怒髮衝冠[1]，憑闌處、瀟瀟雨歇。抬望眼[2]、仰天長嘯，壯懷激烈。三十功名塵與土[3]，八千里路雲和月[4]。莫等閒[5]、白了少年頭，空悲切。　　靖康恥[6]，猶未雪[7]；臣子恨，何時滅[8]？駕長車踏破、賀蘭山缺[9]。壯志飢餐胡虜肉，笑談渴飲匈奴血。待從頭、收拾[10]舊山河，朝天闕[11]。

注釋

1. 怒髮衝冠：因憤怒激動而頭髮豎起，上衝冠帽。《史記・廉頗藺相如列傳》："相如因持璧卻立，倚柱，怒髮上衝冠。"
2. 抬望眼：抬頭縱目遠望。
3. 塵與土：風塵奔波之謂。
4. 八千里路：作者從軍以來，轉戰南北，征程約有八千里。"八千"與前句中的"三十"都是舉其成數而言。雲和月：指披星戴月，日夜兼程。
5. 等閒：輕易，隨便。

6. 靖康恥：指北宋滅亡的恥辱。靖康，宋欽宗趙桓年號。靖康元年（1126年），金兵攻陷汴京，次年擄徽宗趙佶、欽宗趙桓北去，北宋滅亡。

7. 雪：洗雪。

8. 滅：平息，了結。

9. 長車：古代兵車。賀蘭山：在今寧夏西，當時為西夏統治區，此處借為金人所在地。缺：指險隘的關口。

10. 收拾：整頓。

11. 天闕：宮門。朝天闕：指回京獻捷。

串講

　　我靠着欄杆，心中怒火燃燒，頭髮豎立，直衝冠帽。此時，外面瀟瀟的驟雨剛剛停歇。我抬起頭來放眼遠望，對天長嘯，壯懷激烈。回想三十年來，披星戴月，轉戰南北八千里，戰袍積滿塵與土，就是為了能夠建功立業。切莫輕易虛度青春壯年，到滿頭白髮時，空自悔恨悲歎！大宋亡國之恥還沒有洗雪，我輩臣子之恨又何時才能熄滅？我要駕着戰車，踏破賀蘭山，直搗敵人巢穴。我們有滿腔的壯志豪情，在沙場上談笑自若，餓了就吃敵人的肉，渴了就喝敵人的血。等到我們重新整理好河山，就班師回朝，朝拜我大宋都城宮闕！

評析

　　岳飛（1103—1141年），字鵬舉，相州湯陰（今屬河南）人。他是南宋著名抗金名將，最後被秦檜以"莫須有"的罪名殺害。這首氣壯山河、光照日月的傳世名作，表達了作者抗金救國的堅定意志和必勝信念，體現了大無畏的英雄氣概。詞的開頭四句，破空而來，寥寥幾筆即點出眼前景色、人物神態及其獨特的情緒。"怒髮衝冠"採用誇張筆法，極寫憤怒；"壯懷激烈"描繪沸騰激情。這些構成了全詞的感情基調。緊接着，"三十功名塵與土，八千里路雲和月"二句，以高度形象概括的筆法回顧詞人數十年戎馬生涯，對仗工整，寫景、敘事融為一體，有無窮感慨。這二句在節奏上，一改前面的激昂，稍趨和緩，使聲情頓挫跌宕；在內容上，既補充前面，又承接下文。"莫等閒、白了少年頭，空悲切"三句，情辭慷慨，既是勉人又是勵己，它和《漢樂府·長歌行》中的"少壯不努力，老大徒傷悲"一樣，是被後人奉為箴銘的警策之句。下片轉入言志。"靖康恥"四句，句式短促，音韻鏗鏘，揭示了他壯懷激烈的深層原因。"何時滅"，用反詰句吐露滿腔民族義憤，語感強烈，力透紙背。接下來的"駕長車"以下幾句，描寫實現壯志的具體行動。"踏破"、"飢餐"、"渴飲"顯示了對敵人的深仇大恨；"壯志"、"笑談"則展示將士們的豪情勝慨；"待從頭、收拾舊山河，朝天闕"更表達必勝的信念。這幾句寫得豪氣沖天，顯示詞人報國的一腔熱血和耿耿忠心。全篇突現出一位頂天立地的崇高英雄形象，聲情激越，氣勢磅礴，具有撼人心魄的藝術力量，因而廣為傳誦，不斷激發起人們的愛國情操與報國壯志。清人陳廷焯在《白雨齋詞話》中稱讚道："何等氣概！何等志向！千載下讀之，凜凜有生氣焉。"

韓元吉

好事近

汴京賜宴，聞教坊樂有感[1]。

凝碧舊池[2]頭，一聽管弦淒切。多少梨園[3]聲在，總不堪華髮。　　杏花無處避春愁，也傍野煙發。惟有御溝[4]聲斷，似知人嗚咽。

注釋

1. 汴京賜宴：宋孝宗乾道八年（1172年）十二月，南宋王朝派韓元吉為正使到金國祝賀次年二月初一的萬春節（金主完顏雍生日），行至北宋故都汴梁，金人設宴，教坊奏樂侑觴。教坊樂：教坊乃唐代設立的音樂機關，教坊樂在此指宋教坊音樂。

2. 凝碧池：安祿山叛唐，曾於洛陽大宴凝碧池，梨園弟子噓唏泣下。王維有《菩提寺禁私成口號誦示裴迪》："萬戶傷心生野煙，百官何日再朝天。秋槐葉落空宮裡，凝碧池頭奏管弦。"這裡暗用王維詩意，以凝碧池借指汴京故宮。

3. 梨園：唐玄宗曾選樂工數百人，在梨園教練歌舞，稱"皇帝梨園弟子"。

4. 御溝：流經皇宮裡的河道。

串講

　　重到故國的凝碧池邊，管弦在宴席上剛剛奏響，我心中頓感淒切。其中多少梨園的舊聲，今日又響在我的耳邊，我心中哀痛不已，兩鬢間不覺陡添白髮。就連杏花也無處躲避春愁，依傍着野煙綻開傷心的花瓣。只有環繞皇宮的河水，似乎懂得聽歌人的悲哀嗚咽，流淌的聲音也斷斷續續，似將乾涸。

評析

　　韓元吉（1118－1187年），字無咎，號南澗，許昌（今屬河南）人。官至吏部尚書、龍圖閣學士，封潁川郡公。作者出使金國，金人在宋朝故都汴京設宴招待他。詞人在宴會上又聽到熟悉的北宋宮廷音樂，百感交集，愴然有懷，寫下了這首詞。上片起句化用王維《菩提寺禁私成口號誦示裴迪》詩，表達亡國之痛，很貼切地表現了自己當時的淒切心情。"多少"二句，寫作者和樂工悲痛難禁，竟愁白了頭髮。作者以藝術誇張的手法深刻地表現出亡國的深哀巨痛。下片用擬人手法寫杏花、御溝，說杏花無處逃避春愁，在故都荒涼的土地上開放，說御溝之水似解人意，聲音嗚咽斷續，都是移情入物的寫法，借物之悲，寫人之哀，倍覺沉痛。這首詞構思精巧，用筆空靈，意蘊沉厚，讀之如見作者血淚迸濺紙上。

朱淑真

減字木蘭花

春怨

獨行獨坐，獨唱獨酬[1]還獨臥。佇立傷神，無奈春寒著摸[2]人。 此情誰見，淚洗殘妝無一半。愁病相仍[3]，剔盡寒燈夢不成。

注釋

1. 酬：應和。
2. 著摸：撩惹、沾惹。
3. 相仍：照舊，頻繁。

串講

我孤單單地行走坐臥，沒有知音相伴，只能自唱自和。呆呆地站着傷神，無奈春日的薄寒又撩惹得人心煩意亂。誰能看見我心中的愁情呢？我的淚水啊，幾乎把臉上的殘妝洗個乾淨。愁病交加，夜裡長久不能入睡，剔盡了寒燈也做不成好夢。

評析

朱淑真，生卒年不詳，號幽棲居士，錢塘（今浙江杭州）人。出生於仕宦家庭，自幼聰慧，喜詩詞，工書畫，曉音律，是一位有才華的女詞人。婚姻不幸，先由父母主婚，嫁於

"獨行獨坐，獨唱獨酬還獨臥。"

一俗吏，後憤然離去，獨居母家，憂鬱終生。她的作品情真意切，幽怨悲憤，跌宕淒惻，後人輯其詩詞名曰《斷腸集》。這首詞抒寫春怨，頗見其詞悲怨的特色。開頭二句，連用五個"獨"字，濃墨渲染出自己的孤獨寂寞之情。 接下來"佇立"二句，寫詞人佇立傷神的情景。"春寒"本無知，作者卻偏說它"著摸人"，這是一種移情入物、將景物擬人化的表現手法，更突顯出作者的愁情怨意。詞的下片"此情"二句，先用反問表達無人理解的哀痛，再具體寫以淚洗面的傷心情狀。結尾二句，寫夜晚難以入夢。作者抓住"剔盡寒燈"這一細節描寫，形象地表現出她深夜難眠時無聊、孤獨、寂寞情狀。全詞由室外寫到室內，由白天寫到深夜，佈局嚴謹，層次分明；用筆精悍，抒寫愁情淋漓盡致。

陸游

釵頭鳳

紅酥[1]手，黃縢酒[2]。滿城春色宮牆[3]柳。東風惡，歡情薄。一懷愁緒，幾年離索[4]。錯、錯、錯！春如舊，人空瘦。淚痕紅浥鮫綃透[5]。桃花落，閒池閣。山盟雖在，錦書[6]難託。莫[7]、莫、莫！

注釋

1. 酥：酥油，這裡形容皮膚滋潤細膩。
2. 黃縢酒：黃封酒。京師官酒以黃紙或黃羅絹封閉瓶口，故名。縢：緘封。
3. 宮牆：沈園牆壁。南宋山陰（今浙江紹興）曾為陪都，故稱宮牆。
4. 離索：離群索居。
5. 浥：浸濕。鮫綃：古代傳說海中鮫人所織的絲綃，後用以指絲織手帕。
6. 錦書：此指情書。
7. 莫：罷了。

串講

你用紅潤而白嫩的手，捧來一瓶黃封的美酒。此時，滿城春色爛漫，宮牆內綠柳拂風。東風狂惡，歡情難久，隨之而來的是滿腔的離愁別恨，多年的孤獨索寞。錯呀，錯呀，真是一場大錯！如今春光依舊，人卻白白地消瘦了。淚水和着胭脂都變成紅色，把手帕都濕透了。回頭看，桃花紛紛凋落，池水閒靜，倒映着空寂的樓閣。當年的海誓山盟我還銘記在心，只是錦箋寫的情書卻無法寄託。罷了，罷了，暫時把這情緒收起來罷！

評析

陸游（1125－1210年），字務觀，號放翁，山陰（今浙江紹興）人。孝宗隆興（1163－1164年）初賜進士出身。歷任縣主簿、州通判、知州、禮部郎中、秘書監等，晚年退居山陰。他是傑出的愛國詩人。詞以雄放悲慨為主，兼有柔婉清逸之美。這首詞相傳是陸游三十一歲時，為懷念他被迫離婚的前妻唐琬而作。據說陸游初娶唐氏，夫婦感情甚篤。但陸游的母親不喜歡這個兒媳，逼着他們離婚，活活拆散了這段姻緣。唐氏後改嫁同郡趙士程。幾年後的一個春日，陸游在家鄉城南禹跡寺南面的沈園邂逅唐氏，她仍遣人送酒餚致意，使陸游莫名惆悵，即填成此詞，揮筆題寫於沈園壁上。上片寫往昔與唐氏偕遊沈園的情景和二人被迫離異的痛苦。起首"紅酥手"三句，回憶新婚不久的一段美好生活。那是一個陽光明媚的春日，清風吹拂，楊柳依依。唐琬用一雙紅潤細軟的手，為作者捧來一杯黃縢酒。夫妻間的相敬如賓、兩人心情的愉悅在這一生活場景中得到很好的體現。然而好景不長，他們夫妻很快就被拆散了。"東風惡，歡情薄"四句，寫兩人的婚姻悲劇。這裡用"東風"隱喻母親，既有怨責之意，又保全了母親的面子。"一懷愁緒，幾年離索"八字，寫盡自分別以後的愁苦落寞，讀來令人傷心。而上片結尾連用三個"錯"字，表達了作者無以言表的懊悔、痛惜之情。下片寫沈園重逢時的情景和感受。"春如舊"三句，描繪唐琬的形象。依然是美好的春天，但往日的"紅酥手"再也找不到，如今的她容顏憔悴，淚水濕透了手帕。"空"字，包蘊着詞人對唐氏的憐惜、撫慰、痛傷的複雜感情。"透"字，寫出唐氏流淚之多、傷心之甚，用字精煉。接下來"桃花落，閒池閣"二句，與上片"滿城春色"句照應，又鮮明對比，借景色的變化襯托詞人淒寂冷落、悲苦無告的心情。"山盟"二句，直抒橫遭分離、咫尺天涯之恨。結尾三個"莫"字，則表現了作者在強大的家長專制下無可奈何的沉痛。這首詞語切情深，字字血，聲聲淚，節奏急促，聲情淒緊，催人淚下。

卜算子

詠梅

> 驛外斷橋邊，寂寞開無主[1]。已是黃昏獨自愁，更著[2]風和雨。　　無意苦爭春，一任[3]群芳妒。零落成泥碾[4]作塵，只有香如故。

注釋

1. 無主：無人過問。
2. 著：值，遭遇。
3. 一任：完全聽憑。
4. 碾：軋碎。

串講

　　梅花寂寞地開放在驛站外的斷橋旁邊，從來沒有人過問。已是黃昏時刻，正獨自憂愁，卻又遇上了風吹雨打。無意於獨佔春光，任憑群芳百般嫉妒。即使花瓣凋落成泥碾為塵土，只有清香依然如故。

評析

　　這首詠物詞題為詠梅，實則是以梅花自喻。上片寫梅花的遭遇。"驛外斷橋邊，寂寞開無主"二句，寫梅花所開非地。她開在驛站外的斷橋旁邊，又無人賞識，其冷落寂寞可想而知。"已是"二句，寫梅花所開非時。梅花在黃昏時刻開放，本已不勝憂愁，偏又備受風雨摧殘，遭遇確實不幸和慘痛。下片讚頌梅花的品格。"無意"二句，讚頌其傲霜鬥雪、不與群芳爭春鬥豔的高貴品格。結尾二句，寫梅花縱然飄落在地，化為泥土，卻仍然清香如故，進一步歌頌梅花的高風亮節。這首詞句句詠梅，句句有作者身世遭遇與人格的投影。陸游一直主張抗戰，但在南宋苟且偷安的環境中，他的報國之志並沒有得到最高統治者的賞識，還屢受投降派的打擊、迫害。他並沒有因此而放棄他的抗戰主張和報國情懷，一生都在與投降派作頑強的鬥爭，不畏讒毀，堅貞自守，老而彌篤。詠物詞貴在形神兼備，不離不即，不粘不脫，託物寄意，物我相融，這首詞達到了這樣的藝術高境。

范成大

秦樓月

> 樓陰缺[1]，闌干影臥東廂月[2]。東廂月，一天風露，杏花如雪。　　隔煙催漏金虬[3]咽，羅幃暗淡燈花結[4]。燈花結，片時春夢，江南天闊[5]。

注釋

1. 樓陰缺：樓房為樹蔭遮蔽，看上去像缺了一部分。陰：樹蔭。
2. 闌干影臥東廂月：月照東廂，欄杆的影子躺在地上。
3. 金虬：銅龍，銅製的龍頭（水從龍口裡吐出），裝在漏器上用以計時。李商隱《深宮》："金殿銷香閉綺籠，玉壺傳點咽銅龍。"
4. 羅幃：輕軟的紗羅做的帳子，此借指閨房。燈花結：舊俗相傳，燈燭結花表示有喜訊。
5. "片時"二句：化用岑參《春夢》："枕上片時春夢中，行盡江南數千里。"

串講

　　高樓為樹蔭遮掩，只露出一個角來，月光斜照着東廂房，把欄杆的影子投射到地面上。此時明月之下，風露滿天，滿枝的杏花皎潔如雪。迷濛的煙霧之中傳來漏壺發出的幽咽聲，室內光線暗淡，燈芯不時結起燈花。在這燈花打結之時，她做了短短的一個夢，夢中她又到了地廣天闊的江南。

評析

　　范成大（1126 — 1193 年），字致能，號石湖居士，吳郡（今江蘇蘇州）人。紹興二十四年（1154 年）進士。歷官至參知政事。曾使金，堅強不屈，"全節而歸"，為朝野稱道。工詩，為"中興四大詩人"之一。詞風清婉秀逸。這是首春閨懷遠的詞。上片寫外景，渲染環境的寂靜。此時，月亮升到廂房之上，拉長了樹木的陰影，遮住大半個房間，使它看起來像缺了一部分，廂房上欄杆的影子則靜靜地躺在地面上。滿天風露中，杏花皎白如雪。上片幾句，作者捕捉住景物光、色、影的交織變化，寫得逼真細緻。除"風"之外，全是靜的意象。但有微動的"風"，反而襯托得環境愈加沉靜。這裡面雖然沒有點出人物，但我們可以推測得到，一定有人在畫面之外，靜觀這一切！下片寫室內情景。"隔煙"二句，寫夜已深，滴滴答答的水漏聲隔着煙霧傳來，搖曳的蠟燭不時結着燈花。二句是動景，卻愈反襯出環境的寧靜。用"咽"來形容漏壺的滴水聲，顯示出聽者（詞的抒情主人公）心情的寂寞。相傳燈花打結是喜訊的預兆，這或許給寂寞中的人一絲安慰。接下來三句，揭示出懷人的主題。原來女主人公在思念她的意中人。"燈花結"果然是吉兆，她幸福地進入了夢鄉。儘管只是短短的一會兒，她卻已經神遊了廣闊的江南，找到了自己日夜懷念的遠人！全詞在這歡樂的情緒中，戛然而止。夢後如何，作者沒有接着寫，給人留下了寬廣的想像餘地。

眼兒媚

萍鄉[1]道中乍晴，臥輿[2]中，困甚，小憩[3]柳塘。

酣酣日腳紫煙浮[4]，妍暖破輕裘[5]。困人天色，醉人花氣，午夢扶頭[6]。　　春慵恰似春塘水，一片縠紋[7]愁。溶溶泄泄[8]，東風無力，欲皺還休。

注釋

1. 萍鄉：縣名，今屬江西。
2. 輿：肩輿，用人力抬的代步工具。
3. 小憩：稍事休息。
4. 酣酣：形容濃烈的樣子。日腳：穿過雲層向下照射的日光。
5. 妍暖：風和日麗。破輕裘：敞開皮衣。
6. 扶頭："扶頭酒"的簡稱，指易醉之酒。唐代姚合《答友人招遊》詩："賭棋招敵手，沽酒乍扶頭。"李清照《念奴嬌》："險韻詩成，扶頭酒醒，別是閒滋味。"這裡比喻花氣濃香。
7. 縠紋：皺紋，多用以比喻水有波汶。縠：有皺紋的紗布，蘇軾《臨江仙》詞："夜闌風靜縠紋平。"
8. 溶溶泄泄：水波蕩漾的樣子。

串講

太陽光從雲隙中透射下來，照得大地暖洋洋的，淡紫色的煙氣在水面輕輕浮動。風和日暖，索性敞開輕軟的皮襖。正是中午時分，暖熏熏的天色與香膩膩的花氣，像濃酒一般催人陶醉發眠，昏昏欲睡。春愁啊，它就像是池塘裡的一泓春水，在心中泛起細細的漣漪。塘水緩緩蕩漾，在春風輕輕吹拂下，波紋乍起還平。

評析

據范成大《驂鸞錄》載，乾道九年（1173年），范成大赴廣西桂林任經略安撫使，閏正月末途經萍鄉時吟成此詞。上片寫詞人坐在小轎中昏昏欲睡的狀態。起兩句寫道中午晴的景象。“酣酣”既寫出了從雲層中投射出來的日光的濃烈耀眼，也傳達出詞人暖烘烘的感受，極為生動。“紫煙浮”，則準確地摹寫雨過天晴之後，水氣上浮、紫煙氤氳的景象。在如此妍暖的天氣裡，作者渾身燥熱，所以才有“破輕裘”之舉。“困人天色”三句，細緻微妙地描狀出暖熏熏的天氣和四處流溢的花香給予自己“困”、“醉”的感受、情態。下片寫“小憩柳塘”。“春慵”緊承“困”、“醉”，作者以景作比，用“春塘水”來比喻“春慵”，說它就像春塘中那細小的波紋，喻象已新穎，又在“縠紋”尾加一“愁”字，匪夷所思，感受微妙。俞陛雲《唐五代兩宋詞選釋》評“借東風皺水，極力寫出春慵，筆意深透，可謂入木三分”，沈際飛《草堂詩餘別集》說“字字軟溫，着其氣息即醉”，都指出作者善於提煉溫軟妍麗的語言表現春暖、春慵感受的藝術特色。

楊萬里

昭君怨

詠荷上雨

午夢扁舟[1]花底，香滿西湖煙水。急雨打篷[2]聲，夢初驚。　　卻是池荷跳雨，散了真珠[3]還聚。聚作水銀窩，瀉清波。

注釋

1. 扁舟：小船。
2. 篷：船篷。
3. 真珠：即珍珠，這裡形容水滴。

串講

　　正午時分，小船蕩漾在荷花叢中。我躺在舟裡，做了一個美麗的夢。夢中我來到了煙水迷濛的西湖，那裡呀，滿湖飄溢着荷花的清香。忽然，一陣急雨襲來，雨滴劈劈啪啪敲打着船篷，驚醒了我的好夢。看，外面碧圓的荷葉上面，雨滴亂蹦，它們像晶瑩的珍珠一樣，在荷葉上滾動，聚攏來，又散開去。有時它們匯集在荷葉的中心，像一窩水銀一樣透亮。有時，它們從荷葉上瀉下，像一條銀色的瀑布。

評析

　　楊萬里（1127－1206年），字廷修，號誠齋，吉水（今屬江西）人。紹興二十四年（1154年）進士。詩文皆善，詩風清新明暢，號“誠齋體”，亦是“中興四大詩人”之一。這首詞寫庭院荷池雨。上片卻從午夢入筆，寫他夢中蕩舟西湖，見滿湖煙水，聞馥郁荷香，以西湖的美襯托院中的雨荷。“急雨”二句，寫他被急雨驚醒，在迷迷糊糊中竟把雨打院中池荷誤作雨打船篷之聲。上片側重表現聽覺與嗅覺，下片才正面描寫“荷上雨”，主要表現視覺印象。先白描雨珠在荷葉上迸跳之狀，接着連用“真珠”、“水銀窩”、“清波”三個比喻表現荷葉上雨滴的飛散、聚合、瀉落之狀，喻象新穎，優美，充滿動感，饒有情趣。詞的構思巧妙，夢中美景與現實美景相映生輝。動詞“跳”、“散”、“聚”、“瀉”用得準確、生動、活潑。楊萬里是宋代傑出的自然詩人，他的詩能夠抓住瞬間的自然景色變化，用白描速寫的手法表現出來。詩歌新鮮活潑，輕快風趣，號為“誠齋體”。從這首詞可以看出他摹寫自然輕快靈動的筆致。

張孝祥

六州歌頭

長淮望斷[1]，關塞莽然[2]平。征塵暗，霜風勁，悄邊聲[3]。黯消凝[4]。追想當年事[5]，殆天數，非人力；洙泗[6]上，弦歌地[7]，亦膻腥[8]。隔水氈鄉[9]，落日牛羊下，區脫[10]縱橫。看名王宵獵[11]，騎火一川明，笳鼓悲鳴，遣人驚。

念腰間箭，匣中劍，空埃蠹[12]，竟何成！時易失，心徒壯，歲將零[13]，渺神京。干羽方懷遠[14]，靜烽燧[15]，且休兵。冠蓋使[16]，紛馳騖[17]，若為情[18]！聞道中原遺老，常南望、翠葆霓旌[19]。使行人到此，忠憤氣填膺[20]，有淚如傾。

注釋

1. 長淮：指淮河。當時宋金對峙，西以大散關、東以淮河為邊界。望斷：極目遠望。
2. 莽然：草木茂盛的樣子。
3. 悄邊聲：指邊防前線居然靜悄悄的，平時的人呼、馬嘶、號鳴之聲一概沒有了。

4. 黯消凝：心情沮喪，感慨出神。

5. 當年事：指金兵侵吞中原的靖康之變。

6. 洙泗：洙水、泗水流經孔子聚徒講學的曲阜。

7. 弦歌地：指接受儒家文化教育之地。弦歌：樂歌。

8. 亦膻腥：指中原文化聖地也被敵人的腥臊氣污染了。膻腥：牛羊的腥臊氣。

9. 氈鄉：指女真族的金朝。北方遊牧民族居住在氈帳裡，故稱氈鄉。

10. 區脫：本為匈奴人所築土室，作偵察警戒用，這裡借指金兵的哨所。

11. 名王：指金兵將領。宵獵：夜間打獵，借以炫耀武力。

12. 空埃蠹：白白地被灰塵和蠹蟲侵蝕壞了。

13. 零：盡。

14. 干羽方懷遠：用禮樂文化感化遠方的敵人（這是諷刺南宋對金朝妥協求和）。干羽，盾牌和雉尾。《尚書·大禹謨》記載，虞舜"舞干羽於兩階"，不久有苗（古部族名）就來歸順。

15. 烽燧：古代在高台上舉烽燧，作為報警的信號。黑夜舉火叫烽，白天升煙叫燧。

16. 冠蓋使：使臣。這裡指隆興元年（1163年）宋與金通使議和之事。冠蓋：官員的服裝和車馬。蓋：車蓋。

17. 馳騖：奔走。

18. 若為情：何以為情，難為情。

19. 翠葆霓旌：指皇帝的車駕。翠葆：用翠鳥羽毛裝飾的車蓋。霓旌：彩旗。

20. 填膺：滿懷。膺：胸。

串講

　　我站在淮河邊極目遠望，只見茂密的荒草遮住了關塞。對岸，敵騎捲起的滾滾塵煙久久不散，看起來一片昏暗。蕭瑟的秋風一個勁地猛吹，這裡的邊塞卻一片寂靜，聽不到角鳴馬嘶之聲。這情景讓我黯然傷神。回想當年靖康之難，國土淪陷，都城南遷，也許是天意，不是人力所能扭轉的吧。洙泗之地，深受儒家教化，如今也慘遭外族的蹂躪。淮水對岸，到處是金人的氈帳。夕陽西下的時候，成群的牛羊被趕回柵欄，金兵的據點縱橫密佈。金兵主將率領將士夜間出去打獵，他們的火把照亮了山川。胡笳鼙鼓發出悲愴淒涼的響聲，讓人聽了膽戰心驚。想我插在腰間的雕弓羽箭、藏在匣裡的龍泉寶劍，長時間不用，都白白地被蠹蟲侵蝕，沾滿了灰塵。但又有什麼辦法呢？時間像流水一樣轉瞬即逝，徒然有一顆報國之心。眼看歲華將盡又到了年關，收復汴京的希望卻還非常渺茫。有人說，像大禹感化苗人一樣，我們也要用禮樂感化金人。於是，邊塞熄滅了報警的烽燧，守邊的軍隊也都撤出了前線。從此議和使臣的車馬紛紛奔走，來來往往，不絕於途。這種屈辱求和的行徑他們怎麼就做得出呢？聽說中原淪陷區的父老，常常翹首南望，盼着皇帝車駕浩浩蕩蕩地返回中原故都。此刻如果有愛國之士來到淮河岸邊，看到這般景象，他們一定會義憤填胸，淚如雨下的。

評析

　　張孝祥（1132－1169年），字安國，號於湖居士。歷陽烏江（今安徽和縣烏江鎮）人。紹興二十四年（1154年）進士第一。他以愛國詞著稱，詞風接近蘇軾，氣勢豪邁，境界闊大。紹興三十一年（1161年）夏，金主完顏亮率大軍南侵，淮河南北廣大地區遭受了嚴重的破壞。宋孝宗隆興元年，南宋張浚出師北伐，但因將帥不和，在符離為金兵所敗。朝廷中的主和派因而得勢，急於向金人屈辱求和。這年，張孝祥在建康（今江蘇南京）留守任上，既痛心邊備空虛，敵勢猖獗，又恨南宋統治者屈膝投降。在一次宴會上，他即席賦此詞以抒發其義憤。據說當時張浚也在場，他讀了這首詞後，悲痛得罷席而去。可見這首詞感情之強烈。詞的上片寫淮河前線淒涼暗淡的景色。在景色中把敵人的猖獗與我方邊防不修做鮮明的對比，寄寓無限痛惜之情。"追想"三句，回憶靖康之難。表面是說當年之事是非人力所能扭轉的，實際上是反語，是激憤之詞，言外之意是當年亡國之禍乃是人所造成的！詞的下片抒寫作者滿腔忠憤之情。"念腰間箭"四句，歎空有報國恢復之志而大業難成。感慨深沉，語調激憤。"干羽"六句，筆鋒直指朝廷，諷刺統治者奴顏婢膝、妥協投降的行徑。"聞道"三句，寫中原父老盼望北伐，與統治者的投降形成鮮明對比，反襯主和派的無恥。結尾三句，直抒自己的憤激之情，把詞的情緒推到了高潮。這首詞激情充沛，氣象闊大，多用短句與三字句，節奏急促，連綿而下；音調慷慨激切，悲壯淋漓，是繼賀鑄的《六州歌頭》之後又一首同調的傑作。清代作家陳廷焯《白雨齋詞話》評："張孝祥《六州歌頭》一闋，淋漓痛快，筆飽墨酣，讀之令人起舞。"

念奴嬌

洞庭青草[1]，近中秋、更無一點風色。玉鑒瓊田[2]三萬頃，着我扁舟一葉。素月分輝，明河共影[3]，表裡俱澄澈。悠然心會，妙處難與君說。　　應念嶺表經年[4]，孤光[5]自照，肝膽皆冰雪[6]。短髮蕭疏[7]襟袖冷，穩泛滄溟[8]空闊。盡吸西江[9]，細斟北斗[10]，萬象[11]為賓客。扣舷獨嘯[12]，不知今夕何夕[13]。

注釋

1. 洞庭青草：洞庭湖與青草湖。洞庭湖在岳陽市西南，青草湖在洞庭湖南，與洞庭湖相通，總稱洞庭湖。
2. 玉鑒瓊田：形容洞庭湖如同玉鏡，又像一片美玉鋪成的田地。鑒：鏡子。
3. 明河共影：天上銀河與洞庭湖同被月光照耀。明河：銀河。
4. 嶺表：指五嶺以南至南海之間的桂粵地域。經年：指作者在靜江府（桂林）為官一年。
5. 孤光：指月亮。
6. 肝膽皆冰雪：心地光明磊落，如冰雪般晶瑩潔白。
7. 蕭疏：稀疏。
8. 滄溟：大水瀰漫的樣子。
9. 西江：自西而來的長江。

10. 細斟北斗：以北斗為酒器，慢慢斟酒。北斗七星如斗勺，所以作者想像用它來斟酒。

11. 萬象：宇宙萬物。

12. 舷：船邊。嘯：撮口作聲，打口哨。

13. 今夕何夕：表示今夜是一個美妙的夜晚。語出《詩經‧綢繆》：“今夕何夕，見此良人。”

串講

洞庭湖與青草湖相連相通，臨近中秋，湖上竟無一絲風。我划一葉小舟，蕩漾在碧玉明鏡般的萬頃湖面上。皎潔的月光灑下一片銀輝，銀河與湖水交相輝映，一片澄澈透明。大自然的美妙我心領神會，難於向你說清。回想在嶺南任職的一年歷程，常有孤月相伴，肝膽像冰雪一樣潔白晶瑩。如今我鬢髮稀疏、衣單袖冷，穩穩地泛舟在煙波浩淼的洞庭湖上。舀盡西來的江水當美酒，舉北斗當酒器來慢慢斟酌，將天地萬物當作賓客來邀請。我叩擊船舷仰天長嘯，如此美妙，竟忘記了今天是一個什麼日子了。

評析

宋孝宗乾道二年（1166年），張孝祥因受政敵讒害而被免職。他從桂林北歸，途經洞庭湖，即景生情，寫下這首《念奴嬌》。這是張孝祥的代表作，也是宋詞中傳誦最廣的名篇之一。詞人借對澄澈空闊的湖光月色的描繪，抒發悠然忘我、超塵脫俗、天人合一的精神境界和自己光明磊落、冰肝雪膽般純潔高尚的情操。詞的上片寫湖上美景。開篇三句點明時令和地域，表現洞庭湖上萬里無雲、水波不興。作者用"玉鑒"、"瓊田"來比喻湖面，生動形象地表現出月光下湖面的明淨光潔；而用"三萬頃"來誇張湖面之廣闊，有力地襯托出作者的豪邁氣概。"素月分輝"三句寫洞庭湖水天輝映的夜景，不僅營造出空明澄澈的境

"玉鑒瓊田三萬頃，着我扁舟一葉。"

界，而且展現出作者光明磊落的胸懷。"悠然"兩句，以虛帶實，含而不露。所謂妙處並不只是洞庭的風光之妙，更是詞人在"玉鑒瓊田"中心物融合的美妙體驗。下片由景入情，自剖胸懷。"應念"三句，回憶自己一年來在嶺南的為宦生涯，並以"孤光自照，肝膽皆冰雪"來象徵自己純正無私和潔身自好。"短髮"二句，轉寫當前實境。作者儘管屢遭讒害，環境險惡，卻能泰然處之，在湖面上穩泛輕舟。詩人之磊落胸襟、豪爽性格得到進一步表現。結尾三句，運用浪漫幻想，說要舀江水為酒，取北斗為杯，邀萬物為賓客，縱情豪飲。一位壯氣凌雲、雄視萬象的豪士形象由此躍然紙上。這是詞中氣魄最大、最傳神之句。以"扣舷獨嘯，不知今夕何夕"結束全篇，更令人覺得神餘言外。這首詞大氣磅礡，意境優美，筆勢奇特，想像豐富，情景交融，堪與蘇軾《水調歌頭》中秋詞相媲美。

西江月

黃陵廟

満載一船明月，平鋪千里秋光。波神留我看斜陽[1]，喚起鱗鱗細浪。　　明日風回[2]更好，今宵露宿何妨。水晶宮裡奏霓裳[3]，準擬岳陽樓上[4]。

注釋

1. 波神留我看斜陽：作者把船為風浪所阻，不能前進，說成是水神要留他看斜陽下的景色。波神：指水神。
2. 風回：轉為順風。
3. 水晶宮：亦作水精宮，神話傳說所稱龍王宮殿。霓裳：即《霓裳羽衣曲》，唐代著名的宮廷舞曲。
4. 準擬：約定。岳陽樓：在湖南岳陽市西，面臨洞庭湖。

串講

我的小船在湘江上漂蕩，滿載着一船明月，月光也平鋪在千里的江面上。好客的水神彷彿要留我觀看夕陽，招呼風兒過來，吹起魚鱗般的層層細浪。明日定會風向迴轉，一路順風順水，行程將會更輕鬆，所以，今夜露宿在這裡又有什麼妨礙呢？此時湖水拍打着小船，彷彿是燦若水晶的龍宮裡奏出的美妙音樂。等行船到了岳陽，一定要登上岳陽樓去欣賞洞庭君山壯美的風光。

評析

　　黃陵廟在湖南湘陰北洞庭邊上的黃陵山上，據說為舜之二妃娥皇、女英所建。這首詞是張孝祥由譚州（今湖南長沙）改官湖北荊州，離開湖南途經黃陵山下所作。詞題一作"阻風三峰下"。詞中記述了秋日行船為風所阻，露宿山下的所見、所聞、所感。開首兩句，以整齊的對偶句描繪秋日黃昏與月夜景色。說月色可以用船"滿載"，用"平鋪千里"來形容明月朗照下的風平浪靜的湘江，畫面光明澄澈，恬靜幽美，其中也洋溢着作者泛舟江上的喜悅。"波神"二句，寫遇風。不直接說風起，而說波神特意放起了鱗鱗細浪；不直接說自己本不願走，而說波神有意挽留。幻想瑰奇，引人入勝，表現出自己對湖光山色的留戀。詞的下片，"明日"二句，設想明日順風好行，寫出露宿江邊的舒暢心情。"水晶"二句，將"素月分輝，明河共影，表裡俱澄澈"的江景，幻想成水晶宮，又想像水聲彷彿是水晶宮裡的美妙音樂，並進而設想明日登臨岳陽樓之樂。以這樣美妙的想像結束全詞，全沒有半點遇風受阻的惆悵，反而有無比的歡愉。這首詞想像奇幻，詞采清麗，意境優美，惹人喜愛。

辛棄疾

水龍吟

登建康賞心亭[1]

　　楚天千里清秋，水隨天去秋無際。遙岑遠目[2]，獻愁供恨，玉簪螺髻[3]。落日樓頭，斷鴻[4]聲裡，江南遊子[5]。把吳鈎[6]看了，闌干拍遍，無人會、登臨意。　　休說鱸魚堪膾，盡西風、季鷹歸未[7]？求田問舍，怕應羞見，劉郎才氣[8]。可惜流年，憂愁風雨，樹猶如此[9]！倩何人喚取，紅巾翠袖[10]，搵[11]英雄淚？

注釋

1. 建康：今江蘇南京。賞心亭：在當時建康西下水門的城上，下臨秦淮河。
2. 遙岑：遠山。遠目：縱目遠望。
3. 玉簪螺髻：山像美人頭上碧玉簪和螺形髮髻。
4. 斷鴻：失群的孤雁。
5. 遊子：漂泊異鄉的人。
6. 吳鈎：春秋時期吳國製造的一種兵器，似劍而曲。這裡指腰間的佩劍。

7. "休說"二句：典出《世說新語·識鑒》：西晉時，吳人張翰（字季鷹）在洛陽做官，看到秋風起而想起了吳中的鱸魚膾和蓴菜羹，就說人生貴適意，怎麼能為了名利而羈留千里之外的他鄉呢？於是便棄官回鄉了。堪：可。膾：細切的魚片、肉片。

8. "求田"三句：三國時許汜去看望陳登，陳登對他很冷淡，獨自睡在大床上，叫他睡在下床。後來許汜把這件事告訴了劉備，劉備說："天下大亂，你忘懷國事，求田問舍，謀求私利，陳登當然瞧不起你。如果碰上我，我將睡在百尺高樓，叫你睡在地下，豈止只相差上下床呢？"（《三國志·陳登傳》）作者引用這個典故是表示：在國家危難之時去營造個人的安樂窩，無雄心壯志，會被人恥笑。求田問舍：買田地，置房舍。劉郎：指劉備。

9. "可惜"三句：流年：指時光流逝。風雨：喻艱難的國勢。樹猶如此：典出《世說新語·言語》，東晉大將桓溫北征路過金城，看到自己早年所種的柳樹已有十圍粗，便歎息道："木猶如此，人何以堪！"攀枝執條，泫然流涕。

10. 倩：請，請求。紅巾翠袖：代指美女。

11. 搵：擦去。

串講

　　江南秋天碧空如洗，一望千里；滾滾長江向天邊流去，在遠處與無邊的秋色融為一體。縱目遠眺連綿的群山，只見它們好像美人頭上的玉簪螺髻一般，向人展現它們的憤恨憂愁。落日的餘輝灑滿城樓，失群的孤雁淒慘地叫着，我這個江南遊子於此時登上了城樓。我抽出腰間的寶劍看了又看，把樓頭上的欄杆拍了個遍，可有誰能夠懂得我此時登高臨遠的心事呢！

　　眼下又是西風送爽的時節，我卻不願聽到蓴羹鱸膾的感慨，也不想學張季鷹因思念家鄉的美味就辭官休閒。像許氾那樣只知道購置產地的人，見到雄才大略的劉備應該感到羞愧才是。可惜啊，白白流逝的大好年華！如今風雨飄搖的江山社稷依然使我愁腸百結。看着樹都會長高長大，我怎能不像桓溫一樣感慨流淚？有誰能喚來紅巾翠袖的美女，把失意英雄的淚水擦乾呢？

評析

　　辛棄疾（1140－1207年），字幼安，號稼軒，歷城（今山東濟南）人。早年參加耿京抗金義軍，耿京遇害後，擒拿叛徒南歸。歷任江陰簽判，建康通判，江西提點刑獄，湖南、湖北轉運使，湖南、江西安撫使等職。落職後曾長期閒居江西上饒、鉛山一帶。一生以抗金報國自任，卻壯志難酬。其詞題材廣泛，風格多樣，剛柔並具，代表了南宋詞的最高成就。這首詞大約作於乾道五年（1169年）。當時作者在建康通判任上，距他南歸已有七八年了。這期間他一直屈沉下僚，滿腔報國熱情無從施展，於登城覽景之際，宣泄滿腔悲憤。上片寫他登上賞心亭的所見所感。“楚天”兩句寫江天景色，氣象闊大，筆力遒勁。“遙岑”三句，用美人頭上的“玉簪”和“螺髻”分別比喻形狀不同的山，形象美麗。而說遠山“獻愁供恨”則是移情及物，把自己心中憤恨憂愁，移於原本無知無情的山，並點出"愁"、"恨"二字，情感愈趨強烈。"落日"以下六句，一貫而下，將所見、所聞、所感融合交織，表達出詞人報國無門的滿腔悲憤。"落日"三句，是寫景，是抒情，也是象徵。落日餘輝令人聯想到當時南宋日薄西山、國勢殆危的局面，而離群失散的孤雁哀鳴也容易觸動人們國仇家恨的感傷。"把吳鈎"三句，選用典型意義的動作，淋漓盡致地表現自己報國無路、壯志難酬的悲憤。唐圭璋先生說："'把吳鈎'三句，寫情事尤不堪，沉恨塞胸，一吐之於紙上，仲宣之賦無此慷慨也。"（《唐宋詞簡釋》）分析極是。下片連用三典，直抒報國志向。三個典故的靈活運用，把悲憤之感情層層推進到最高點。結尾兩句，照應前面"無人會"之句，表達時無知己的悲歎。於是作者只能呼喚美人的同情與慰藉了。以美人映襯，使英雄的形象更加突出，有語麗情悲之妙。全篇筆勢浩蕩，悲涼慷慨，詞意結構卻深曲含蓄，令人讀之油然引發無窮感慨。

菩薩蠻

書江西造口[1]壁

郁孤台下清江水[2]，中間多少行人淚。西北望長安[3]，可憐無數山。　　青山遮不住，畢竟東流去。江晚正愁余[4]，山深聞鷓鴣[5]。

注釋

1. 造口：即皂口，在今江西萬安縣西南六十里，有皂口溪，溪水自此流入贛江。

2. 郁孤台：在今江西贛州市西南。清江：指贛江。

3. 長安：本漢唐舊都，這裡借指北宋故都汴京。

4. 愁余：使我發愁。余：我。

5. 鷓鴣：鳥名，鳴聲淒切，像是在說"行不得也哥哥"。這裡暗指時事艱難，恢復之事行不得。

串講

郁孤台下奔騰不息的贛江水啊，不知道夾雜着多少逃難者的眼淚。我登台遙望西北的中原故都，可惜滿眼看到的都是重重疊疊連綿不止的青山。青山它畢竟阻擋不住滔滔江水，它們總會衝破重圍向東流去的。江邊蒼茫的暮色正使我惆悵不已，耳邊又響起從深山中傳來的鷓鴣的淒切叫聲。

評析

此詞為淳熙三年（1176年）作者任江西提點刑獄時所作。全詞以山水起興，抒發國家興亡的感慨。上片寫登台遠望時所見所感。起首二句，由郁孤台下的江水聯想到廣大逃難百姓和愛國志士血淚，借"行人"之淚抒發作者的一腔哀痛、滿腹幽怨。"西北"二句，抒寫國土淪陷的悲痛。作者心存故國，志在恢復，然而現實卻是重重疊疊連綿不盡的青山遮擋他的視線，望故都而不得。作者心中的惋惜、悲痛之情可想而知。下片即景抒情。過片二句，表面的意思是無數青山雖可遮住故都，卻阻擋不了滔滔江水的東流之勢，弦外之音是全國人民如火如荼的抗敵意志，任何妥協、苟安勢力也阻擋不住。這兩句，惜水怨山，即景抒情寄託，情詞慷慨，燃起作者心中的希望，詞的情調也為之一振。然而時局畢竟艱危至極，“江晚”二句，又使作者跌落到痛苦的現實當中。這兩句以黃昏江邊淒涼的景色襯托心情的悲憤，以鷓鴣“行不得也哥哥”的鳴叫聲暗示恢復之事難以實現，以濃重的感傷色彩收束。全篇起筆突兀，收筆含蓄。詞中比興寄託似有似無，耐人尋味。詞意飛躍，多留空白，又起伏跌宕。唐圭璋先生說：“不假雕飾，自抒悲憤。小詞而蒼莽悲壯如此，誠不多見。蓋以真情鬱勃，而又有氣魄足以暢其情。起以近處山水。次從遠處寫山。下片，將山水打成一片，慨歎不盡。末以愁聞鷓鴣作結，尤覺無限悲憤。”（《唐宋詞簡釋》）對此詞的高超藝術作了精彩的評析。

摸魚兒

淳熙己亥[1]，自湖北漕移湖南，同官王正之置酒小山亭，為賦。

更能消[2]幾番風雨，匆匆春又歸去。惜春長怕花開早，何況落紅無數。春且住。見說[3]道、天涯芳草無歸路。怨春不語。算只有殷勤，畫檐蛛網，盡日惹飛絮。　　長門[4]事，准擬佳期又誤。蛾眉[5]曾有人妒。千金縱買相如賦，脈脈此情誰訴。君莫舞，君不見玉環飛燕皆塵土[6]！閒愁最苦。休去倚危闌，斜陽正在、煙柳斷腸處。

注釋

1. 淳熙己亥：淳熙六年（1179 年），辛棄疾從湖北轉運副使調任湖南，主持漕運。小山亭在湖北轉運使官署內。
2. 消：消受，禁得。
3. 見說：聽說。
4. 長門：傳說漢武帝時陳皇后失寵，幽居長門宮，以千金請司馬相如作《長門賦》以抒悲愁。皇帝見賦後感悟，皇后復得幸。
5. 蛾眉：美女的代稱。《離騷》："眾女嫉予之蛾眉兮"。
6. 玉環：楊貴妃小字玉環。安祿山之亂，玄宗逃到馬嵬坡，軍士嘩變，殺楊國忠，楊貴妃被賜死。飛燕：漢成帝寵愛趙后，號飛燕。後被廢為平民，自殺而死。楊趙二人都善舞，並以忌妒出名。

串講

　　還能經得起幾番風雨摧殘？春天又匆匆地告別了人間。我愛惜春天，常常害怕花兒開得過早，何況現在是落花滿地。春天，你且停住腳步吧！聽說連天的芳草已經截斷了你的歸路。你為什麼不理睬我，依然匆匆離去呢？仔細算來，只有畫檐上癡情的蛛網，整天地粘住紛飛的柳絮，想殷勤地把春天留住。長門宮裡的美人期盼着與皇帝相見，約好的佳期卻又一次拖延了。原來她天生的嬌好容貌引起了別人妒忌，進了讒言。即使能用千金之貴買來司馬相如的名賦，又有什麼用，她滿腹幽怨向誰去訴說呢？善妒的人，你不要那樣得意猖狂，你不見楊玉環、趙飛燕都結局悲慘，化作了一抔黃土。無法解脫的閒愁最令人痛苦。千萬不要登上高樓憑欄遠望：西下的斜陽正照着暮煙中的楊柳，那種景象真令人愁腸欲斷！

評析

　　這是稼軒詞的代表作之一。作者繼承了《離騷》以來的比興寄託傳統，上片借春天的衰殘表現對國事衰危的深切憂慮與悲憤。開頭兩句用再也經受不住風雨摧殘的暮春殘景來象徵風雨飄搖的南宋政權形象，痛惜之情溢於言表。"惜春"二句，細膩地表現惜春之情。作者愛惜春光卻又怕花兒開得太早，因為開得太早，也就凋謝得早，何況眼前落紅滿地呢？"春且住"兩句，寫留春。"怨春"幾句，因留春不住，故寫怨春。作者抓住蜘蛛結網粘住飛絮這一細小生活實景進行發揮，說蛛網沾飛絮是為了殷勤地挽留住春光。用"殷勤"加以渲染，把惜春之情表現得哀怨動人，突出展示了作者殷勤的報國之心。下片通過寫美人遲暮，斥責誤國奸邪，感歎江山衰危。作者借用蛾眉見妒的故事暗喻自己受到排擠，滿腔愛國深情無處申訴。"君莫舞"幾句，情辭憤切，指斥玉環、飛燕之輩，實際上是警告朝廷中的奸邪小人不要猖狂得意。最後以"斜陽煙柳"之句結束全篇，隱喻南宋朝廷如日薄西山，前途暗淡。據宋代羅大經《鶴林玉露》記載，宋孝宗“見此詞，頗不悅”，可見它確實刺着了統治者的痛處。作者以陽剛雄豪之氣驅遣美人香草的柔美意象，摧剛為柔，情意纏綿而又語調激切，節奏渾灝流轉而又幽咽怨斷，可謂剛柔結合，外柔內剛。清人陳廷焯評價道：“詞意殊怨，然姿態飛動，極沉鬱頓挫之致。”（《白雨齋詞話》卷一）梁啟超更說：“迴腸蕩氣，至於此極。前無古人，後無來者。”（《藝蘅館詞選》二卷引）對這首詞可以說是推崇備至。

祝英台近

晚春

寶釵分[1]，桃葉渡[2]，煙柳暗南浦[3]。怕上層樓，十日九風雨。斷腸片片飛紅，都無人管，更誰勸、啼鶯聲住？　　鬢邊覷[4]，試把花卜歸期[5]，才簪又重數[6]。羅帳燈昏，哽咽夢中語：“是他春帶愁來，春歸何處？卻不解[7]、帶將愁去！”

注釋

1. 寶釵分：釵由兩股合成，夫妻或情人分別時，各拿一股，以示紀念。

2. 桃葉渡：渡口名，在今南京秦淮河與青溪合流處。傳說東晉王獻之有妾名桃葉，曾在這裡渡江，王獻之作《桃葉詞》相送，該地因此而得名。這裡借指情人分別之地。

3. 南浦：泛指分別之地。

4. 覷：斜視。

5. 花卜歸期：以所簪花瓣的數來占卜離人的歸期。

6. 簪：插。重數：再數一遍。

7. 不解：不知道。

串講

　　摘下髮髻上的寶釵分作兩股，我們在渡口分別。當時，重重煙霧籠罩着岸邊垂柳，景色顯得淒涼而又暗淡。從此我就害怕登樓遠眺，因為十有九天是風狂雨怒。花瓣紛紛隨風飄落，使人柔腸寸斷。這殘敗的景象都沒有人去理會，更還有誰會去勸阻流鶯，讓它停止啼叫呢？我斜視着鬢邊戴的花朵，把它取下來數數花瓣的數目，以此來測定他的歸期。才插好，又取下來重新細數。深夜，羅帷帳裡燈色昏黃，我在睡夢中哽咽着哭訴：都是他春天帶來了撩人的憂愁，如今他到哪裡去了，為什麼不知道把憂愁帶走呢？

評析

　　這是一首男子代女子言情（代言體）的閨怨詞。全篇抒寫閨婦的傷春懷人之情。上片寫情人去後的冷落淒涼。"寶釵分"三句回憶分別時的淒迷場景。"桃葉渡"、"南浦"是詩詞中常用的典故，作者以之入詞，既點明分別的地點，又渲染出離情別緒，增加了作品的容量。而“煙柳”迷濛的場景，很好地襯托出人物的悲苦心情。接下來“怕上”二句寫別後的慵懶愁苦。“十日九風雨”極寫天氣惡劣，再襯女主人公的淒苦情懷。“斷腸”三句寫春去花落，無人愛惜，鶯聲鳴囀，無人勸阻，由此而更增添她的愁苦。“都無人”和“更誰”之語，如哀似訴。下片寫女子盼情人回歸的癡迷。“鬢邊覷”三句，通過女主人公反復數花瓣卜歸期這一動作細節，把閨中少婦盼望遊子歸來的複雜神態心理，活靈活現地描繪出來。最後幾句以夢中怨春作結。女主人公即使在夢中還在哽咽念叨，怨春天只知帶將愁來，不知將愁帶去，實際上是怨遠方的遊子不歸來。作者如此描寫閨怨，婉曲細膩。詞中人物的口吻動作、心情意態與景物契合無間，用典貼切淺近，寫得纏綿悱惻，一波三折，在以雄深豪健為主導傾向的稼軒詞中堪稱別調，表明辛棄疾具有能剛能柔、亦豪亦婉的大家風度。詞人還暗用比興寄託手法，將自我的政治失意之恨融入閨婦的怨春情緒之中，正如黃蘇《蓼園詞選》所說“有所託而借閨怨以抒其志”。不過這種寄託似有似無，需要讀者結合詞人平生經歷仔細品味。

醜奴兒

書博山[1]道中壁

> 少年不識愁滋味，愛上層樓[2]。愛上層樓，為賦新詞強說愁[3]。　　而今識盡愁滋味，欲說還休[4]。欲說還休，卻道："天涼好個秋！"

注釋

1. 博山：在今江西廣豐縣西南。南臨溪流，遠望其狀如廬山之香爐峰。淳熙八年（1181年）辛棄疾罷職退居上饒帶湖，常過博山。
2. 層樓：猶言重樓，高樓。
3. 強說愁：無愁而勉強說愁。
4. 欲說還休：李清照《鳳凰台上憶吹簫》："多少事，欲說還休。"

串講

少年時不知道愁到底是什麼滋味，喜歡登上高樓眺望。登上高樓，為了寫出新詞，無愁而勉強寫下說愁的應景文字。如今飽嘗了愁苦的滋味，卻往往是欲說又止。欲說又止，卻對着別人說：西風送爽，好一個涼爽的秋天！

評析

這首詞是辛棄疾閒居帶湖時的作品，通篇詠愁。詞的上片說少年時喜歡登高望遠，氣壯如山，不識愁為何物，卻常常為文造情，無病呻吟，無愁強說愁。下片筆鋒一轉，寫"而今"歷經滄桑後的感受。作者從率部起義抗金到歸宋，到政治上屢遭排擠打擊，遭受種種磨難，飽嘗種種辛酸。"識盡愁滋味"一語是對其曲折人生經歷的高度概括。心中有如此多的愁苦，但"而今"卻說不出，連用兩個"欲說還休"，加強感歎語氣，深刻地表現了作者悲憤、無奈的感情。最後以"卻道天涼好個秋"結束，語似輕鬆灑脫，實際上感情極沉重。全詞構思巧妙，今昔對比，妙用疊句，言淺意深。

青玉案

元夕[1]

> 東風夜放花千樹，更吹落，星如雨[2]。寶馬雕車香滿路。鳳簫聲動，玉壺[3]光轉，一夜魚龍[4]舞。　蛾兒雪柳黃金縷[5]，笑語盈盈暗香去。眾裡尋他千百度。驀然[6]回首，那人卻在，燈火闌珊[7]處。

注釋

1. 元夕：指農曆正月十五上元節，又稱元宵。
2. "東風"三句：元夕賞燈，燈如火樹銀花。花千樹、星如雨，都形容彩燈。唐代蘇味道《正月十五夜》詩："火樹銀花合，星橋鐵鎖開。”

3. 玉壺：喻明月。

4. 魚龍：指鯉魚燈、龍燈等各種彩燈形狀。

5. 蛾兒雪柳黃金縷：蛾兒、雪柳都是婦女頭飾。雪柳飾以金線，稱“撚金雪柳”。

6. 驀然：突然。

7. 闌珊：燈火零落稀少。

串講

　　像東風一夜間催開了千樹繁花，滿城彩燈也一時間華彩齊放。好像滿天星斗從天空中灑落，在街巷間閃閃放光。富貴人家的華麗車馬擠滿了道路，飄來陣陣香風。悠揚悅耳的鳳簫聲到處回蕩，玉壺般皎潔的圓月漸漸西斜，有魚龍等形狀的各色彩燈整夜地飛舞轉動。姑娘們頭上插着蛾兒、雪柳等各色首飾，一個個打扮得花枝招展。她們笑語盈盈，帶着香氣遊逛玩耍。我在熙熙攘攘的人群中反復尋找意中人，正在着急的時候，無意間回頭一看，她正站立在燈火稀落之處！

評析

　　這是一首具有獨特藝術魅力的詞。詞的上片用誇張的筆法，極力描繪燈月交輝的上元盛況。開篇二句便描繪出一幅燦爛繽紛的元宵畫面：燈火之盛如千樹繁花競放，花燈之多又似滿天星斗璀璨。接下來“寶馬”一句，生動地表現出貴族之家的奢侈豪華和出遊的氣派。“鳳簫”三句，更是描寫出元夕空前的熱鬧場面。這裡有聲，悠揚悅耳的鳳簫聲到處回蕩；有色，各種彩色的花燈飛舞，像魚龍戲水；有光，玉壺般的月亮皎光四射。筆墨不多而意象豐美，氣氛具足。下片"蛾兒"二句，更增添了漂亮仕女的活動，使本已熱鬧的氣氛更添幾分光彩。詞寫至此，全是鋪敘元宵夜歌舞歡樂的場景，但作者的本意卻並不在此。下面"眾裡"四句，才點出要寫的主要人物。在這熱鬧喧天、燈火輝煌的佳節之夜，卻有一個人並不為之所動，獨自站立在燈火稀落之處。此人之孤高、淡泊、不隨流俗、自甘寂寞的形象也就隨着作者靈動的轉折之筆凸立紙上。原來前面所有的描寫都是賓，都是為了反襯後面的"那人"的孤高形象。作者苦苦尋覓這位孤高的美女，正寄託着作者政治失意、功業無成的落寞幽憤，也象徵着他對一種高潔人格理想的追求。梁啟超評曰"自憐幽獨，傷心人別有懷抱"（《藝蘅館詞選》丙卷引），看到了這首詞的比興寄託深意。此詞藝術構思巧妙，突兀而起，由熱鬧變清冷，點出主人公後戛然而止，引發讀者無窮思索品味。

清平樂

村居

　　茅簷低小，溪上青青草。醉裡吳音相媚好[1]，白髮誰家翁媼[2]？　　大兒鋤豆溪東，中兒正織雞籠。最喜小兒無賴[3]，溪頭臥剝蓮蓬。

1. 吳音：此處指上饒一帶的口音，這裡古屬吳國。媚好：綿軟好聽。

2. 媼：古時對老年婦女的尊稱。

3. 無賴：調皮。

串講 𓏸𓏸

　　茅草屋又低又小，溪邊長滿青青的野草。含着醉意的吳地口音，聽起來是那麼溫柔婉媚。是誰家的白髮老翁和婆婆在那裡愉快地說笑呢？大兒子在小溪東邊的田中鋤豆，二兒子坐在門口忙着編織雞籠。最招人愛的那頑皮小兒子，他正躺在溪頭剝蓮蓬吃！

評析 𓏸𓏸

　　辛棄疾在江西上饒閒居達二十年之久。長期鄉居，對農村生活相當熟悉，所以他的詞中有不少表現農村生活的作品。這首《清平樂》可當一幅情味盎然的農村風俗畫看。上片一、二句，用白描手法先描繪人物活動的背景。通篇連用三個 "溪"字，圍繞着一條小溪展開清新疏朗的畫面，極富江南農村的特色。三、四句寫白髮老公公和老婆婆。作者先從那帶着醉意，聽起來溫柔婉媚的吳音寫起，突出了他們聲音 "媚好" 的特點，進而表現老年人生活的安詳、精神的愉快、彼此的相愛。下片集中寫這一農戶的三個兒子。大兒和中兒都在做着符合其年齡並為其喜愛的農活。詩人尤着力於對"小兒"的描繪。"最喜”、“溪頭”二句，刻畫出小兒頑皮戲耍、天真活潑的神態，詞人對他的喜愛之情也流露於字裡行間。這首詞用清新、簡潔的筆調，描寫溪邊農家老少五人，各具面目，形象逼真，聲吻動態活現紙上，具有濃厚的農村生活氣息，洋溢着作者喜愛和平寧靜的農村生活的真情。

破陣子

為陳同甫[1]賦壯詞以寄

> 醉裡挑燈[2]看劍，夢回吹角連營。八百里分麾下炙[3]，五十弦翻塞外聲[4]。沙場秋點兵。
>
> 馬作的盧[5]飛快，弓如霹靂[6]弦驚。了卻君王天下事，贏得生前身後名。可憐[7]白髮生！

注釋

1. 陳同甫：陳亮（1143 — 1194 年），字同甫，號龍川，浙江永康人，南宋著名愛國詞人。
2. 挑燈：把燈光撥亮。
3. 八百里：牛的代稱。據《世說新語·汰侈》，王愷有牛，名八百里駁。這裡代指牛，並語帶雙關，兼指當初作者所參加的耿京抗金義軍的連營之廣。麾下：部下。炙：烤熟的肉。
4. 五十弦：本指瑟。李商隱《錦瑟》：“錦瑟無端五十弦，一弦一柱思華年。”這裡泛指軍中各種樂器。翻：演奏。塞外聲：指雄壯悲涼的軍樂曲。

5. 的盧：古代烈性良馬。相傳三國時劉備所乘的馬就叫的盧，
   這裏用以泛指戰馬。

6. 霹靂：雷聲，比喻弓弦的響聲。《南史·曹景宗傳》記載，
   曹景宗對人回憶他少年時在家鄉與同輩數十人騎馬練武時的
   情景，說："拓弓弦作霹靂聲，箭如餓鴟叫⋯⋯此樂使人忘
   死，不知老之將至。"

7. 可憐：可惜。

串講

　　深夜，我在酒醉中撥亮了油燈，抽出寶劍，細看寒光凜凜
的鋒刃。醒來後，夢中的情景又在眼前展現：一大片帳篷相連
的軍營之內，軍士們正分食牛肉，熱氣騰騰，各種樂器一齊演
奏雄壯的邊塞樂曲。秋高氣爽，沙場上正舉行盛大的閱兵儀
式。勇士們騎着烈性的駿馬，飛快地追殺着敵兵；拉弓如滿
月，發出令敵人膽戰心驚的霹靂之聲。我心情振奮，發誓要完
成君王統一天下的大業，博取生前和身後的功名。但真可憐
啊，凌雲壯志還沒有實現，頭上卻已是白髮叢生了。

評析

　　這首詞是淳熙十六年（1189年）春天為酬答陳亮而作的。
陳亮是一位愛國志士，一生堅持抗金，與辛棄疾志同道合。在
這首詞裡，作者抒發自己的英雄懷抱並以之激勵友人。開頭
"醉裡挑燈看劍"，僅六個字寫出三個連續而富有特徵的動作，

字字精煉而含有深意。"醉裡"是由於作者壯志難酬，心中鬱結，不得不借酒澆愁；"挑燈"可見深夜不寐，念念不忘；"看劍"則顯示報國殺敵的雄心。接下來"夢回"一句，引出下文夢境。"八百里"以下三句，寫兵士們宴飲、娛樂生活和閱兵場面，氣氛熱烈，情詞慷慨。"馬作的盧飛快，弓如霹靂弦驚"二句，寫驚險的戰鬥場面。駿馬在戰場上飛奔而過，強弓發出驚心動魄的霹靂之聲。這兩句筆墨雖只寫"的盧"和"弓"，但引弓跨馬、衝鋒陷陣的將士形象卻躍然紙上！"贏得君王"二句，抒發報國壯志，把熱烈氣氛推到高潮。但"可憐白髮生"一句卻突然轉折。前九句寫夢前與夢中情景，筆飛墨舞，氣勢磅礴，壯懷激揚，情詞慷慨，最後一句卻一下子跌落到令人傷心的現實當中。作者報國難酬的悲憤，在大起大落中得到了充分的表現。這首詞構思奇特，前九句為一大段，最後一句作大反跌，創造性地打破常規的分片結構，對比強烈，情調悲壯，加上句式奇偶相生，音調和諧與拗怒交織，使格局開闔動盪，極富感人力量。

西江月

夜行黃沙[1]道中

明月別枝驚鵲[2]，清風半夜鳴蟬。稻花香裡說豐年，聽取蛙聲一片。　　七八個星天外，兩三點雨山前。舊時茅店社林[3]邊，路轉溪橋忽見。

注釋

1. 黃沙：黃沙嶺，在上饒西面。
2. 明月別枝驚鵲：謂月光驚飛了樹枝上的喜鵲。別枝：斜枝，另一枝。
3. 社林：土地廟周圍的樹林。

串講

　　明亮的月色驚起了棲息的喜鵲，從一個樹枝頭飛到另一樹枝上。半夜裡，涼風習習，蟬兒不時發出幾聲鳴叫。稻花香裡，蛙聲連成一片，像是在相互訴說又一個豐年的到來。遠遠的天邊幾顆星星在閃爍，兩三點雨滴卻不期飄灑到山前。拐個彎兒，走過溪上的小石橋，在土地廟的樹林子旁邊，那熟悉的茅屋酒店，忽然躍入眼簾。

評析

　　這首詞記述作者夜行村路所見所感，是稼軒農村詞中較有代表性的名篇。詞的上片寫月明、鵲驚、蟬鳴、蛙叫，寥寥幾筆，便點染出一幅優美又富於生活氣息的農村夏夜圖，作者夜行時愉悅賞愛之情也溢於言表。"明月"二句，寫景細緻生動。"驚"用得極妙，既寫出喜鵲忽然飛起的狀態，又表現出月光的明亮。"稻花"二句，由聞香點出稻花開，並聯想到豐收，竟感覺豐年是那一片蛙聲說出，移情於物，設想新奇美妙。詞的下片寫道中遇雨。"七八"二句，寫星疏雨稀。作者信手拈出"七八個"與"兩三點"這一對數量詞，構成天然工整又活潑的對仗，形象地表現出稀疏之感。這兩三點疏雨，使作者心情有了細微變化，他由閒散喜悅變得有點着急了。詞寫至此，忽生一波瀾。接下來"舊時"二句，寫作者正在愁雨，卻忽然見到熟悉的茅店。一個"忽"字，充分顯露出作者見到茅店時的驚喜之情。詞在情緒達到高潮時，戛然而止。這首詞不僅寫出了景物的動靜、遠近、明暗、光色、聲香，還表現出夜行人的活動和情緒變化，筆調輕快，詞句靈活，狀景傳神，清新俊逸，富有情趣。

永遇樂

京口北固亭懷古[1]

千古江山，英雄無覓，孫仲謀[2]處。舞榭歌台[3]，風流總被、雨打風吹去[4]。斜陽草樹，尋常巷陌，人道寄奴[5]曾住。想當年，金戈鐵馬，氣吞萬里如虎[6]。　　元嘉草草，封狼居胥，贏得倉皇北顧[7]。四十三年[8]，望中猶記，烽火揚州路。可堪回首，佛狸祠[9]下，一片神鴉社鼓[10]。憑誰問，廉頗老矣，尚能飯否[11]？

注釋

1. 京口：今江蘇鎮江。北固亭：在鎮江東北長江南岸的北固山上。

2. 孫仲謀：孫權，字仲謀，三國時吳國的皇帝，建安十三年（208年）遷都京口。

3. 舞榭歌台：指孫權的故宮。

4. 風流：指孫權的英雄業績及其流風餘韻。

5. 寄奴：南朝宋武帝劉裕，小字寄奴，生於京口，家境貧窮，故云"尋常巷陌"。

6. "想當年"三句：這是頌揚劉裕北伐的武功。義熙十二年（416年）劉裕督軍北伐後秦，收復洛陽、長安。金戈鐵馬：形容劉裕兵強馬壯。

7. "元嘉草草"三句：元嘉：南朝宋文帝劉義隆（劉裕之子）年號（424—453年）。劉義隆嘗聽王玄謨談論北伐，便有封狼居胥之意。元嘉二十七年（450年），劉義隆命王玄謨北伐，為後魏擊敗。封狼居胥：封，築台祭天。漢霍去病追擊匈奴至內蒙西北之狼居胥山，封山而還。倉皇北顧：看到敵人從北方追來而倉皇失色。

8. 四十三年：南宋孝宗隆興元年（1163年），張浚主持北伐，因倉促出兵，致使宋軍大敗於符離。開禧元年（1205年）辛棄疾出守京口，上距隆興北伐失利正好四十三年。

9. 佛狸祠：在今江蘇六合縣東南瓜步山上。佛狸：為北魏太武帝拓跋燾小字。元嘉二十七年（450年），他追擊宋王玄謨的軍隊至長江北岸的瓜步，修建佛狸祠。

10. 神鴉：棲息在祠廟裡啄食祭品的烏鴉。社鼓：民間祭祀土地神時的樂鼓聲。

11. "廉頗"二句：廉頗是戰國時趙國名將，被讒入魏。趙王有意起用，遣使問訊。廉頗一飯斗米，肉十斤，披甲上馬，以示自己還能戰鬥。這裏用以表示自己雖然老了，但仍和廉頗一樣有雄心和膽力，可惜已經不被重視。

串講

千古以來，壯麗的山河依舊，但再也找不到像孫仲謀那樣的英雄了。英雄的業績及其流風餘韻，也如同當時的舞榭歌台一樣，都被歷史的風雨吹打得雲消煙散。普通的街巷裏，落日斜照着荒草古樹，人們傳說劉裕曾經在這裏居住。想當年，他率大軍北伐，金戈鐵馬，氣吞萬里，勢如猛虎。可歎他的兒子劉義隆志大才疏。元嘉年間草率北伐，原想登上狼居胥山，封山而歸，不料卻落得個大敗而逃，看到北方的強敵就倉皇失色。四十三年前，隆興張浚北伐潰敗的情景依然歷歷在目。眺望揚州，還記得當年烽煙滾滾的情景。如今，江北神鴉盤旋，社鼓頻敲，人們卻在南侵者修建的佛狸祠下祭祀祈福。往事真是不堪回首啊！有誰來問：廉頗老了，飯量還行嗎？

評析

宋寧宗開禧元年（1205年），辛棄疾任鎮江知府。當時，朝政由外戚韓侂冑把持，韓欲借抗戰增強自己的勢力，臨時啟用辛棄疾等抗戰將領，準備北伐。辛棄疾積極支持北伐，並希望韓侂冑等人作好充分準備，以免重蹈南朝劉義隆倉促出兵的覆轍。這首詞就是通過懷古來表達自己既堅決支持北伐又反對輕率冒進的思想。上片追念起於京口建立功業的孫權、劉裕。

"千古"六句，追念孫權的英雄業績，感歎英雄的風流餘韻無處可覓，歎息當時無傑出人才可以抵禦外侮。這幾句感慨深沉，情辭悲壯。"斜陽"以下幾句寫劉裕北伐的業績。先從荒涼的景色寫起，語氣低緩；進而着力渲染劉裕當年金戈鐵馬、氣吞萬里之勢，一變而為高亢之音。在語氣的突轉當中作者抒發弔古的情思。詞的下片，"元嘉草草"三句，寫劉義隆草率北伐，致使倉皇敗北的歷史教訓。作者借古諷今，對韓侂胄的輕舉妄動提出委婉的批評。"四十三年"三句，再引隆興北伐的失利，強調急躁冒進之危害。"可堪回首"三句，由緬懷歷史回到眼前的現實，在描寫民間迎神賽會的祭祀情景中表現戰鬥氣氛的平息，痛心人們民族意識的消沉，言外之意是如果統治者不迅速謀求恢復的話，淪陷區的人民就可能安於異族的統治。結尾以廉頗自喻，表明自己身雖老而愛國之心不衰，感慨不被朝廷重用。這首詞結合京口地域特點及其有關的歷史人物，熔寫景、抒情、議論、懷古、諷今於一爐，情懷激烈而深沉，風格沉鬱悲涼，運筆層層轉折頓挫，表達出滿腔抑塞不平的英雄之氣，思想性和藝術性很高，明人楊慎《升庵詞話》甚至推許它為稼軒詞中"第一"之作。

鷓鴣天

　　枕簟溪堂[2]冷欲秋，斷雲[3]依水晚來收。紅蓮相倚渾如醉，白鳥無言定自愁。　　書咄咄[4]，且休休[5]，一丘一壑也風流[6]。不知筋力衰多少，但覺新來懶上樓[7]。

注釋

1. 鵝湖：山名，在江西省鉛山縣東北。山上有湖，東晉時龔氏曾在此養鵝，故名。山下有鵝湖寺，風景優美。辛棄疾鄉居時常來遊玩。

2. 枕簟溪堂：謂在溪堂休息。簟：竹蓆。

3. 斷雲：片雲。

4. 咄咄：表示失意的感歎聲。據《晉書・殷浩傳》，殷浩被放逐後，終日以手書空（用手在空中寫字），作“咄咄怪事”四字。

5. 且休休：指去尋求美好的隱居生活。休休：罷休。唐司空圖隱居中條山，作亭名“休休”，並作《休休亭記》。

6. 一丘一壑：一山一水。風流：指風景絕佳。《世說新語・品藻》記載，晉明帝問謝鯤比庾亮如何，謝鯤回答說：“端委廟堂，使百官準則，臣不如亮；一丘一壑，自謂過之。”此處意謂縱然不在朝廷，亦能怡情於山水之間。

7. "不知"二句：感歎自己因生病而精力衰退。化用劉禹錫《秋
　　日書懷寄白賓客》："興情逢酒在，筋力上樓知。"

串講

　　我躺在溪堂之內的竹蓆上，感覺到秋天的涼意。遠處湖面
的幾絲雲彩傍晚時已逐漸消散。粉紅的荷花像喝醉了酒一般相
互倚靠在一起，白鷗靜靜兀立水邊，像是有滿腹憂愁。每天裡
像殷浩一樣在空中書寫"咄咄怪事"，還不如去學司空圖隱
居，縱情於山水之間，也是人生快事。不知道自己筋力衰減了
多少，只是覺得近來懶懶的不想登樓遠望了。

評析

　　這是一首病起抒情的短章。
上片首二句寫他在溪堂中休息，
感到涼意漸生。時近傍晚，湖上
的雲彩也消失殆盡。"紅蓮"二
句，寫湖中的荷花和白鷗，移情
入物，借美景抒愁情，頗有韻
味。明代沈際飛說："生派愁怨
與花鳥，卻自然。"（《草堂詩餘
正集》卷一）下片寫病起後的心
情。"書咄咄，且休休"化用殷
浩與司空圖的故事，抒發心中牢

"紅蓮相倚渾如醉，白鳥無言定自愁。"

騷。一個"且"字，可以看出作者的無奈情緒。作者一心抗

戰，圖謀恢復大業，卻屢遭投降派打擊迫害，去山林中隱居實非作者所願。下一句"一丘一壑也風流"，同樣是無可奈何、自我解嘲之語。結尾兩句，表面上感歎自己筋力衰退，懶於登樓，實際上寄寓壯志未酬、報國無門的憂憤。這首詞語淡情深，含蓄婉轉，寫病起心境情態宛然在目。

陳亮

水調歌頭

送章德茂大卿使虜[1]

不見南師[2]久，漫說北群空[3]。當場只手，畢竟還我萬夫雄。自笑堂堂漢使，得似洋洋河水[4]，依舊只流東？且復穹廬[5]拜，會向藁街[6]逢！　堯之都，舜之壤，禹之封[7]。於中應有，一個半個恥臣戎[8]！萬里腥羶[9]如許，千古英靈[10]安在，磅礴[11]幾時通？胡運[12]何須問，赫日自當中[13]！

注釋

1. 章德茂：章森，字德茂，曾兩度出使金國。大卿：尚書的代稱。
2. 南師：北宋北伐大軍。
3. 漫說：胡亂說。北群空：語出韓愈《送溫處士赴河陽軍序》"伯樂一過冀北之野而馬群遂空"，指良馬被選完，這裡借用比喻人才的缺乏。
4. 堂堂：莊嚴正大。得似：哪得似。洋洋：形容水勢浩大。

5. 穹廬：北方民族居住的圓形帳篷。這裡借指金國朝廷。

6. 藁街：漢代長安城內專供外族人居住的地方。

7. 堯、舜、禹：都是傳說中古代賢君。都、壤、封：都泛指國土、疆域。

8. 戎：指金王朝。

9. 腥膻：牛羊的腥膻氣，南宋常用此代指金國。

10. 千古英靈：古代傑出人物的靈魂。

11. 磅礴：指浩然正氣。

12. 胡運：指金朝的氣數。

13. 赫日：火紅的太陽，喻南宋前途光明。

串講

　　很長時間不見宋朝出師北伐，但不要胡亂說中國沒有英雄了。如今，你獨擋一面，終於可以顯示我華夏子孫的威風。想來也覺可笑，堂堂的大宋使節，哪能像東流的河水一樣，年年向金國朝拜呢？姑且向氈包低一下頭吧，總有一天會把敵軍首領擒來在藁街示眾！在中國這片曾經是堯、舜、禹等賢君的疆域土地內，應該有一個半個恥於向敵人屈膝的鐵骨硬漢！萬里江山被金人弄得到處腥膻，千古以來為國家拋頭顱灑熱血的先烈英靈哪裡去了？浩然正氣何時能壓倒邪氣通天下呢？金朝的命運注定不會長久，大宋一定會收復中原，國家也必定像燦爛紅日普照長空。

評析

　　陳亮（1143－1194年），字同甫，號龍川。浙江永康人。光宗紹熙四年（1193年）策進士，擢第一。他力主抗金。為文氣勢縱橫，筆鋒犀利。其詞風與辛棄疾相似。淳熙十二年（1185年）十一月，宋朝皇帝再次派遣章德茂以大理少卿試戶部尚書賀金主生辰，這首詞是送別章出使而作。它表達作者不甘屈辱、正氣凜然的愛國豪情，洋溢着強烈的民族自豪感和必勝的信念。開首二句，筆鋒直指屈辱的朝廷和敵人。"當場只手"以下五句，讚揚章德茂的勇氣，點明送別之意。勉勵章德茂，指出宋朝屈服於金的事不會長久。這裡用的"自笑"一詞，不是"自嘲"、"可笑"，而含有自期自許之意。"且復"二句，指出宋朝最終必定取得對金的勝利。詞的下片承接上片末尾之意，抒發必勝的豪情。"堯之都"五句，追述歷史，指出中華民族不乏有骨氣的仁人志士。用三個短句，接連列舉堯、舜、禹三位古代賢君，情詞慷慨，表現出強烈的民族自豪感。"萬里"三句，針對如今大片國土淪陷，發出憤激的反問，貫注着希望伸張正義、振興國家的急切之情。結尾兩句，表達敵人必失敗，大宋必定如日方中的強烈信念。這兩句聲雄氣壯，痛快淋漓，令人振奮。全篇情辭慷慨，氣勢磅礴。清代陳廷焯《白雨齋詞話》評價道："精警奇肆，幾於握拳透爪，可作中興露佈讀。"

劉過

唐多令

安遠樓[1]小集，侑觴歌板之姬黃其姓者[2]，乞詞於龍洲道人[3]，為賦此《唐多令》。同柳阜之、劉去非、石民瞻、周嘉仲、陳孟參、孟客，時八月五日也。

蘆葉滿汀洲，寒沙帶淺流。二十年、重過南樓。柳下繫船猶未穩，能幾日，又中秋。

黃鶴斷磯[4]頭，故人今在不[5]？舊江山，渾是[6]新愁。欲買桂花同載酒，終不似，少年遊。

注釋

1. 安遠樓：又名南樓，在武昌黃鶴山上。
2. 侑觴：勸酒。歌板之姬：歌女。
3. 龍洲道人：作者自號。
4. 黃鶴斷磯：即是長江南岸蛇山黃鶴磯。磯：臨江陡然中斷的山崖。
5. 不：即"否"。
6. 渾是：全是。

串講

　　蘆葦的枯葉鋪滿水邊沙洲，寒冷的沙灘映着淺窄如帶的水流。二十年後又登上了武昌南樓。繫在柳蔭下的船兒還沒有穩住，過不幾天就又到中秋了。黃鶴磯的斷崖高聳陡立，不見了往日與我同遊的老友。綠水青山依然，但處處都引發我的憂愁。想買來桂花一同載酒泛舟，可惜總不能像少年時那樣興致勃勃地賞遊。

評析

　　劉過（1154—1206年），字改之，自號龍洲道人。吉州太和（今江西泰和）人。以功業自許，卻屢試不第，曾幾次上書，陳述抗金主張，未被採納，後放浪江湖。詞效辛棄疾，粗豪中有俊逸之致。作者重遊武昌南樓，目睹蕭條冷落的秋景，感歎時光易逝，故人不在，國事日非，因而寫下了這首詞。上片寫登樓所見。“蘆葉”二句，寫縱目遠眺，但見蘆葦的枯葉落滿水邊的沙洲，淺水如帶，岸遠沙平，使人感覺到有一種寒意。純是寫景，人物的感情卻深深滲入字句之間。“二十年”一句，交代登臨的時間和地點。“二十年”說明歲月之流逝，一可歎；“重過”點出是舊地重遊，二可歎；“南樓”則表明是古人經常登覽的名樓，三可歎。如此七字組合在一起，蘊涵無窮的感傷。“柳下”三句，本來就感歎二十年流逝之速，如今偏偏中秋又要到了，這加重了作者的感慨。“猶”、“又”兩個虛字的運用使情緒的表達細膩、曲折。下片寫登樓所感。“黃鶴”三句，寓情於景，表達了對當年同遊故友的深切懷念和物是人非的感傷。“舊江山渾是新愁”點出作者情懷淒苦原由。原來作者看到國家日益衰微，才觸目生愁，憂傷滿懷。結尾三句，說作者想要強打精神，載酒泛舟，卻缺少了少年時期的豪情逸興。以今昔情懷的對比收束全篇，更深一層寫出內心的悽愴。這首詞抒發感情曲折含蓄而又強烈、深沉，正如唐圭璋先生所言："馮夢華謂龍洲學稼軒，'得其豪放，未得其宛轉'。然若此首，固豪放宛轉，兼得稼軒之神者。"（《唐宋詞簡釋》）

姜夔

點絳唇

丁未冬過吳松作[1]

> 燕雁[2]無心，太湖西畔隨雲去。數峰清苦，商略[3]黃昏雨。　　第四橋[4]邊，擬共天隨[5]住。今何許[6]？憑闌懷古，殘柳參差[7]舞。

注釋

1. 丁未：宋孝宗淳熙十四年（1187年）。吳松：即吳淞江，又稱蘇州河，經吳江、蘇州、昆山等地流入黃浦江。

2. 燕雁：指從幽燕一帶飛來的大雁。燕：地名，今北京、河北一帶。

3. 商略：商量，醞釀。

4. 第四橋：《蘇州府志》："甘泉橋一名第四橋，以泉品居第四也。"

5. 天隨：即天隨子，唐代詩人陸龜蒙的外號，取《莊子·在宥》"神動而天隨"之意。陸龜蒙曾隱居吳江甫里鎮，常泛舟太湖，帶着筆墨書畫及茶竈、釣具，在船上生活，時人稱江湖散人。姜夔每以他自比。

6. 何許：何處，什麼地方。

7. 參差：長短不齊。

串講

　　從北方南歸的大雁，似乎無心在這裡居住，沿着太湖的西岸，追隨雲彩繼續向南飛去。遠處幾座山峰淒清愁苦，它們聚攏在一起，好像在醞釀着黃昏的雨。真想在第四橋邊，與我景仰的天隨子比鄰而居。如今我身在何處呢？高樓之上，倚着欄杆歎息，衰柳在西風中參差舞動。

評析

　　姜夔（1155—1221年），字堯章，號白石道人。饒州鄱陽（今江西鄱陽）人。一生未入仕途，以布衣出入公卿之門。善書法，精音樂，能自度曲，詩詞俱工，詞尤負盛名。宋孝宗淳熙十四年（1187年），姜夔從湖州去蘇州見范成大，途經吳淞江，寫下了這首借景抒情、弔古傷今之作。詞的上片寫所見之景。“燕雁無心”二句，說北方來的大雁，隨雲遠去。姜夔一生落魄困頓，東奔西走，依人為食。寫“燕雁”之漂泊其實隱含着自己的影子。“數峰清苦”二句，用擬人化手法，給雨前的山染上濃重的感傷色彩。“清苦”二字，活現山峰陰雲慘澹的色貌，更妙是寫出群峰清苦心態神情。“商略”二字，也很新奇，當山雨欲來未來之時，峰巒疊聚，似在商量着如何降雨。明代卓人月評為“誕妙”（《古今詞統》），近人俞陛雲讚曰“乃詞人之幽渺魂”（《唐五代兩宋詞選釋》），是精到的。下片抒懷古之情。唐代詩人陸龜蒙經常乘着小船，帶着書筆、茶竈，漂泊於江湖之間。作者對此非常仰慕，所以說要打算隱居在陸龜蒙曾住過的第四橋邊。結尾三句，通過隨風飄舞的殘柳表現迷茫悵惘的情緒，為歷代詞評家所讚賞。陳廷焯評價說："感時傷事，只用'今何許'三字提唱，'憑闌懷古'下僅以'殘柳'五字了之，無窮哀感都在虛處；令讀者弔古傷今，不能自止，洵推絕調。"分析中肯。

踏莎行

自沔[1]東來，丁未元日[2]至金陵，江上感夢而作。

　　燕燕輕盈，鶯鶯嬌軟[3]，分明又向華胥[4]見。夜長爭得薄情知[5]？春初早被相思染。

　　別後書辭，別時針線，離魂暗逐郎行[6]遠。淮南[7]皓月冷千山，冥冥[8]歸去無人管。

注釋

1. 沔：原為河流名，源於陝西，匯入漢江，因此被用作漢江的代稱。
2. 丁未元日：宋孝宗淳熙十四年（1187年）元旦。
3. 燕燕、鶯鶯：代指所愛的人。蘇軾在聽說張子野八十五歲還買妾後，作詩調侃道："詩人老去鶯鶯在，公子歸來燕燕忙。"
4. 華胥：夢境的代稱。語出《列子·黃帝》："黃帝畫寢雨夢，遊於華胥之國。"

5. 爭：怎。薄情：指所愛的人。

6. 郎行：情郎那邊。

7. 淮南：指戀人所居之地合肥。

8. 冥冥：指暗中。

串講

　　她的體態輕盈優美，聲音嬌軟柔媚。在夢中，我分明又見到了她。她埋怨我無法知道她長夜不眠的痛苦。她說初春景色早已被染上了無窮的相思。分別後情意纏綿的書信，別時拈針撚線縫補衣服的情景，猶然讓人感念。她的夢魂早已離開了軀體，暗隨情人去了。淮南的上空皓月高懸，千山冷寂，她的離魂就在這樣的情景中伶仃無依，獨自歸去。

評析

　　姜夔二十多歲時在合肥結識了一個女子，後來分手了，但他對她一直眷念不已。姜夔從漢陽東去湖州途中過金陵，在江上夢見遠別的戀人，寫了這首詞。詞的上片寫夢境。"燕燕"二句，以燕子的輕盈來比喻她的纖纖體態，用鶯聲的嬌軟來比喻她的柔聲細語，形象生動，富於藝術魅力。而"分明又向華胥見"一句，用"又"字，點明不止一次在夢中見到她，可謂朝思暮想；而用"華胥"代指夢境，借用典故語意表現夢裡相會之美好。"夜長"二句，寫夢中戀人對他傾訴相思。她訴說自己長夜不眠，埋怨他不知道她的相思之苦，並且說整個早春都被相思之情染苦了。此句情癡語奇，非常精妙。下片寫夢醒以後情景。"別後書辭，別時針線"二句，寫作者夢醒後睹物思人，感念不已，語淡情深，自然出之。"離魂"一句，借用倩女離魂的故事，設想伊人如倩女一般，靈魂在暗中緊隨情郎（作者）來到遠方。結尾"淮南皓月冷千山，冥冥歸去無人管"，更是設想伊人夢中相會之後離魂黯然歸去的淒涼景況，表達無盡的憐惜、體貼、關愛之情。這兩句意象神奇誕幻，意境幽冷高遠，抒情委婉動人，句琢字煉，瘦硬生新，點化杜甫《詠懷古跡》之"環佩空歸月夜魂"又有創新，深為王國維所欣賞。全篇設想奇特，語言清空，感情纏綿，是一首格調較高的愛情詞。

揚州慢

淳熙丙申至日[1]，予過維揚[2]。夜雪初霽，薺麥彌望[3]。入其城則四顧蕭條，寒水自碧，暮色漸起，戍角[4]悲吟。予懷愴然，感慨今昔，因自度此曲。千岩老人以為有《黍離》之悲也[5]。

淮左[6]名都，竹西[7]佳處，解鞍少駐初程。過春風十里[8]，盡薺麥青青。自胡馬窺江[9]去後，廢池喬木[10]，猶厭言兵。漸[11]黃昏，清角吹寒[12]，都在空城。　　杜郎俊賞[13]，算而今、重到須驚。縱豆蔻詞工[14]，青樓夢好[15]，難賦深情。二十四橋[16]仍在，波心蕩、冷月無聲。念橋邊紅藥[17]，年年知為誰生！

注釋

1. 淳熙丙申：宋孝宗淳熙三年（1176年）。至日：冬至。
2. 維揚：即今江蘇揚州。
3. 薺麥：薺菜和野麥。瀰望：滿眼。
4. 戍角：軍中號角。
5. 千岩老人：南宋詩人蕭德藻，字東夫，自號千岩老人。姜夔曾跟他學詩，又是他的侄女婿。黍離之悲：《黍離》為《詩經·王風》篇名。周平王東遷後，周大夫經過西周故都見"宗室宮廟，盡為禾黍"，遂賦《黍離》詩志哀。後世即用"黍離之悲"來表示亡國之痛。
6. 淮左：淮東。揚州是宋代淮南東路的首府，故稱"淮左名都"。
7. 竹西：亭名，在揚州城北門外五里禪智寺側。唐代詩人杜牧《題揚州禪智寺》詩："誰知竹西路，歌吹是揚州。"後人於此築亭，並以"竹西"命名。這裡代指揚州。
8. 春風十里：杜牧《贈別》詩："春風十里揚州路，捲上珠簾總不如。"這裡用以借指揚州。
9. 胡馬窺江：宋高宗建炎三年（1129年）及紹興三十一年（1161年），金兵兩次南下，揚州均受侵擾。窺：窺探。
10. 廢池：廢毀的池台。喬木：殘存的古樹。二者都是亂後餘物，表明城中荒蕪，人煙蕭條。

11. 漸：向，到。

12. 清角：淒清的號角聲。

13. 杜郎：指杜牧，他經常遊賞揚州，留下很多優美的詩句。
俊賞：俊逸清賞。

14. 豆蔻：形容少女美豔。豆蔻詞工：指杜牧《贈別》："娉娉
嫋嫋十三餘，豆蔻梢頭二月初。"

15. 青樓夢好：杜牧《遣懷》詩："十年一覺揚州夢，贏得青樓
薄幸名。"青樓：妓院。

16. 二十四橋：杜牧《寄揚州韓綽判官》詩："二十四橋明月
夜，玉人何處教吹簫。"二十四橋，有二說：一說唐時揚
州城內有橋二十四座，皆為可紀之名勝；一說專指揚州西
郊的吳家磚橋（一名紅藥橋）。相傳古時有二十四位美人吹
簫於此，故名。

17. 紅藥：芍藥花。相傳二十四橋畔春月芍藥花市甚盛。

串講

揚州是昔日淮左繁華的名都。我解鞍下馬，暫時停止剛剛
開始的征程。走過有"春風十里"之稱的揚州城，只見滿眼是
青青的薺菜野麥。自從金兵渡江以後，這裡慘遭敵人鐵蹄的蹂
躪，留下的殘破城池，叢生喬木，至今還不忍談起虜寇的侵
凌。漸近黃昏，淒厲的號角吹送出陣陣寒意，瀰漫了整座荒涼
的空城。當年杜牧曾經用俊爽的詩筆盛讚揚州，如果他故地重
遊，一定會為眼前殘破景象驚訝痛惜！縱然他寫過"豆蔻梢頭"
的佳句、"青樓夢"這樣的華章，也難以寫盡心中的哀痛。二
十四橋依然橫臥河上，橋下水波蕩漾，倒映水底的明月清冷無

聲。橋邊嫣紅的芍藥啊，你年復一年，到底為誰而開呢？

評析

　　淳熙三年冬至，姜夔初訪揚州。此時揚州經過了兩次金兵的洗劫，城內外一派荒涼。想到當年唐人筆下繁華的揚州城，再看眼前情景，他不禁愴然有感，寫了此詞以抒發感時傷亂的心情。詞的上片寫他在揚州的所見所聞。開篇“淮左名都，竹西佳處”八字，點明揚州昔時的繁盛，反襯今日的荒涼。“解鞍少駐初程”點明初次路過揚州。“過春風”以下對如今揚州城的實景展開描繪。作者這裡有意用“春風十里”來代指揚州，喚起人們對“春風十里揚州路”繁華景象的回憶，反照今日的衰敗。接下來大筆勾勒揚州城的荒涼：薺麥青青、城池荒蕪、清角吹寒、愁滿空城。作者抓住最能表現戰亂後蕭條的典型事物，稍加點染，無限殘破荒涼情景便躍然紙上。作者措辭用語也很有講究。用“盡”修飾“薺麥青青”，薺菜野麥的蔥蘢蔓延之勢如在目前；用“空城”指揚州，高度概括了城中人煙稀少、弦管不聞、城池荒蕪之象。他不說人們不願回憶當年的兵禍，而說“廢池喬木”也厭惡談論戰事，以擬人化的描寫有力地突出了當年戰禍兵燹給人們留下痛苦的記憶！陳廷焯《白雨齋詞話》說：“‘猶厭言兵’四字，包括無限傷亂語，他人累千百言，亦無此韻味。”確非過譽。上片由“名都”、“佳處”起筆，卻以“空城”作結，今昔盛衰之感昭然若揭，所繪景物也融入了作者的無限淒涼感傷。詞的下片抒發作者感時傷亂之情。“杜郎”以下五句，設想杜牧重遊舊地的感受。晚唐詩人杜牧詩筆俊爽，寫下許多膾炙人口的揚州詩。說杜牧重臨此地，會"驚"，會"難賦深情"，是一種虛擬的寫法。用杜牧之"驚"表現揚州的荒涼衰敗，用他"難賦深情"深刻地表現揚州劫後給人帶來的悲戚與傷感。"二十四橋"五句，以景寓情，含有無限哀痛。說二十四橋猶在，暗含物是人非的感慨；用"冷"修飾"月"，又說"冷月無聲"，彷彿冷月原本有聲，而如今因幾度悲苦而失聲，令人讀之淒神寒骨。芍藥花本自開自落，作者偏故意發出"年年知為誰生"的詢問，有無限落寞，無限哀婉，無限感傷。而芍藥紅豔之色也給人以淒冷之感。此詞寫景虛實交錯，清空幽冷，用典精妙，今昔對比鮮明，感情悽愴沉痛。近人俞陛雲："此詞極寫兵後名都荒寒之狀。……淒異之音，沁入紙背，復能以浩氣行之，由於天分高而蘊釀深也。"（《唐五代兩宋詞選釋》）

暗香

辛亥[1]之冬，予載雪詣石湖[2]。止既月，授簡索句，且徵新聲。作此兩曲，石湖把玩不已，使工妓隸習[3]之，音節諧婉，乃名之曰《暗香》、《疏影》[4]。

舊時月色，算幾番照我，梅邊吹笛？喚起玉人[5]，不管清寒與攀摘[6]。何遜[7]而今漸老，都忘卻，春風詞筆。但怪得、竹外疏花[8]，香冷入瑤席[9]。　　江國，正寂寂。歎寄與[10]路遙，夜雪初積。翠尊¹¹易泣，紅萼無言耿相憶¹²。長記曾攜手處，千樹¹³壓、西湖寒碧。又片片吹盡也，幾時見得？

注釋

1. 辛亥：宋光宗紹熙二年（1191 年）。
2. 詣：拜訪。石湖：地名，在蘇州西南。詩人范成大晚年退居於此，自號石湖居士，故這裡指的是范成大。
3. 肄習：學習，演習。
4. 《暗香》、《疏影》：詞調名，用林逋《山園小梅》："疏影橫斜水清淺，暗香浮動月黃昏。"
5. 玉人：美人。
6. 攀摘：化用賀鑄《浣溪沙》："玉人和月摘梅花。"
7. 何遜：南朝梁代詩人，愛梅，有《詠早梅詩》。這裡詞人以何遜自比。
8. 竹外疏花：化用蘇軾《和秦太虛梅花》："竹外一枝斜更好。"
9. 瑤席：室內座席的美稱，或解作盛美的宴席。
10. 寄與：用南朝陸凱自江南寄梅花給長安范曄的故事。
11. 翠尊：翠玉製成的酒杯。
12. 紅萼：梅花。耿：耿然於心，不能忘懷。
13. 千樹：指梅林。蘇軾《和秦太虛梅花》："江頭千樹春欲暗。"

串講

舊時的皎潔月色，曾經幾番照着我，在梅花旁吹奏玉笛？那時，笛聲喚醒了美人，她竟不顧寒氣清冽為我攀摘枝頭的梅花。而今我年紀漸老，詩情銳減，丟失了歌詠春風寒梅的生花妙筆。竹林外幾枝稀疏的梅花，偏偏把一縷縷冷香送入幽雅的宴席。江南水國，一派淒清寂寞。我多想折一枝紅梅寄給你，可歎路途遙遠，夜晚積雪阻隔。手中的翠玉酒杯也容易讓人傷感落淚。默默對着窗外紅豔的梅花，不禁又憶起你。最難忘你我攜手同遊，那時千樹萬樹紅梅盛開，壓住了西湖的一片寒碧。如今又見梅花片片吹落，何時才能再度與你攜手賞梅、梅邊吹笛呢？

評析

《暗香》是姜夔著名的詠梅詞。關於這首詞的題旨，曾有許多說法，但都難以指實。實際上，不過是作者在賞梅時觸動舊情，回憶起舊事，通過詠梅懷念舊人，抒發感慨而已。上片，"舊時"三句，回憶月下梅邊吹笛的美好往事。以問句形式起筆，感慨無限，情思縝邈。"喚起玉人"二句，寫美人不顧清寒殷勤折梅相贈。皎潔月色、悠揚笛聲、清麗佳人和紅豔梅花，組成了一幅人花相映、有聲有色的美妙圖畫，而洋溢其間的人情之美更令人留戀讚歎。"何遜"三句，筆鋒一轉，寫如今景況。作者日漸衰老，再也沒有詠詩尋梅的雅興了。此三句境界衰颯，有無限感傷。"但怪得"二句，意思是說，自己心情不好，可竹林外面幾枝稀疏的梅花，卻完全不解人意，偏把清冷的幽香傳入宴席之上。此二句以梅之無知，反襯人之心傷。下片緊承上片。"江國，正寂寂"為懸想之詞，作者由己之寂寞懸想佳人所處之地也非常靜寂。這是更深一層的寫法，更能表現作者對佳人繫念之深。接下來四句，由上兩句的設想出發，先說自己想折梅投贈，但相距遙遠，風雪隔阻，難以寄到，為一跌宕；再說想借酒澆愁，但面對酒杯，反而更容易傷心落淚，又一跌宕；再說去窗外尋梅，而紅梅卻引起自己對往事的回憶，又一跌宕。這幾句寫得曲折細膩，深刻地表現出自己懷人時複雜的心路歷程。"長記"二句，又是憶舊，用昔日之盛景樂事反襯今日之哀。孤山上的千樹紅梅，籠罩着一片寒涼碧綠的湖水。紅碧相映，暖冷交加，境界幽美，冷艷中透出愛情的熱烈。"壓"字錘煉精妙，有力度，詩意濃。結尾兩句，言梅花之凋落，推想日後之相逢，有無窮的傷感。這首詞以婉曲的筆法，詠物而不滯於物，物中有情，情中寓物，情思綿邈，音節諧婉，真是詠梅的絕唱。

史達祖

綺羅香

詠春雨

做冷欺花[1]，將煙困柳[2]，千里偷催春暮。盡日冥迷[3]，愁裡欲飛還住。驚粉重、蝶宿西園，喜泥潤、燕歸南浦。最妨它、佳約風流，鈿車不到杜陵路[4]。　　沉沉江上望極，還被春潮晚急，難尋官渡[5]。隱約遙峰，和淚謝娘眉嫵[6]。臨斷岸、新綠生時，是落紅、帶愁流處。記當日、門掩梨花[7]，剪燈深夜語[8]。

注釋

1. 做冷欺花：春寒多雨，妨礙了花開。做冷：做成了寒冷。
2. 將煙困柳：春雨迷濛，像煙霧一樣籠罩着柳樹。將煙：把煙帶來。
3. 冥迷：陰暗迷茫。
4. 鈿車：古代貴家女子乘坐的用金子和寶石裝飾的車子。杜陵：漢宣帝陵墓所在地，在今陝西西安城南，此處泛指京郊風景區。

5. "還被"二句：語出韋應物《滁州西澗》："春潮帶雨晚來急，野渡無人舟自橫。"官渡：官府設的渡口。

6. "隱約"二句：寫煙雨籠罩遠處的山峰，像謝娘被淚水沾濕的眉毛那樣嫵媚好看。謝娘：唐代歌妓，後世泛指歌女。眉嫵：指眉毛式樣好看。

7. 門掩梨花：化用李重元《憶王孫》："欲黃昏，雨打梨花深閉門。"

8. 剪燈深夜語：李商隱《夜雨寄北》："何當共剪西窗燭，卻話巴山夜雨時。"

串講

　　細雨製造了薄薄春寒，妨礙了花開；帶來了迷濛的煙霧，籠罩着柳樹。絲絲春雨在廣袤的天地間慢慢飄灑，不知不覺之中已把春天打發走了。它整天裡陰暗迷茫，在人們的愁苦中忽飄忽止。花粉因沾水而變得沉重起來，這使蝴蝶很感驚怕，只好停在西園的花枝之上。泥土因之而濕潤，這可喜壞了小燕子，它們不時從水邊銜泥歸來，忙着構築新巢。情人間美好的約會也被春雨阻礙了，因為寶馬香車很難走過泥濘的道路。極目遠望，只見江面上霧氣沉沉，傍晚時分春潮陡漲，望不見昔日的渡口了。遠處的山峰隱約於煙雨之中，像謝娘被淚水沾濕的眉毛那樣嫵媚好看。斷裂的堤岸旁，春草初生，一片嫩綠。紅色的花瓣紛紛飄落江中，帶着離愁向遠方流去。記得當日，院門深閉，遮掩着一樹雪白的梨花。夜深人靜，彼此在燭光下悄聲細語。

評析

　　作者史達祖（生卒年不詳），字邦卿，號梅溪，汴（今河南開封）人。他的詞細膩工巧，清新閒約，長於詠物。這首詞是他詠物詞的代表作。作者將春天的景物聚攏在雨中，組成了一幅色澤和諧、優美含情的江南春雨圖。詞的上片描繪近處庭院內的春雨。開首三句，寫盡春雨之神。“做冷欺花，將煙困柳”八字，凝煉工整，通過雨中花柳，表現春雨微寒、如煙似霧的特色，而“千里偷催春暮”則從空間、時間兩個角度寫出春雨無邊無際、綿延不絕、催春歸去的特色。“盡日”兩句，刻畫春雨尤為細切。“冥迷”寫春雨細小，使天地陰暗迷濛。“欲飛還住”寫出其飄灑無定的狀態。“愁”字則抓住春雨給人帶來的特定情緒感受。下面“驚粉重”二句，從側面烘托春雨。“驚”、“喜”二字為雨中燕蝶設想，是擬人傳神妙筆。“最妨它”兩句，再從人物的活動來刻畫春雨，引出懷人之意。後片寫遠處江湖之雨，並抒發懷人情思。“沉沉”三句，化用韋應物的名句，寫江上煙雨迷濛、春潮猛漲情景。此三句明詠春雨，暗及阻雨不歸的遊子。“難尋官渡”隱隱透露出有家難歸的惆悵。“隱約”兩句，寫雨中山巒。用“和淚謝娘眉嫵”來比喻雨中山巒的情態，既生動形象，又連帶出遊子家中妻子翹首遙盼、淚盈雙眸的神情形貌。“臨斷岸”三句，不僅寫出雨中江岸上的風景，又含有萬物都具新陳代謝的哲理意蘊，頗耐人尋味。結尾三句，化用李重元和李商隱的名句，回憶當日雨中與家人剪燭夜話的溫馨情事，反襯今日的孤獨寂寞，有餘音繞樑之妙。全篇多角度多層次烘托、渲染，寫盡了春雨之神。通篇不着一“雨”字，　卻筆筆貼切題意。這首詞的妙處還在於，作者借詠春雨表達了傷春懷人之情，使情與景完美融合。宋人張炎《詞源》評價說：「此皆全章精粹，所詠了然在目，且不滯於物。」《草堂詩餘雋》錄明人李攀龍評語說：「語語淋漓，在在潤澤。」確實如此。

雙雙燕

詠燕

過春社[1]了，度[2]簾幕中間，去年塵冷[3]。差池[4]欲住，試入舊巢相並。還相雕樑藻井[5]，又軟語、商量不定。飄然快拂花梢，翠尾分開紅影[6]。　　芳徑[7]。芹泥[8]雨潤。愛貼地爭飛，競誇輕俊。紅樓歸晚，看足柳昏花暝。應自棲香正穩[9]。便忘了、天涯芳信[10]。愁損翠黛雙蛾[11]，日日畫闌獨憑。

注釋

1. 春社：古代春季祭祀土地神、祈求豐收的日子，在立春後第五個戊日（清明前）。
2. 度：飛過。
3. 塵冷：指舊巢冷落，佈滿塵灰。
4. 差池：指燕子飛時尾翼舒張不齊的樣子。

5. 相：看。藻井：繪有文采狀如井欄形的天花板。

6. 紅影：指花影。

7. 芳徑：花草芳芬的小徑。

8. 芹泥：水邊種植芹菜的泥土，有香味，燕子常用以築巢。

9. 應自棲香正穩：該當睡得香甜安穩。自：一作"是"。

10. 芳信：情書。

11. 愁損：愁煞。翠黛：畫眉所用的青綠之色。雙蛾：雙眉。

串講

　　春社剛剛過去，燕子就飛過樓閣中的重重簾幕，回到了去年的舊巢前，舊巢裡已落下一層冷冷的塵土。它們在舊巢前拍動着羽翼，徘徊不定，最後才親親密密地並立在巢邊，又好奇地張望着雕樑藻井，還輕輕地呢喃不已。忽然，它們從巢中飛出，輕快地掠過花梢，翠尾像剪子一樣剪開了枝頭的花影。長滿花草的小路上，春雨潤濕了芹泥。燕子緊貼着地面爭相飛行，好像在比賽着誰更輕巧，誰最俊俏。天很晚了，它們才飛回了紅樓，把黃昏時的柳色花容看了個夠。它們在小巢裡睡得很香很甜，竟忘了天涯遊子託它們給閨中人捎的書信。這使得可憐的閨中人愁損了雙眉，每日裡獨自憑欄遠望，苦苦等候着遠方遊子的音訊。

評析

　　這首詞描繪雙春燕重歸舊巢，抒寫了閨中少婦的寂寞愁苦之情。上片寫雙燕重歸舊巢。"過春社了"三句，寫春燕翩翩歸來。"去年塵冷"四字，點明去年舊巢，渲染環境的冷寂，也為結尾寫閨中少婦的孤寂埋下伏筆。"差池"以下四句細緻描繪燕子歸巢時的情狀。這幾句連用"欲"、"試"、"還"、"又"幾個副詞，生動地表現出燕子初回時猶豫、新鮮、好奇的情態。而"又軟語、商量不定"一句表現燕子軟語呢喃的情態尤為傳神，歷來為評論家所讚賞。"飄然"兩句，描寫燕子驀然從巢中飛出的姿態，有連續的動感，更有鮮明的色彩映照，是詞中畫境。下片描寫雙燕飛遊和歸巢的情狀，表現閨中少婦的相思。"芳徑"四句，緊承上片描寫小燕子貼地爭飛，競誇輕俊，描畫準確生動，形神俱活。"紅樓"二句，說小燕子飛回紅樓，已經看足了黃昏時的美好春光。其中"柳昏花暝"，王國維《人間詞話》認為有"化工"之妙。"昏"與"暝"二字，本是形容天色的，這裡卻用來表現柳與花在黃昏時刻的情態，新穎巧妙。"應自"二句，寫燕子歸棲舊巢，睡得香甜，卻忘了為少婦捎信。這兩句設想奇特，巧妙引出閨怨。結尾二句帶出紅樓主人愁損雙眉，憑欄遠望。此時，再回過頭來看這首詞，不難發現前面所寫雙燕之種種歡快、幸福情狀與後面少婦之獨倚高樓，正好形成鮮明對比，詞明詠春燕，暗中卻在表現少婦的孤獨寂寞。全篇構思精巧，刻畫細膩，不粘不脫，清新俊逸，委婉多姿，聲韻圓轉，洋溢着生活情趣，給人以豐富的審美享受。

黃機

霜天曉角

儀真[1] 江上夜泊

寒江夜宿，長嘯江之曲[2]。水底魚龍驚動，風捲地，浪翻屋。　　詩情吟未足，酒興斷還續。草草[3]興亡休問，功名淚、欲盈掬[4]。

注釋

1. 儀真：在長江北岸，即今江蘇儀征。
2. 江之曲：江水彎曲之處。
3. 草草：草率，暗指當政者對國事沒有盡到責任。
4. 盈掬：滿握，形容眼淚很多。

串講

　　寒夜宿住江邊，我在江水轉彎處仰天長嘯。這嘯聲驚動了水底的魚龍，它們頓時攪起了捲地狂風、翻屋惡浪。我詩情勃勃，吟詠還沒盡興。借酒澆愁，停杯又續飲。千古的興亡之事想來令人傷心，還是別再問了。功業未成，滾滾熱淚不覺已灑滿了我的雙手。

評析

　　黃機，生卒年不詳，字幾仲，東陽（今屬浙江）人。曾做過幾任小官，有抗金之宏願，卻終生不得志。詞風悲壯慷慨。長江北岸的儀真當時是南宋的前線，曾經多次被金兵侵佔騷擾。作者夜泊此地，百感交集，寫下這首蒼涼雄闊的短歌。上片寫他夜宿寒江，引吭長嘯。作者滿懷報國之志，卻英雄無用武之地，遂以"長嘯"來發泄心中之恨。"水底"三句，用極誇張的手法來寫長嘯之威力，魚龍驚、風捲地、浪翻屋的動蕩景象正是詞人鬱勃不平之氣的形象寫照。下片抒發對國事與個人遭際的感傷之情。"草草興亡"四字，意在批評統治者把國家興亡的大事草率處置，而"休問"一詞，則表現了往事不堪回首的悲憤。結尾二句更是反映了作者仕途坎坷、壯志難酬的沉重哀歎。這首詞感情蒼涼淒楚，以起伏動蕩的意象與節奏抒出，動人心魄。

劉克莊

賀新郎

送陳子華赴真州

北望神州[1]路，試平章這場公事[2]，怎生分付？記得太行兵百萬，曾入宗爺[3]駕馭。今把作握蛇騎虎[4]。君去京東豪傑喜，想投戈、下拜真吾父[5]。談笑裡，定齊魯[6]。　　兩河[7]蕭瑟惟狐兔，問當年祖生[8]去後，有人來否？多少新亭[9]揮淚客，誰夢中原塊土？算事業須由人做。應笑書生心膽怯，向車中閉置如新婦[10]。空目送，塞鴻[11]去。

注釋

1. 神州：本指中國，此指中原被佔領土。
2. 平章：評論。公事：指抗金與收復失地這件國家大事。
3. 宗爺：北宋抗金名將宗澤。
4. 握蛇騎虎：比喻對待危險事物，好比握着毒蛇，騎着猛虎一樣。
5. 真吾父：表示對名將的崇拜。據《宋史・岳飛傳》記載，張用在江西作亂，岳飛馳書說服，張用得書後說：“真吾父也。”隨即歸降岳飛。

6. 齊魯：指山東、河北一帶。

7. 兩河：指河南、河北。

8. 祖生：指祖逖，東晉名將。他曾經統兵北伐，擊敗石勒，收復了黃河以南地方。

9. 新亭：典見《世說新語‧言語》：“過江諸人，每至春日，輒相邀新亭，藉卉飲宴。周侯顗中坐而歎曰：‘風景不殊，正自有山河之異！’皆相視流淚。唯王丞相（導）愀然變色曰：‘當共勠力王室，克復神州，何至作楚囚相對。’”這裡諷刺南宋統治者中徒然悲歎而無所作為的人。新亭故址在今南京市以南。

10. 如新婦：意思是見不得世面。這是作者的自嘲。

11. 塞鴻：邊塞鴻雁。喻指將赴真州前線的陳子華。

串講

　　遙望通往中原的漫漫長途，試問收復故國這件大事應當怎樣謀劃決斷？記得當年太行山的百萬義軍都自願投歸宗澤，聽他指揮調遣，如今卻把他們當作危險勢力，彷彿握毒蛇騎猛虎一樣恐懼。這一次您去京東做統帥，義軍豪傑一定由衷歡喜，爭着投戈歸順到您的麾下。您在談笑風生之間就會收復齊魯地區。如今河南、河北景象蕭條，只有豺狼狐兔狂奔亂竄。當年祖逖揮師北伐之後，還有誰率兵來到過中原呢？多少在人前垂淚悲歎的王公大臣，誰在夢裡想到過淪陷的中原大地呢？仔細想來，恢復大業需要有人踏踏實實地去做。可笑我一介書生，心弱膽怯如轎中的新娘子一樣，幹不了大事業。我只能目送您躍馬出征，像塞北的大雁一樣振翼搏擊長空而去！

評析

　　劉克莊（1187－1269年），字潛夫，號後村居士。莆田（今屬福建）人。以父蔭補官，任建陽、仙都縣令，因作落梅詩被諫官指為訕謗朝廷而落職。理宗淳祐六年（1246年）賜同進士出身，官至龍圖閣學士。詩詞兼擅。在金國佔領了中原以後，山東、河北人民不甘於異族統治，不停起來反抗。南宋初期，宗澤曾經聯合這些義軍一起抗擊金國，取得了很大的效果。但當宗澤死後，統治者對義軍深懷戒心，視他們如虎蛇，不敢啟用。宋理宗寶慶三年（1227年），金國國勢衰微，義軍的抗金活動又此起彼伏、轟轟烈烈。劉克莊作這首詞送給即將到真州（治今江蘇儀征）赴任的陳子華，是期望他能聯合義軍，收復失地。上片開頭三句，突如其來地提出如何收復中原的問題，引出了下文的議論。“記得”二句，回顧當年義軍甘心接受宗澤調遣、抗金殺敵的歷史，說明聯合義軍的重要性，而接下來“今把”則痛斥了當今統治者畏懼、敵視義軍的態度。“君去”以下四句，勉勵陳子華聯合義軍，收復失地，平定河山。這幾句寫得暢酣樂觀，場景活現，情豪志壯。詞的下片，作者以祖逖北伐的故事勉勵陳子華去做一番英雄事業。“兩河”句，形象地表現出淪陷區狐兔橫行、蕭瑟凄涼的景象，其中含蘊無限的感傷激憤之情。作者連用“有人來否”、“誰夢中原塊土”兩個反問句，表達了對偷安媚敵的投降派和不恤國事的士大夫強烈的斥責，感情激昂，很有戰鬥性。“算事業”句，則指出事在人為，勉勵陳子華去完成恢復大業，照應送別之意。接下來“應笑”兩句，作者自嘲書生氣短，言外之意要陳子華振作豪氣，這是委婉表意的一種寫法。結尾不說送人，而言目送歸鴻，既有比喻意在，又包含感慨，使全篇餘韻繚繞。作者用詞的形式來表達聯合民兵抗金的問題，將抒情、說理、議論融於一爐。有豪情，有奇語，筆力雄健，氣勢充沛，讀之令人振奮。

木蘭花

戲林推[1]

年年躍馬長安市，客舍似家家似寄[2]。青錢換酒日無何[3]，紅燭呼盧[4]宵不寐。 易挑錦婦機中字[5]，難得玉人[6]心下事。男兒西北有神州，莫滴水西橋[7]畔淚！

注釋

1. 林推：作者一位姓林的同鄉友人。因他任節度推官（宋朝時州郡的佐理官），故按官職稱他為林推。此詞黃昇《花庵詞選》題作《戲呈林節推鄉兄》。

2. “年年”二句：說林推為了追求功名，年復一年地住在臨安，把客舍當作他的家。長安，借指南宋都城臨安（今浙江杭州）。

3. 青錢：古代錢幣因成色不同有青黃二種。無何：沒有其他事可幹。

4. 呼盧：古代一種賭博時的呼喊聲。賭博時投擲骰點全黑時叫
   "盧"，擲出"盧"，可獲全勝。參加賭博的人都希望自己得
   到"盧"，所以在擲時往往呼叫"盧"字。

5. 易挑錦婦機中字：容易識別妻子寄來的織錦回文詩。錦婦：
   《晉書・竇滔妻蘇氏傳》記載苻堅部將竇滔為秦州刺史，被徙
   於流沙。其妻蘇氏思之，織錦為回文旋圖詩以贈竇滔，宛轉
   回圈讀之，語詞淒婉。挑：原意指挑花紋，這裡意為識別。

6. 玉人：美人，此指妓女。

7. 水西橋：橋名。《丹徒縣志・關津》："水西橋在水西門。"
   是南宋時著名的妓女聚集之地。

串講

　　年年騎馬在臨安閒蕩，把客舍當作家，家反而像寄宿的旅
店。白天無所事事就花錢買酒來喝，夜裡則在紅燭下呼盧賭
錢，徹夜不睡。你能領會妻子從遠方寄來的織錦回文詩，卻猜
不透妓女們變化多端的心事。男子漢要想到西北有大片淪陷的
國土，不要沉湎於聲色，為水西橋邊的妓女們輕易拋灑淚水。

評析

　　這是一篇規勸友人之作。友人林推為了追求功名，長期居
住在都城臨安，又不能自制，天天沉溺於遊玩、飲酒、縱博、
狎妓之中。劉克莊很為他惋惜，所以作詞相送，希望他能振作
起來，改去舊習。詞的上片形象地描寫友人的生活境況。上片

四句突出友人把客舍當家，家反而如旅店，白日飲酒，晚上賭博等舉動的荒唐，為下文的規勸和激勵張本。下片“易挑”二句，以友人忠貞不渝的家中妻子與京師妓院三心二意的妓女對比，規勸友人應該珍惜妻子的一片深情。最後“男兒”兩句，筆鋒一轉，以國事勉勵友人，全篇的氣勢也隨之振起。這首詞規勸友人，寓莊於諧，氣勁辭婉，語言明快精警，表現出詞人深沉、執着的愛國感情。清人況周頤評曰：“後村《玉樓春》云：‘男兒西北有神州，莫滴水西橋畔淚。’楊升庵謂其壯語足以立懦，此類是也。”（《惠風詞話》卷二）

卜算子

片片蝶衣[1]輕，點點猩紅[2]小。道是天公不惜花，百種千般巧。　　朝見樹頭繁，暮見枝頭少。道是天公果惜花，雨洗風吹了。

注釋

1. 蝶衣：蝴蝶翅膀。
2. 猩紅：猩猩血般鮮豔的紅色。

串講

海棠的花瓣一片片薄得透明，像蝴蝶輕盈的翅膀。點點的猩紅蓓蕾綴滿了枝頭。說天公不愛惜花吧，他卻用巧手造就了這千姿百態的花朵。早上還見到繁盛的花兒開滿枝頭，晚上一看，枝頭卻已經變得稀稀落落了。說天公愛惜花吧，他為什麼用風雨摧殘如此美麗的花兒呢？

評析

　　本詞是劉克莊兩首《卜算子》的第二首，第一首下題為"惜海棠"，本詞下無題目，但無疑也是寫惜海棠花的。全篇用問答體，就天公與花事的關係提出疑問。上片因花的千姿百態而懷疑天公愛惜花兒才造就如此"千般巧"，下片則因花兒的凋零而揣度天公不愛惜花兒才用風雨摧殘鮮花。作者用這相互衝突、彼此對立的疑問，巧妙地表現自己的愛花惜花之情，同時也曲折地表達對當權者摧殘人材的不滿，或寄寓他對自然規律的哲理思索。這首詞構思巧妙，造語清麗，詼諧風趣，寄託含蓄深婉，又有意在詞句上重複、對照，造成迴環往復的音節，是一篇新鮮別致的小詞。

清平樂

五月十五夜玩月

　　風高浪快，萬里騎蟾[1]背。曾識姮娥[2]真體態，素面原無粉黛。　　身遊銀闕珠宮[3]，俯看積氣[4]濛濛。醉裡偶搖桂樹，人間喚作涼風。

注釋

1. 蟾：古代神話說蟾蜍是月中的精靈，故後世稱月為蟾或蟾宮。
2. 姮娥：月中仙女，即嫦娥。
3. 銀闕珠宮：用白銀和珠玉建造和裝飾的宮殿。此指月宮。
4. 積氣：天。《列子·天瑞》："天，積氣耳。"

串講

　　乘着長風，迎着巨浪，我騎在銀蟾的背上，遨遊萬里長空。我曾經見識過嫦娥仙子的窈窕身段，她的臉上不施脂粉，卻美麗動人。我親身遊歷這珠光銀輝相映的月宮，俯身向下一看，只見下界一片迷濛。我在醉意惺忪中偶然搖動了一下桂樹，人間齊聲讚歎："多好的涼風。"

評析

　　這是一首遊仙詞，詞中運用奇特的想像，描寫遨遊月宮的情景。起首二句，設想自己騎着銀蟾，乘風破浪，遨遊萬里太空，意象瑰麗，境界闊大，一開篇就閃耀着浪漫色彩。接下來用素面嫦娥美人不施脂粉比天空中月亮的皎潔，既形象又富於美感。作者用"曾"字，暗含有自己原從天上來，與嫦娥是舊相識之意，與蘇東坡《水調歌頭》："我欲乘風歸去"一句中的"歸"字有異曲同工之妙。下片寫遊覽月宮。結尾二句，說他醉中偶然搖動月亮中的桂樹，卻使人間獲得了一陣難得的清風，表達了他要為人民造福的願望，同時也表達了上層統治者的一舉一動皆關民命的道理。這首詞想像奇特，思路幽絕，氣概豪邁，意境高遠，是詠月的絕妙好詞。近人俞陛雲稱讚說："一掃詠月陳言，奇逸之氣，見於楮墨。"（《唐五代兩宋詞選釋》）

吳文英

浣溪沙

門隔花深夢舊遊[1]，夕陽無語燕歸愁。玉纖[2]香動小簾鉤。　　落絮無聲春墮淚，行雲有影月含羞。東風臨夜冷於秋。

注釋

1. 舊遊：舊日去過的地方。
2. 玉纖：形容女子白皙纖細的手指。

串講

　　我又一次夢見那熟悉的情境：一扇半掩着的門把我隔在茂密的花叢之外。園內，紅紅的夕陽沉默無聲，歸巢的小燕子似有滿腹憂愁。忽然一陣幽香襲來，恍惚中看見一雙纖手掀開簾幕，使得小小的銀鉤久久晃動不止。柳絮輕輕地從枝上飄落，彷彿是春天落下的淚水。天上的浮雲從月亮上飄過，它的身影也隨之落到了地面，此時的月亮像是滿面含羞的少女。夜裡的春風，颯颯吹來，帶來了比秋天還要厲害的寒意。

評析

　　吳文英（1200－1260年），字君特，號夢窗，四明（今浙江寧波）人。除在蘇州一度任倉台幕僚外，再沒做過官，終生坎坷。知音律，能自度曲，作詞師法周邦彥，但藝術上自有其特色。這首感夢懷人之作，據夏承燾《吳夢窗系年》，是吳文英再次返杭州時為悼念亡妾而寫的。起句說他夢中來到舊遊之處。"門隔花深"寫夢中所見之景，有門相隔，又有茂密的花叢遮掩，因此不甚真切。"夕陽"兩句，寫靜靜的夕陽、含愁的歸燕，烘托出一派寂靜落寞氛圍，可見伊人的孤獨。"玉纖"一句，調動嗅覺和視覺寫自己對伊人的隱約印象，極縹緲而有情致。近人陳洵《海綃說詩》說："玉纖香動，則可聞而不可見矣。是真是幻，傳神阿堵。"下片抒寫懷人之情。"落絮"二句，把落絮比作春墮淚，是詞人內在感情的外化；把行雲遮月比作月之含羞，意在引起人們對相隔而不能相見的女子的種種遐想。這兩句以虛寫實，借物寫人，給詞籠上了一層迷離恍惚的夢幻色彩。"東風臨夜冷於秋"說春夜的東風比秋天還要寒冷，是詞人的心理作用。因為作者與伊人陰陽阻隔，不能歡會，故心灰意冷，倍覺淒寒。作者用纏綿往復的筆調來寫心中的愛與夢，詞意惝恍迷離而能引人入勝，顯示出夢窗詞特有的神秘之美。

風入松

聽風聽雨過清明。愁草瘞花銘[1]。樓前綠暗分攜路[2]，一絲柳、一寸柔情。料峭春寒中酒[3]，交加曉夢啼鶯。　　西園[4]日日掃林亭，依舊賞新晴。黃蜂頻撲鞦韆索，有當時、纖手香凝[5]。惆悵雙鴛[6]不到，幽階一夜苔生。

注釋

1. 草：草擬，起草。瘞：埋葬。銘：古代的一種文體，刻在器物或墓碑上。瘞花銘：為埋葬落花而寫的銘文。庾信曾經寫過傷悼落紅的《瘞花銘》。
2. 綠暗：寫春光已深，樹葉茂密。分攜：分手，分別。
3. 料峭：形容天氣微寒。語出蘇軾《定風波》："料峭春風吹酒醒。"中酒：醉酒。
4. 西園：宋代蘇州名園。
5. 香凝：謂女子手上的脂粉香味凝結在鞦韆的繩索上。
6. 雙鴛：指女子的鞋子。

串講

在一片風聲雨聲中，不覺已過了清明。我滿懷愁苦地草擬起傷悼落花的銘文。樓前的柳蔭漸濃漸暗，遮住了我們當初分手時的道路。每一條長長的柳絲就恰如心中的一寸柔情。料峭的春風送來陣陣寒意，我喝得大醉而睡。清晨，黃鶯兒偏偏在窗外亂叫，把我從夢中驚醒。我天天把西園打掃得乾乾淨淨，依舊到這裡欣賞雨後初晴的美景。黃蜂一個勁地撲向懸掛鞦韆的吊繩。原來，吊繩上還凝結着她纖手上留下的脂粉的香味。真令人惆悵啊，再也見不到她繡鞋的印跡了。那幽靜的石階上，一夜之間已長出了蒼苔！

評析

　　這首詞是西園懷人之作。上片追憶昔年的分別，抒發對情人的懷念之情。首句連用兩個"聽"，表明雨中生活單調無聊，一片孤獨寂寞之情溢於言表。用"愁草瘞花銘"這個舉動表現他的惜春傷春之情。詞一開始並不直接寫懷人，而是先渲染出一種傷感氛圍，為下文懷人作鋪墊。"樓前"二句，回憶昔日分別。眼看樓前當日分別的小路上，已被濃濃的柳蔭遮蓋，作者自然湧起對情人的思念。"一絲柳、一寸柔情"用柳比喻離情，設想奇特，生動形象地表現了彼此濃厚的情誼。"料峭"兩句，抒發感情凝練而曲折。作者因與情人分別而悲哀，於是借酒消愁。酒醉入夢，夢中尋找情人，但夢偏偏又為啼鶯驚醒。短短兩句，卻

"黃蜂頻撲鞦韆索，有當時、纖手香凝。"

有如此多的曲折。下片抒寫不見伊人的悵惘之情。“西園”二句，寫作者明知事過境遷，卻不改舊習，依舊天天清掃亭園，欣賞雨後新晴。“依舊”二字，可見作者對美好愛情的一片執着、留戀情緒。“黃蜂頻撲鞦韆索，有當時、纖手香凝”二句，見到黃蜂頻撲鞦韆索，竟然幻覺索上還留着情人手上的香氣。此句，詞人以奇特的幻想表達出對情人刻骨的思念，是情癡之語，為歷來評論家讚賞的名句。清代譚獻說：“‘黃蜂’二句，是癡語，是深語。”（《詞綜偶評》）近人陳洵說：“見鞦韆而思纖手，因蜂撲而念香凝，純是癡望神理。”（《海綃說詞》）“惆悵”兩句，以不見情人的足印，台階上蒼苔滋生結尾，語盡而意不盡，為人們留下無窮的回味空間。這首詞意象奇幻絕妙，抒情深婉細膩，語言質樸淡雅，稱得上是宋詞中的抒情佳篇。

高陽台

豐樂樓[1]分韻得“如”字

　　修竹凝妝[2]，垂楊駐馬，憑闌淺畫成圖。山色誰題？樓前有雁斜書。東風緊送斜陽下，弄舊寒[3]、晚酒醒餘。自消凝[4]、能幾花前，頓老相如[5]？　　傷春不在高樓上，在燈前欹[6]枕，雨外熏爐[7]。怕艤[8]遊船，臨流可奈清臞[9]？飛紅若到西湖底，攪翠瀾、總是愁魚[10]。莫重來、吹盡香綿，淚滿平蕪[11]。

注釋

1. 豐樂樓：宋時杭州湧金門外的一座酒樓。據宋人周密《武林舊事》記載，南宋後期，吳文英在杭州，一日，與縉紳於此樓置酒高會，席間分韻填詞，文英得"如"字，按譜依韻，他即景生情，觸目傷心，寫下了這首詞。

2. 修竹凝妝：語出杜甫《佳人》："天寒翠袖薄，日暮倚修竹。"凝妝：盛妝，華麗的妝飾。

3. 舊寒：隔年殘留之寒氣，此暗示舊地重來。

4. 消凝：消魂。

5. 相如：漢辭賦家司馬相如，常多疾病。

6. 欹：傾斜。欹枕：倚枕。

7. 熏爐：燒熏香用的小爐。

8. 艤：使船靠岸。

9. 臞：瘦。

10. 愁魚：使魚愁。

11. "莫重來"二句：表面上寫再來西湖春光已盡，更令人傷懷。用以暗示國勢日衰，一天不如一天。

串講

　　路旁，纖長的竹子像盛裝的美人一樣婀娜多姿。我在垂楊樹下把馬拴住，然後登樓憑欄遠望。眼前景象如此美妙，只消淺淺一勾勒，便成了一幅美好的風景圖畫。這湖光山色請誰來題詠呢？早有大雁在碧空中排成了斜斜的"一"字。東風越吹越緊，催送着夕陽西下，也吹醒了我的酒意，我頓時感到身上有些寒冷。這種寒冷滋味似乎去年也曾有過，我不覺淒然傷神：還能再看見幾番繁花似錦的美麗風光呢？一想到此，像司馬相如一樣多病的我頓時變得蒼老了。最容易讓人產生傷春之情的，不在登上高樓遠望時，而是在那昏黃燭光下倚枕臥床時，在簾外細雨綿綿、室內熏香繚繞時。我害怕遊船靠岸，怕對着水面照見自己清瘦的面龐。片片落花若是沉落在西湖水底，會把水波搖動，弄得魚兒也愁腸鬱結。切莫再來此地，那時，帶着香味的柳絮兒恐怕要被風兒吹盡，春天也會把傷心的淚水灑滿平野荒岡。

評析

　　這是一首傷春詞。作者在抒寫春光易逝、人生易老的同時，還抒寫了自己的身世之感和對國勢衰微的悲歎。上片寫登樓所見所感。前五句寫登樓所見之景。"山色誰題？樓前有雁斜書"二句，直接把所見山光水色當作一幅畫，把大雁在空中排成的"一"字當作畫的題字，想像極新奇，富有情致。"東風"三句，寫日暮風寒，一派蕭殺氣象。用"緊"字形容風，有神。作者由此時之寒聯想到過去之寒，所以用"舊寒"。"舊"字中包含有無窮凄苦與感傷。"自消凝"三句，抒發春光易去、人生易老的感慨。下片"傷春"三句，緊承上片末尾，由當前感慨聯想到燈前聽雨的凄涼。"怕艤遊船"二句，寫自己因傷感而消瘦。"飛紅若到西湖底，攪翠瀾、總是愁魚"二句，用落紅攪水使魚生愁，表現春光失去給萬物帶來的哀愁。此二句，意境凄清幽渺，有濃重的悲哀色彩。結尾三句，悲愴深沉。這首詞是作者登樓飲酒時即席分韻之作，它抒發的當然是觸景所生的傷春之情，但聯繫到當時南宋國勢將傾的現實，這首詞很可能還有很深的寄託，它曲折地表現出作者面臨國亡家破時的悲傷、無助、驚恐等複雜情緒。對此，劉永濟《微睇室說詞》中有一段深刻的評價："感今傷昔，滿腔悲憤。作者觸景而生之情，決非專為一己也，蓋有身世之感焉。以身言，則美人遲暮也；以世言，則國勢日非也。大有'舉目有河山之異'之歎。"這首詞運筆跳躍多變，開合動宕，意境淒麗，炫人心目。

八聲甘州

陪庾幕諸公遊靈岩[1]

渺[2]空煙四遠，是何年、青天墜長星[3]？幻蒼崖雲樹，名娃金屋[4]，殘霸宮城。箭徑酸風射眼[5]，膩水[6]染花腥。時靸雙鴛響，廊葉秋聲[7]。

宮裡吳王沉醉，倩五湖倦客，獨釣醒醒[8]。問蒼波[9]無語，華髮奈山青。水涵空、闌干高處，送亂鴉、斜日落漁汀[10]。連呼酒、上琴台[11]去，秋與雲平。

注釋

1. 庾幕：幕府僚屬的美稱，典出《南史·庾杲之傳》。這裡指蘇州倉台幕府。靈岩：山名，在蘇州西南三十里，上有春秋時吳宮遺跡。

2. 渺：渺遠。

3. 長星：巨星。

4. 名娃：美女，指西施。此指吳王夫差為西施築館娃宮事。金屋：指華麗的房屋。《漢武故事》記載，漢武帝對其姑母說，如果能娶表妹阿嬌為婦，當作"金屋貯之"。

5. 箭徑：即採香涇，乃吳王宮女採集香料之處，一水直如臥箭，故又名箭涇。酸風：冷風。射眼：直吹雙眼，語出李賀《金銅仙人辭漢歌》："東關酸風射眸子。"

6. 膩水：指帶有油脂的溪水，係宮女梳洗所致。杜牧《阿房宮賦》："渭流漲膩，棄脂水也。"

7. 靸：沒有後跟的拖鞋，這裡作動詞用。雙鴛：鴛鴦鞋。廊：響屧廊。屧：木底鞋。《吳郡志·古跡》："響屧廊在靈岩山寺。相傳吳王令西施輩步屧，廊虛而響，故名。"

8. 五湖倦客：指范蠡。《吳越春秋》記載，越國大夫范蠡幫助勾踐滅吳後，"乘扁舟，出三江入五湖，人莫知其所適"。醒醒：極其清醒。

9. 蒼波：一作"蒼天"。

10. 水涵空：太湖湖水與天空渾涵一片。這是描寫天色將暮的景象。漁汀：為釣魚用的水邊平地。

11. 琴台：在靈岩山西北絕頂，亦吳宮遺跡，傳說西施彈琴處。

串講

　　四下望去，水天空闊無際。不知道是哪一年，青天把一顆巨大的星星拋落下來，變幻成了這蒼翠的山崖。山崖上，古樹高聳入雲，還留存着當年為西施築的館娃宮，還有吳王夫差宮城的殘跡。採香徑像箭一樣直射向太湖，酸風吹得人睜不開眼睛。那充滿濃粉膩脂的溪水，使兩岸的花草都沾染上一種腥味。秋風捲起落葉，不時敲打着長長迴廊，像是當年西施拖着木屐在響屧廊上走動的足音。當年吳王在宮殿裡整日尋歡作樂，喝得昏昏沉沉，范蠡卻非常清醒，他在幫助越王滅了吳國之後就泛舟五湖之上，過他瀟灑的隱居生活去了。思往事，悲今朝，我不禁向蒼波發問，它卻默不作聲。我的雙鬢已染上了白髮，為何青山卻依然青翠？我登上高樓，倚着欄杆縱目遠望，只見茫茫無際的湖水與天光融為一體。我目送烏鴉在斜陽下亂飛，直到它們落到遠處水邊的漁汀上。於是，我連連喊朋友快拿酒來，趕快登上琴台去，看無邊的秋色同白雲爭高齊平。

評析

　　這是吳文英在蘇州任倉台幕僚時與人同遊靈岩後寫的一首懷古詞。靈岩是蘇州西南郊的一處名勝，山上有當年吳王夫差為西施築的館娃宮，還有琴台、響屧廊、採香徑等遺跡。詞人在遊靈岩的時候追思吳國興亡的歷史，聯繫到南宋的艱危時局，不禁悲從中來，感而成篇。"渺空煙"二句，寫遙望靈岩所見之景，茫茫不見其際，渺渺不知其端。詞人把靈岩放在如此廣闊渺遠的時空背景下寫，境界闊大；而他聯想靈岩的奇峰是天際墜落的巨星變化而成，起筆便警拔。"幻蒼崖"三句，點出所憑弔的館娃宮。以"幻"字領起此三句，意思是說眼前的"蒼崖雲樹"、"名娃金屋"、"殘霸宮城"彷彿都是由遠古墜落的長星幻化而來的，有此一"幻"字，景物一下子都活了起來。"幻"字又令詞人想起了吳越間爭霸的如幻往事。這三句描寫，化實為虛，把作者滿眼興亡、無窮滄桑之感傾瀉而出。下面"箭徑"四句，分別憑弔採香徑和響屧廊。"膩水染花腥"一句，是說宮裡美女的脂粉流進溪水裡面，把山花都染上了脂粉的香氣，甚而至於人體的腥味，這就是融合歷史與現實的幻筆。"時靸"二句，由眼前秋葉敲打長廊之聲而想到西施拖着木屐之妙響，亦是幻筆。此四句利用想像，把現實的遺跡還原到當年歷史畫卷裡，寫得虛虛實實，真幻相生。詞的下片抒作者的感慨。"宮裡"三句，寫吳王夫差以沉醉而亡國，范蠡以獨醒而全身。"沉醉"與"醒醒"形成鮮明的對比，給南宋昏庸的統治者以明確的警告。"問蒼波"以下四句，作者悲今悼昔、憂國憂世之情及身世之感都融入景色之中。末二句，寫攜酒登台看景，一派豪氣，然無窮悲涼感慨都在虛處。俞陛雲《唐五代兩宋詞選釋》中說："結尾四句如霜天曉角，愈轉愈高，宜'秋與雲平'二語，推為警句也。"這首詞充滿幻想奇思，章法波瀾壯闊，而又針線細密，既有矯健遒勁之筆，亦有輕靈飄忽之句，超逸與沉鬱兼得，是夢窗詞的名篇，也是宋詞中最具藝術獨創性的傑作之一。

踏莎行

潤玉[1]籠綃，檀櫻[2]倚扇。繡圈[3]猶帶脂香淺。榴心空疊舞裙紅，艾枝[4]應壓愁鬟亂。

午夢千山，窗陰一箭。香瘢新褪紅絲腕[5]。
隔江人在雨聲中，晚風菰[6]葉生秋怨。

注釋

1. 潤玉：形容溫潤如玉的肌膚。
2. 檀櫻：淺紅色的櫻桃小口。
3. 繡圈：繡花的裝飾品。
4. 艾枝：民間習俗，端午節時用艾蒿做成虎形，或剪裁為小虎，粘艾葉戴在頭上。
5. 香瘢：指守宮朱或稱守宮砂。古代女子有的自幼便在手腕上用銀針刺破一處，塗上一種用朱砂喂得通體盡赤的"守宮"（即壁虎）血，從而留下一個紅瘢點，直至婚嫁破身後才逐漸消失。見張華《博物志》。紅絲腕：端午以五彩絲繫臂，稱長命縷或辟兵縷，借以辟鬼及兵。
6. 菰：草本植物，生淺水中，梗高五六尺，葉如蒲。春月生新芽如筍，名茭白，可食。

串講

　　薄薄的紗絹輕籠在光潤如玉的肌膚上，團扇斜掩着她淺紅色的櫻唇，頸上圍的繡花圈散發出脂粉的淡淡幽香。舞裙像石榴花那樣層層疊起，空帶着嬌人的紅豔，艾枝做成的虎形髮飾緊壓着她散亂的鬢髮。午夢之中，飛越了千萬重山巒，醒來一看，窗前的日影才移了一箭之地。腕上的守宮朱印痕漸漸消褪，五彩絲線鬆鬆地繫在手臂之上。江上絲雨飄灑，江對岸彷彿傳來她的笑語聲。但很快又消失在雨聲中，晚風吹着菰葉，使人驀然生起悲秋之情緒。

評析

　　這也是一首感夢懷人之作。上片用倒敘手法，先寫夢中所見女子的睡態。"潤玉"三句，寫女子睡時的容姿。這三句，用語華麗，描繪細膩入微，可見作者一片思慕之情。"榴心"二句，寫女子的服飾。身穿石榴紅的舞裙顯示她舞女的身份，而"榴心"、"艾枝"則又點出了端午節令。"空"、"愁"字暗點出女子的慵懶和愁苦。下片寫夢醒之後的悵惘之情。"午夢"二句，寫午夢初醒。夢裡作者神遊了千重雲山，醒來卻見午陰依然，才略移了一箭之地！回味着悠遠的夢境，再看看閒靜的日色，真令人有孰真孰幻的迷惘。"香瘢"句，作者的思緒又回到了夢境，他又見到夢中情人的形象。此句說女子手腕上作為處女象徵的守宮朱的香瘢已褪掉，但五彩絲線仍繫在臂上。這是給予他終生難忘的局部印象，以致使他魂牽夢繞。結尾二句，寫江雨細密，菰葉蕭蕭，隔着江水彷彿傳來她的笑語，但很快又消失在雨聲中。他內心淒涼，竟產生了悲秋的幽思。這兩句把實境寫得朦朧飄忽、虛幻空靈，使全詞餘韻不盡。王國維《人間詞話》極為推崇，認為當得起周濟對吳文英詞"如天光雲影，搖蕩綠波"的評價。這首詞時空、主客虛實交錯，忽真忽幻，妙用夢幻手法突出最鮮明美妙的局部片斷意象，具有極強的藝術表現力。《四庫提要》評論吳文英詞說"詞家之有文英，如詩家之有李商隱"，此詞就頗具李詩密麗凝重、惝恍迷離、婉曲幽深的特色。

唐多令

何處合成愁？離人心上秋[1]。縱芭蕉、不雨也颼颼。都道晚涼天氣好，有明月，怕登樓。　　年事[2]夢中休，花空煙水流。燕辭歸、客尚淹留[3]。垂柳不縈裙帶住[4]，謾[5]長是、繫行舟。

注釋

1. 心上秋：這是把"愁"字拆為"心"、"秋"兩個字。

2. 年事：年歲。

3. "燕辭歸"二句：曹丕《燕歌行》："群燕辭歸雁南翔，念君客遊思斷腸。慊慊思歸戀故鄉，何為淹留寄他方？"淹留：久留。

4. 縈：纏繞。裙帶：代指女性。

5. 謾：徒然。

串講

是什麼組合成了"愁"字？是離人心上橫加一個秋字。縱然不下雨，芭蕉葉也發出颼颼的聲響。都說晚上天氣涼爽宜人，但有明月相照，我卻更怕登樓望遠。往年情事在夢中消逝，如同花落煙消水流，一去再也不復返了。燕子又辭別歸去，我還滯留在異鄉。垂柳你不挽住她別時的裙帶，卻總是纏住我的歸舟。

評析

　　作者吳文英在蘇州時曾經有一位深深愛戀的姬人，後離去。此詞寫的就是與這位姬人的別離之愁。上片寫秋天的愁情。開頭兩句，用拆字法，將愁字拆為心秋二字，看似文字遊戲，細品卻是情至之語，信手拈來，自然而奇警，清代王士禎評為"滑稽之雋"（《花草拾蒙》）。"縱芭蕉"一句，描寫秋天蕭瑟的景象，襯托人物心情的淒涼，是借景抒情的寫法。將詩詞中常見的雨打芭蕉意象翻進一層，又以"縱"、"也"兩虛字呼應，避俗出新。"都道"三句，先言秋季的好處，再說自己反而害怕登樓。這是跌襯手法，為的是反襯人物心情的悲苦。這三句語淺意深，含蓄深沉，頗得李清照的風韻。下片寫與愛姬惜別。"年事"二句，用百花凋零、風煙消散、江水東流等具體景象形容自己與姬人往年情事的消散，詞句精煉，意境迷離而富有美感。"年事"，楊鐵夫《吳夢窗詞箋釋》說"年事者，年時之事，指與姬歡聚時"，即指的是作者與姬人歡聚的情事。"燕辭歸、客尚淹留"句，用燕代指姬人，客以自指，點出兩人別離之事。在簡單的對比中已表現出自己的漂泊孤獨，自然感人。結尾二句，怨垂柳不繫姬人裙帶，偏纏住自己的行舟。怨物之偏心，是無理而妙的癡情語。這首詞多用口語白描，通俗淺近，疏快明朗，不同於作者一貫的密麗深奧的風格，是他詞作中的別調。張炎曾批評吳文英詞"如七寶樓台，眩人眼目，拆碎下來，不成片段"，但他卻很欣賞這首詞，說："此詞疏快，卻不質實，如是者集中尚有，惜不多耳。"

無名氏

青玉案

> 年年社日停針線[1]。怎忍見、雙飛燕？今日江城春已半。一身猶在，亂山深處，寂寞溪橋畔。　　春衫著破誰針線。點點行行淚痕滿。落日解鞍芳草岸。花無人戴，酒無人勸，醉也無人管。

注釋

1. 社日：指立春以後的春社。停針線：宋張邦基《墨莊漫錄》記載，唐、宋社日婦人不用針線，謂之忌作。唐張籍《吳楚詞》："今朝社日停針線。"

串講

　　年年社日她都停做針線活。她在閨中孤單寂寞，肯定不忍看到堂前雙雙翩飛的小燕子。如今家鄉的江城處處是芳草，春天早已過半，我卻還羈留在亂山深處，獨自站立在清冷寂寞的溪橋邊。春衫都穿破了，誰為我縫補呢？想到此，我不禁心中淒然，淚水點點行行落下，沾滿破舊的衣衫。夕陽下，我解下馬鞍，停在芳草萋萋的小溪岸邊。想簪花，卻無人為我插戴；

想喝酒，無人向我勸酒；喝醉了，更沒有人管我。

評析

　　這首詞《歷代詩餘》和《詞林萬選》題為黃公紹作，當是誤引。它抒寫的是遊子思鄉情懷。“年年”二句，設想家中妻子在社日停下針線，看到雙飛燕而傷感。這裡用雙飛春燕反襯夫妻分離。“年年”二字，暗示作者夫妻已是長期別離，語極沉痛。“今日”三句，寫家鄉江城春已過半，遊子還在亂山深處，溪橋側畔，寂寞地遊蕩。“已”字和“猶”字呼應，表現出遊子不能及時歸家的悲痛。下片寫遊子在外漂流的實況。“春衫”二句，說自己春衫已破，無人縫補，心中感傷，不免淚濕衣袖。遊子的景況與上片家中妻子的景況形成對比，更見兩地分離之苦。末尾四句，以“落日”、“芳草”意象，烘托離情別緒。連用三個“無人”，點出不僅賞花、飲酒都無心情，甚至醉了也無人照顧，寫盡遊子孤身羈旅的淒涼況味。這首詞前後照應，結構緊湊，言淺意深，語淡情濃，纏綿淒惻，感人至深。

劉辰翁

憶秦娥

中齋上元客散感舊[1]，賦《憶秦娥》見屬，一讀淒然。隨韻[2]寄情，不覺悲甚。

> 燒燈節[3]，朝京[4]道上風和雪。風和雪，江山如舊，朝京人絕。　　百年短短興亡別[5]，與君猶對當時月。當時月，照人燭淚[6]，照人梅髮[7]。

注釋

1. 中齋：鄧剡，號中齋，作者的同鄉好友。他的《憶秦娥》原作沒有留傳下來。上元：俗稱元宵節，農曆正月十五。
2. 隨韻：用原作的韻。
3. 燒燈節：即元宵節。燒：點燃。
4. 京：指南宋舊京臨安（今浙江杭州）。
5. 百年：指一生。興亡：偏義複詞，着重於亡，指南宋被元朝所滅。
6. 燭淚：蠟燭燃燒時流下的蠟油。此喻眼淚。
7. 梅髮：花白頭髮。

串講

今夜元宵節，只見通往舊京的大道上風雪交加。漫天的風雪啊，一眼望不到邊。江山依然如舊，進京的路上卻人跡斷絕。短短百年間，南宋就從興盛走向了滅亡。今夜你我依然面對着當年的明月。當年明月啊，照着人的熱淚，照着人梅花般斑白的鬢髮。

評析

劉辰翁（1232－1297年），字會孟，號須溪，廬陵（今江西吉安）人。他在南宋期間反對奸佞，入元後，隱居不仕。其詞多抒寫亡國之痛。這首詞作於宋亡以後的一個元宵節。南宋的都城臨安，每到元宵節都熱鬧非常，大街小巷華燈齊放，遊人如織。但自從被元人攻佔以後，頓時變得淒涼冷落。作者撫今追昔，抒發國家淪亡的深哀巨痛。詞的上片寫元宵夜風雪交加，通往臨安的路上人煙斷絕。作者用“江山如舊”與“朝京人絕”作對比，表現人世的滄桑巨變，興亡之感，淒然言外。下片直抒胸中感慨。“百年”二句，感慨南宋王朝短短一百多年的歷史，以“月”之不變和國家之興亡對比，語意沉痛。結尾三句，營造了一個淒涼感傷的意境，一位孤臣義士的淒苦形象活現境中。作者選用《憶秦娥》這個短調，音節短促，筆墨精煉、含蓄，欲言又止；又用入聲韻，如泣如咽，有力地傳達了悲痛悽楚之情。

柳梢青

春感

鐵馬蒙氈[1]，銀花[2]灑淚，春入愁城。笛裡蕃腔[3]，街頭戲鼓[4]，不是歌聲[5]。　　那堪獨坐青燈[6]，想故國、高台[7]月明。輦下[8]風光，山中歲月[9]，海上心情[10]。

注釋

1. 鐵馬蒙氈：指元朝南侵的騎兵。鐵馬，配有鐵甲的戰馬。蒙氈：冬天在戰馬身上披上一層毛氈以保暖。
2. 銀花：指花燈。唐代詩人蘇味道《正月十五夜》："火樹銀花合，星橋鐵鎖開。"
3. 蕃腔：少數民族的腔調。
4. 戲鼓：指蒙古族表演百戲的鼓樂。
5. 不是歌聲：唱得不成聲調。含有鄙夷少數民族音樂戲曲和念舊的意思。
6. 青燈：指油燈。因其火焰青熒，故謂。
7. 高台：指賞月台。
8. 輦下：皇帝的車駕之下。此指故都臨安。
9. 山中歲月：南宋亡國後，作者不做官，過着隱居山中的生活。
10. 海上心情：用《漢書·蘇武傳》載蘇武在北海牧羊矢志守節的故事。

串講

　　元軍鐵騎披掛着毛氈在臨安城中狂奔亂撞，元宵節的花燈彷彿在悲傷落淚，春天悄無聲息地來到了愁雲瀰漫的臨安。笛子吹奏出的是蕃腔蕃調，街頭上演的是元人的百戲，這些聲音哪像是歌聲！我最不能忍受獨自坐在青燈之下，那會讓我想起故國高台樓閣的皎潔月光。往昔京都的美麗風光，如今山中隱居的淒苦歲月，不由得讓人生起效法蘇武牧羊北海矢志守節的心情。

評析

　　這首詞是作者晚年之作，抒發了遺民之恨。詞的上片寫想像中的臨安元宵節的淒苦情景。"鐵馬蒙氈"三句，想像元軍的鐵騎在大街上馳突，花燈在臨風落淚，滿城一片愁苦氛圍。"銀花灑淚"、"春入愁城"，是移情入景的寫法，更深刻地表現了亡國之痛。"笛裡"二句，想像臨安城中蕃腔亂吹、百戲雜陳的景象。接下來卻用"不是歌聲"一句否定，表現了對元人的鄙夷，也流露出對故國音樂的懷念。下片寫隱居山中的心情。"高台月明"化用李煜《虞美人》"故國不堪回首月明中"，表現自己的故國之思。"輦下"三句，連用三個並列結構句，追憶故都昔日的繁華，抒發山中隱居寂寞和效法蘇武堅持氣節的志向。這三句語意概括，氣勢直貫，誘人想像。全篇從想像落筆，空際盤旋，虛處見意，節奏跳躍，格調蒼涼沉鬱，頗見藝術匠心。

蘭陵王

丙子[1]送春

　　送春去，春去人間無路。鞦韆外，芳草連天，誰遣風沙暗南浦[2]？依依甚意緒？漫憶海門飛絮[3]。亂鴉過、斗轉城荒，不見來時試燈[4]處。　　春去，最誰苦？但箭雁沉邊[5]，梁燕無主，杜鵑聲裡長門[6]暮。想玉樹[7]凋土，淚盤[8]如露。咸陽送客屢回顧[9]，斜日未能度。春去，尚來否？正江令恨別，庾信愁賦[10]。蘇堤[11]盡日風和雨。歎神遊故國[12]，花記前度[13]。人生流落，顧孺子[14]，共夜語。

注釋

1. 丙子：宋恭帝德祐二年（1276年）。此年二月，元軍攻破臨安，將投降了的宋恭帝及太后等擄回元大都（今北京）。
2. 風沙：比喻敵軍。南浦：本指離別之地，此暗指淪陷的南宋國土。
3. 海門飛絮：比喻逃往海濱的南宋君臣。
4. 試燈：張燈。
5. 箭雁沉邊：指被擄北上的君臣。箭雁：中箭受傷之雁。
6. 長門：漢宮殿名。此代指南宋故宮。

7. 玉樹：指為國捐軀的傑出人才。《世說新語》記載，庾亮去世後，何充臨葬時悲痛地說："埋玉樹於土中，使人情何能已。"

8. 淚盤：漢代長安皇宮中有金銅仙人承露盤。

9. 咸陽送客屢回顧：語出唐代詩人李賀《金銅仙人辭漢歌》："衰蘭送客咸陽道。" 這裡用來表現被元軍脅迫北行的南宋君臣對故國的眷戀。

10. "正江令"二句：江令：即江淹，曾經被黜為建安吳縣令，故稱江令，著有《別賦》。庾信：北周作家，曾作《愁賦》。

11. 蘇堤：在杭州西湖中，蘇軾知杭州時所築。

12. 神遊故國：語出蘇軾《念奴嬌·赤壁懷古》："故國神遊，多情應笑我，早生華髮。"

13. 花記前度：唐代詩人劉禹錫因詠桃花譏刺新貴，被貶出長安。十四年後重返長安，故地再賞桃花，又寫詩《再遊玄都觀》云："前度劉郎今又來。"這裡借用其重來之意，感歎杭州的荒涼。

14. 孺子：兒子。

串講

　　我送春天歸去，春天去後，人間就無路可走了。遙望鞦韆悠蕩的臨安城外，萋萋芳草直與天際相連。是誰攪起這漫天風沙，把南浦上空弄得一片昏暗？心中依依不捨，到底為了什麼呢？不過是白白追想飄蕩在海上的飛絮罷了。烏鴉亂叫着飛過天空，北斗也慢慢地轉移，京城變得一片荒蕪，再也看不到當年那花燈閃爍的景象了。

春天去了，誰的心中最痛苦呢？恐怕是那被箭射中沉落邊地的大雁，還有那找不到舊日主人的樑間飛燕。暮色之中杜鵑悲慘地叫着，長門宮的大門也閉了。當年的俊傑都化作了塵土，露盤默默地承接着金銅仙人的點點淚珠。咸陽驛路上被擄北行的人群不停地回頭觀看，不忍離去。這黃昏日斜的時分未能消度。

　　春天去了，還會再回來嗎？當年江淹《別賦》中所寫的別恨，庾信《愁賦》裡所表達的深哀，此時一同湧上心頭。如今風光秀麗的蘇堤整日裡遭受着風雨侵襲。只能在夢中神遊故都，在記憶中尋覓當年的花團錦簇，真讓人感歎悲傷啊。我一生流落四處，滿腔愁苦。國破家亡的感受，只能在昏燈下向兒子訴說。

評析

　　德祐二年二月，元軍攻破了臨安，將投降的宋恭帝、太后等擄到了北方。詞人得知這一消息後，運用象徵手法，寄託自己深沉的故國之思和亡國之痛。陳廷焯《雲韶集》說"題是送春，詞是悲宋，曲折說來，有多少眼淚"，道出了此詞的構思和主旨。詞分三片，各以送春發端，表達其沉痛之情意。上片感歎當年的繁華已無處尋覓。開首便說"無路"，表現作者失國後的迷茫。"鞦韆外"三句，描繪芳草連天、風沙漫漫的淒迷景象，暗喻國家衰亡，襯托人的悲哀。接下來幾句，歎息昔日繁華今已不再。其中"漫憶"句，則以海門飛絮比喻在南海輾轉流亡的南宋君臣，尤其沉痛。中片抒寫春去之苦。"但箭雁"三句鋪寫燕雁、杜鵑在春去後的悲苦，反襯人的傷春情緒。接下來幾句更用金銅仙人辭漢宮典故，來表達亡國之痛。下片寫盼春再來，傾吐憶念故國之情。先用江淹、庾信的典故，抒寫去國懷鄉之恨。接着描繪蘇堤整日風雨景象，襯托人的哀怨。“歎神遊”二句又寫神遊故國，感傷情緒更濃。最後三句以自己的現實處境作結，滿腔悲憤，寓於其中。這首詞用比興手法，以春喻國，又反復用自然意象與典故隱喻象徵，將昔日、眼前、將來融成一片，層層唱歎，曲折述懷。三疊皆以“春去”起句，迴環往復，一唱三歎，將他在亡國後哀惋悲傷、悽惶茫然的情緒抒寫得深沉感人。

周密

聞鵲喜

吳山觀濤[1]

天水碧，染就一江秋色。鼇戴雪山龍起蟄[2]，快風吹海立[3]。　　數點煙鬟青滴[4]，一杼[5]霞綃紅濕，白鳥明邊[6]帆影直，隔江聞夜笛。

注釋

1. 吳山：在杭州城南，一面靠西湖，一面臨錢塘江。觀濤：觀潮。

2. 鼇戴雪山：形容雪浪滔天。《列子·湯問》記載，渤海中有五座神山，根底互不相連，常隨潮水上下，神仙便派十五巨鼇（大龜）用頭頂住。龍起蟄：冬眠過後，龍開始活動。

3. 快風吹海立：語出蘇軾《有美堂暴雨》："天外黑風吹海立。"

4. 煙鬟：煙鬟霧鬢。本來形容婦女頭髮濃密烏黑，此指煙靄迷茫的遠山。青滴：蒼翠欲滴。

5. 杼：織布梭子。一杼：一幅。

6. 明邊：明處。從杜甫《雨四首》"白鳥去邊明"句化出。

串講

　　碧藍的天空與澄清的海水交相輝映，染得滿江都是青碧秋色。海中神龜掀起雪山般的巨浪，蟄伏水底的蛟龍也開始活動，疾速的颶風幾乎要把海吹得直立起來。幾點遠山，蒼翠欲滴，好似仙女盤在頭上的螺形髮髻。天邊飄浮着一抹晚霞，彷彿是剛剛從水裡撈出的紅綃紗。江面上，水鳥扇動着白色的翅膀向雲霞邊際的光明處飛去，一片片船帆錯落有致地直立在暮色中。夜色漸臨，從錢塘江對岸又傳來了悠揚的笛聲。

評析

　　周密（1232—1298年），字公謹，號草窗。祖籍濟南，流寓吳興。其詞與王沂孫、張炎齊名，又與夢窗（吳文英）合稱“二窗”。善書畫，宋亡入元，不仕，潛心著述。此詞寫觀潮。上片寫潮來情景。首二句，先描繪漲潮前天水一色的背景，境界闊大。接下來兩句，化用神話意象描繪潮水翻騰、巨浪滔天景象，生動壯麗。“快風”句運用誇張手法，寫出了風起浪湧、海如直立的宏大氣勢。下片轉而寫錢塘江的晚景，畫面由動趨靜。“數點”三句，用青山、紅霞、白鳥、船帆幾個景物意象，組合成一幅色彩鮮麗、寧靜迷人的江上晚景圖。結尾“隔江聞夜笛”一句，又在畫上配以悠遠的笛聲，更使人覺得餘音嫋嫋，妙不可言。這首詞兼具動與靜、聲與色、雄渾與明麗、壯美與優美，是一篇精妙絕倫的寫景小令。

一萼紅

登蓬萊閣[1]有感

步深幽。正雲黃天淡，雪意未全休。鑒曲[2]寒沙，茂林[3]煙草，俯仰千古[4]悠悠。歲華晚、飄零漸遠，誰念我、同載五湖舟[5]？磴[6]古松斜，厓陰[7]苔老，一片清愁。　　回首天涯歸夢，幾魂飛西浦，淚灑東州[8]。故國山川，故園心眼，還似王粲登樓[9]。最怜他、秦鬟妝鏡[10]，好江山、何事此時遊！為喚狂吟老監[11]，共賦消憂。

注釋

1. 蓬萊閣：在今浙江紹興臥龍山下。
2. 鑒曲：紹興市南鑒湖邊。鑒湖又稱鏡湖。《新唐書·賀知章傳》記載，天寶（742－756年）初，賀知章請求回鄉做道士，皇帝下詔賜鏡湖剡川一曲。曲：彎曲的地方，即湖岸邊。
3. 茂林：指紹興蘭亭舊跡附近之景。王羲之《蘭亭集序》："此地有崇山峻嶺，茂林修竹。"
4. 俯仰千古：語出《蘭亭集序》："向之所欣，俯仰之間，已成陳跡。"
5. 同載五湖舟：用范蠡功成身退，泛舟五湖事，喻自己隱遁避世、四處漂泊。

6. 磴：石級。

7. 厓陰：山角落裡陰暗的地方。

8. 西浦、東州：均在紹興。

9. 王粲登樓：漢末詩人王粲因避亂往荊州客依劉表，思念故鄉，登荊州當陽城樓，作《登樓賦》，中云："雖信美而非吾土兮，曾何足以少留！"

10. 秦鬟：指紹興東南的秦望山，美如女子鬟髻。妝鏡：指鏡湖。

11. 狂吟老監：唐代詩人賀知章，玄宗時曾任秘書監，又自號"四明狂客"，故稱"狂吟老監"。

串講

　　我登上山環樹擁的幽邃樓閣，此時黃雲滿天，陰沉暗淡，一副要下雪的樣子。鏡湖岸邊露出寒冷的沙洲，蘭亭附近的茂林衰草籠着迷濛煙霧，千古往事在俯仰之間已悠悠而過。我年歲漸老，四處漂泊，越走越遠。誰還會惦念着我，願一同泛舟漂泊江湖呢？古老的石級旁，斜長着枯松，山角陰暗處長着積年的苔蘚，這一切看起來都好像含着清愁。回想往日飄零天涯，做夢都想着回家。不知有多少次，夢魂又飛回家鄉的西浦，熱淚傾灑在東州的土地上。今天我登上故國山川，把故園景色盡收眼底，刻印在心裡。我的心情就像當年王粲登上荊州城樓那樣傷感悲哀。秦望山像對着鏡湖梳妝的美人一樣楚楚動人，只不過可惜了這一片大好河山。江山如此多嬌，為什麼我在此時來遊？喚醒狂吟的老詩人賀知章，同他一道飲酒作賦，消解滿腔的憂愁。

評析

　　這首詞作於宋端宗景炎元年（1276年）。此時，南宋王朝已經覆亡，臨安、會稽等地都已被元軍攻佔。作者從浙江義烏北返，途經會稽，登上蓬萊閣，憑弔故國江山，寫成這篇著名詞作。上片寫登樓所見所感，情景交融。“步深幽”三句，從大處着筆，描繪一幅黃雲瀰漫、天昏地暗的景象，渲染出凄涼冷落的氛圍。“鑒曲”三句，寫俯視所見。“鑒曲”、“茂林”既是實景，又暗用賀知章、王羲之的典故，引出“俯仰千古”的感慨。接下來“歲華晚”二句，自歎飄零。用“誰念”反問，更顯孤寂凄苦。上片結尾又回到眼前景物，寫石階上古松橫斜、山陰處苔蘚遍佈，一派蕭條！而“一片清愁”四字，點出詞人心情。下片抒發亡國之痛。“回首”五句，直抒對故國魂牽夢繞的深情。“西浦”、“東州”代指故國。“故國”、“故園”同義複指，二詞連用，加倍表達懷念故國的情思。“還似”句化用典故，借古人王粲之思抒自我之情，含蓄深刻。“最憐他”十五字，說秦望山像是對着鏡湖梳妝的美女，既表現作者對祖國山河的眷戀、熱愛，又傾吐出大好山河不復為故國所有的悲痛。“何事此時遊”一句憑空反詰，包含着無盡感傷、悵惘情緒。最後兩句，竟要請來古人“狂吟老監”共同飲酒消愁，貌似豪健，實含有悲慨。這首詞寫景抒情，實中見虛，密中間疏，用典貼切自然，結構嚴謹，具有哀婉悲壯、沉鬱頓挫的風格，清代陳廷焯《白雨齋詞話》稱為草窗詞中的壓卷之作。

文天祥

酹江月

和[1]

乾坤能[2]大，算蛟龍[3]、元不是池中物。風雨牢愁[4]無着處，那更寒蟲四壁[5]。橫槊題詩[6]，登樓作賦[7]，萬事空中雪。江流如此，方來[8]還有英傑。　　堪笑一葉飄零，重來淮水[9]，正涼風新發。鏡裡朱顏都變盡，只有丹心難滅。去去龍沙[10]，江山回首，一線青如髮[11]。故人應念，杜鵑枝上殘月[12]。

注釋

1. 和：指答和友人鄧剡的《酹江月·驛中言別》。鄧剡：字中甫，與文天祥同鄉，曾任崖山行朝禮部侍郎，被俘後同文天祥一起押解至金陵，並作詞送文天祥繼續北行。此詞是文天祥的和作。

2. 能：同“恁”，這樣，如許。

3. 蛟龍：喻英雄豪傑。《三國志·周瑜傳》：“劉備以梟雄之姿，而有關羽、張飛熊虎之將，恐蛟龍得雲雨，終非池中物也。"

4. 牢愁：沉重的憂愁。

5. 那更：猶云沉更、兼之，"那"字無意義。寒蟲：秋蟲。

6. 橫槊題詩：曹操伐吳時，曾於長江船上橫槊賦詩。槊：長矛。

7. 登樓作賦：漢末中原大亂，王粲南下依附劉表，滯留荊州時作《登樓賦》，寄託鄉關之思。

8. 方來：將來，未來。

9. 重來淮水：德祐二年（1276年），文天祥出使元營被拘。伺機逃脫後，"日與北騎出沒於淮間"（《指南錄後序》）。此次被押送北去，再經淮水。

10. 去去：越離越遠。龍沙：泛指塞外沙漠之地。

11. 一線青如髮：蘇軾《澄邁驛通潮閣》詩："杳杳天低鶻沒處，青山一髮是中原。"

12. 杜鵑枝上殘月：唐崔塗《春夕旅懷》詩："蝴蝶夢中家萬里，杜鵑枝上月三更。"文天祥《金陵驛》："從今別卻江南路，化作啼鵑帶血歸。"

串講

　　天地這樣空闊廣大，蛟龍終究不可以長久屈居池中。風雨交加，滿腹憂愁本已無處傾訴，再加上四壁秋蟲哀鳴，就更加不堪了。昔日像曹操一樣橫槊賦詩的氣概，像王粲一樣登樓作賦的風流，如今都化成了空中飄落的飛雪。大江歷來都是後浪推前浪，滾滾不絕，將來一定會湧現英雄豪傑。可笑我像一片飄零的樹葉，再次來到淮水，正是涼風初起的時候。鏡裡的青春容貌早已變蒼老了，只有胸中耿耿丹心還難以泯滅。這一次，越走越遠，一直到塞外沙漠窮荒之地，回頭遙望故國江山，只見一線青山細如毛髮。老朋友想念我的時候，就看看在殘月枝頭上啼血悲鳴的杜鵑吧。

評析

　　文天祥（1236－1283年），字履善，又字宋瑞，號文山，廬陵（今江西吉安）人。著名民族英雄，曾任右丞相樞密使。出使元軍被拘，後脫險逃出，至福建聚兵，轉戰浙江、江西、福建，最後在廣東被俘，解送大都。被囚後誓死不屈，從容就義。詩詞文悲歌慷慨，氣勢雄豪。這首詞充分表現了作者的激昂鬥志、堅定信念、寧死不屈的品質，顯示出對南宋王朝的赤膽忠心。上片抒寫自己被囚禁的憤恨。“乾坤能大”四句，以蛟龍暫屈池中、終當飛騰天地為喻，表示身雖被囚而志猶不屈；“風雨”、“寒蟲四壁”寫出環境淒涼冷落，可見囚徒生活的艱苦。“橫槊題詩”三句，感歎自己成為囚徒，再不能像曹操那樣橫槊賦詩，像王粲那樣登樓作賦了。此三句，先用兩個對仗工整的四字短句，回憶往事，一派豪氣；再用一個五字句，跌回現實，頓成衰颯。在這情緒的起伏抑揚中，作者壯志未酬的悲憤、遺憾、不平得到充分表現。“江流如此”二句，又以長江後浪推前浪為喻，表達恢復大業後繼有人的堅定信念，情緒樂觀高亢。下片言別。“堪笑”二句，自嘲已無能為力。“鏡裡”二句，表達自己至死不渝的耿耿忠心。“去去龍沙”三句，寫人漸北去卻頻頻回首的情境，表現對故國江山的無限眷戀。最後兩句與作者《金陵驛》詩中“從今別卻江南路，化作啼鵑帶血歸”，句異意同，都是說自己死後要化為杜鵑，返回故國，凝聚着作者一片赤誠、滿腔熱淚，讀罷令人感奮。通篇激情澎湃，將抒恨與言別融為一體，筆墨淋漓酣暢，起伏跌宕，比喻生動有力，用典自然貼切，風格慷慨激昂、蒼涼悲壯，有很強的藝術感染力。王國維《人間詞話》說：“文文山詞，風骨甚高，亦有境界，遠在聖與（王沂孫）、叔夏（張炎）、公謹（周密）之上。”評價很高。

王沂孫

眉嫵

新月

漸新痕[1]懸柳，淡彩[2]穿花，依約破初暝[3]。便有團圓意，深深拜[4]，相逢誰在香徑？畫眉未穩，料素娥、猶帶離恨[5]。最堪愛、一曲銀鈎[6]小，寶簾掛秋冷。　　千古盈虧休問。歎慢[7]磨玉斧，難補金鏡[8]。太液池[9]猶在，淒涼處、何人重賦清景？故山夜永。試待他、窺戶端正[10]。看雲外山河[11]，還老盡、桂花影[12]。

注釋

1. 新痕：新月痕，眉痕。
2. 彩：指月色。
3. 依約：隱約。初暝：黃昏初起。
4. 拜：拜月。從唐開始，婦女有拜新月習俗。
5. "畫眉未穩"二句：把新月比喻沒有畫好的眉毛，又設想這是月裡嫦娥表示她的離恨。語本吳文英《聲聲慢》："新彎畫眉未穩。"

6. 銀鈎：指新月。語本秦觀《浣溪沙》：“寶簾閒掛小銀鈎。”

7. 慢：同“謾”，徒勞，空自。磨斧補鏡：據唐段成式《酉陽雜俎》：“月乃七寶合成……常有八萬二千戶持斧鑿修之。”

8. 金鏡：月亮。

9. 太液池：漢唐兩代皇家宮苑內都有太液池，這裡指南宋皇宮的池苑。

10. 端正：指圓月。窺戶：指圓月照戶中之人。語本姜夔《玲瓏四犯》：“端正窺戶。”

11. 雲外山河：用月中陰影喻南宋舊山河。《酉陽雜俎》：“佛氏言，月中所有，乃大地山河影也。”

12. 桂花影：月影。傳說月中有桂樹，故云。

串講

　　一痕新月慢慢升起，斜掛在柳樹枝上，淡淡的月色穿過花圃，隱約劃破暮色籠罩的天空。看見新月逐漸變圓，少女便深深下拜，傾訴心中的期望。如今誰跟姑娘在花園的小路相逢？月亮好像還沒有畫好蛾眉，料想應是嫦娥還帶着離愁別恨。最可愛的是，它似一彎小小的銀鈎，高掛在簾櫳上，顯示出秋夜的清冷。不要問從古到今月亮經歷了多少次圓缺。可歎空自磨好了玉斧，卻無法修補這殘缺的金鏡。宋宮苑太液池還在，卻淒涼冷落，誰還會再來玩月賦詩歌詠這裡的清景？故國山河長夜漫漫，都期待着圓月照臨門前簷下。看着看着，月亮中的陰影彷彿是殘缺的舊山河，接着又還原成月中衰老的桂花樹影。

評析

　　王沂孫（1240？－1289年？），字聖與，號碧山、中仙，會稽人。南宋滅亡後，曾仕元，為慶元路（治今浙江鄞縣）學正。其詞以詠物見長，多有寄託。這首詞借詠新月，抒發作者的身世家國之悲。上片側重寫新月之美。開篇寫新月初升時的景象，筆致綿密。"漸"字領起三句，寫出月亮緩緩升起之勢。"新痕懸柳"寫新月斜掛於疏柳之間，"淡彩"形容溶溶月色，"破初暝"寫月色劃破暮色，微妙細膩。"便有"三句，言佳人拜新月，其深層含義是用月圓之勢暗喻恢復故國，感慨無人相助。"畫眉"以下五句進一步刻畫新月之美。把新月比做離恨正濃的嫦娥沒有畫好的眉毛，無限幽怨，暗含亡國之恨。"冷"字則渲染出淒涼的氛圍。下片借詠月抒發興亡之感和重整山河之志。"千古"三句，以月亮盈虧象徵國家興亡，詞旨悲憤。這裡，作者反用玉斧修月的典故，說缺月難修，隱喻故國難復，流露出無可奈何的傷感、悲哀。"太液池"二句，描寫故國宮苑荒涼淒清景象，抒發物是人非的感慨，語調悽愴。下面"故山"二句，筆勢一轉，寫盼望月圓，盼望國家恢復。最後二句，由月中桂花影聯想到破碎的山河，有無窮餘恨。這首詞明寫新月，暗喻故國，通篇用象徵手法，以昔一今一他日的時間順序為結構脈絡，對新月做多側面多層次的抒寫。但上片綿密，下片疏宕；上片輕柔婉麗，下片蒼涼沉痛。筆法變化，對比強烈，寄託深遙，哀婉動人。清代陳廷焯《白雨齋詞話》稱讚此詞運筆"有龍跳虎躍之奇"。

齊天樂

蟬

　　一襟餘恨宮魂[1]斷，年年翠陰庭樹。乍咽涼柯[2]，還移暗葉，重把離愁深訴。西窗過雨，怪瑤佩[3]流空，玉箏調柱[4]。鏡暗妝殘，為誰嬌鬢[5]尚如許？　　銅仙鉛淚似洗，歎移盤去遠[6]，難貯零露。病翼驚秋，枯形閱世[7]，消得[8]斜陽幾度？餘音更苦，甚獨抱清高，頓成悽楚。謾想熏風[9]，柳絲千萬縷。

注釋

1. 宮魂：指蟬。傳說蟬是宮中后妃的魂魄所化。晉崔豹《古今注》："齊王后忿而死，屍變為蟬。"

2. 涼柯：秋天的樹枝。

3. 瑤佩：玉佩。

4. 調柱：調理箏的弦索正音。柱：箏上的弦柱。

5. 嬌鬢：借喻蟬翼的優美。崔豹《古今注》記載，魏文帝宮人莫瓊樹"製蟬鬢，縹緲如蟬"。

6. "銅仙"二句：唐代詩人李賀《金銅仙人辭漢歌》序云，魏明帝拆漢武帝捧露盤仙人，仙人臨載乃潸然淚下。鉛淚：淚像鉛熔化一樣，形容淚水多。

7. 枯形：枯蛻，即蟬蛻。語本孫楚《蟬賦》："形如枯槁。"閱世：經歷人世時序推移盛衰冷暖之巨變。

8. 消得：禁受得起。

9. 謾：空，徒勞。熏風：和風，南風，指夏天，是蟬的黃金時節。

串講

　　齊國宮妃的魂靈變成的蟬仍懷一腔餘恨，年年棲息在庭樹翠陰間。它剛剛在疏冷的樹枝間哽咽，又轉到衰殘的暗葉後嘶鳴，像是一遍遍地傾訴心中的離愁別恨。西窗外一陣急雨剛過，蟬"吱"的一聲從樹後飛起，好像是玉佩之聲流過天空，又像是誰在調理弦柱彈響了清脆的玉箏。寶鏡早已被塵土遮暗了，粉妝也已殘損，蟬究竟是為了誰，還把兩鬢弄得這樣嬌美透明？金銅仙人要攜盤離開漢宮了，他淚水淋漓，流滿了雙臉。可歎承露盤已移向遠方，蟬再也沒有貯存的露水可飲了。它現在拖着一雙病翼，驚恐着寒冷秋天的到來。枯槁的形體承受了世事的滄桑巨變，它還能受得住幾次斜陽日暮嗎？臨終前的呻吟更加淒苦。正因為它以清高自守，才頓然陷入悽楚悲慘的絕境。如今徒然回憶熏風送暖、千萬縷柳絲飄蕩的美景。

評析

　　王沂孫詞以詠物見長，其詠物大多寄託深婉。這首詠蟬詞便寄託着作者的亡國哀音。"一襟"二句，暗用齊國宮女死化為蟬的典故，點明蟬的身世來歷，開篇就渲染出哀怨的氛圍。唐圭璋先生說："起筆已將哀蟬心魂拈出，故國滄桑之感，盡寓其中。"（《唐宋詞簡釋》）分析精到。"乍咽"三句，寫蟬在樹間不停轉移，鳴叫聲此起彼伏，極得物情物態之妙。"西窗"三句，連用兩個新穎的比喻描摹雨後美妙的蟬聲。"鏡暗"二句，描摹蟬的雙翼，以反問表現蟬之多情，寫得纏綿悱惻。換頭"銅仙"三句，感歎承露盤被移，蟬無露可飲，流露出南宋遺民在國破家亡之後的慘痛。"病翼"以下六句，寫蟬之經歷、懷抱，亦蟬亦人，語極悽楚，讓人不忍卒聽。其中"病翼驚秋，枯形閱世"八字，對仗工整，形神精警。結尾二句回想盛時景象，更覺沉痛哀婉，餘音嬝嬝。

蔣捷

一剪梅

舟過吳江 [1]

> 一片春愁待酒澆，江上舟搖，樓上簾 [2]
> 招。秋娘渡與泰娘橋 [3]。風又飄飄，雨又瀟瀟。
>
> 何日歸家洗客袍 [4]？銀字笙調 [5]，心字香 [6]
> 燒。流光容易把人拋。紅了櫻桃，綠了芭蕉。

注釋

1. 吳江：流經江蘇吳江縣的吳淞江。
2. 簾：酒旗。
3. 秋娘渡、泰娘橋：均為吳江地名。
4. 客袍：旅中穿的滿身風塵的衣衫。
5. 銀字笙：鑲飾有銀字的笙。調：調弄，吹奏。
6. 心字香：製作成篆文“心”字形狀的香。

串講

　　心中一片春愁等着用美酒澆滅。江上小船輕輕搖動，樓上酒旗隨風飄展，像是在向人招手。小船過了秋娘渡又過了泰娘橋。又是微風飄飄，又是細雨瀟瀟。什麼時間才能返回家中，清洗沾滿塵土的客袍？那時，用銀字的笙管吹奏起和諧的音調，把 "心" 字形的盤香也點燃，讓它升起嬝嬝輕煙，那情景該多美妙！可歎啊，如水般流逝的光陰最容易讓人變老。轉眼間，又見紅熟了櫻桃，又見綠透了芭蕉。

評析

　　蔣捷，生卒年不詳，字勝欲，號竹山，陽羨（今江蘇宜興）人。南宋度宗咸淳十年（1274年）進士。宋亡後隱居太湖中竹山。長於詞，其詞多抒寫亡國之思，風格多樣。這首詞抒寫作者在南宋亡國之後流浪漂泊的生活感受。上片寫舟行春景與春愁。開首一句，說春愁難解，須借酒消愁。"澆" 字，生動、活潑。"江上" 二句，用 "搖"、"招" 二字，妙狀舟上詞人及其所見景物的動態，又透露他為酒樓所吸引的神態，同首句緊密照應。"秋娘渡" 以下三句，用風雨飄搖的淒涼景象襯托人的愁情，而渡與橋的名稱，也透露詞人急欲與閨中人團聚的心緒。下片寫思家傷時之情。"何日" 句，用設問句，表達急盼歸家之情。"銀字" 二句，設想歸家後美好溫馨的生活情景，更深入細膩地表達了對親人的強烈思念。結尾更用 "紅了櫻桃，綠了芭蕉" 這兩個視象鮮明生動的句子將季節變換表現得可見可觸，抒發出對年華流逝的人生感喟。"紅" 與 "綠" 色彩對映，形容詞作動詞用，句法新穎靈動。全篇句句用韻，句式長短錯雜，四組四字相疊的排句，更使詞的節奏和諧優美，悠揚動聽，故而膾炙人口。

賀新郎

兵後寓吳[1]

深閣簾垂繡[2]。記家人、軟語[3]燈邊，笑渦[4]紅透。萬疊[5]城頭哀怨角，吹落霜花滿袖。影廝伴、東奔西走。望斷鄉關知何處？羨寒鴉、到着黃昏後。一點點，歸楊柳。　　相看只有山如舊。歎浮雲、本是無心，也成蒼狗[6]。明日枯荷包冷飯，又過前頭小阜[7]。趁未發、且嘗村酒。醉探枵囊毛錐在[8]，問鄰翁、要寫《牛經》[9]否？翁不應，但搖手。

注釋

1. 兵後寓吳：指元軍於恭帝德祐二年（1276年）攻佔臨安以後，詞人離開家鄉宜興，流寓蘇州一帶。
2. 簾垂繡：即繡簾低垂。
3. 軟語：溫柔和婉的話語。
4. 渦：臉上的酒窩。
5. 萬疊：指號角反復不停地吹奏。
6. 浮雲、蒼狗：指世事如浮雲變化無常。杜甫《可歎》詩："天上浮雲如白衣，斯須改變如蒼狗。"
7. 阜：同埠，小碼頭。

8. 楬囊：無錢的空袋子。毛錐：毛筆。

9.《牛經》：有關養牛的書。《舊唐書·藝文志》載有甯戚《相
   牛經》一卷。

串講

　　在深深庭院的樓閣之內，繡簾低垂。家人圍坐燈下輕聲交談，燈光映紅了她臉上的酒渦。這情景經常浮現在我的腦海裡。如今號角不停地在城頭嗚咽，吹奏出淒涼哀怨的曲調，吹落白色的霜花沾滿衣袖，只有影子伴着我東奔西走。望穿雙眼也不知故鄉在哪裡？真羨慕那寒鴉，每到黃昏，一隻隻都飛回了楊柳枝頭。放眼遠望，只有山還是原來的樣子。可歎天上的浮雲，原本無心，卻也瞬息萬變，不一會兒就由白衣變成了蒼狗。明天還是用枯荷葉包起冷飯團，又要經過前面的小土丘。趁小船還沒有出發，再喝幾口村釀的濁酒。醉醺醺地摸一下口袋，裡面空空的，只有一支毛筆還在。問鄰座的老翁：“您要人幫助寫《牛經》嗎？”老翁不回答，只是向我搖了搖手。

評析

　　南宋滅亡以後，蔣捷為避戰亂，漂泊在東南一帶。這首詞寫的是他在戰亂中逃難的經歷，從一個側面反映了南宋滅亡後給百姓帶來的災難和痛苦。上片把昔日家庭溫馨生活與今日漂泊無依境況對比，表現無家可歸的悲苦。“深閣”三句，作者先寫室內繡簾低垂，一派安詳和諧氛圍；再寫家人燈下的“軟語”和愛妻臉上紅紅的“笑渦”兩個細節，展現出一幅溫馨美

好生活的畫面。“萬疊”以下幾句，以城頭角聲點明戰亂的特定時代背景，既移情入物，又借景抒情，逼真地寫出他的漂泊境況和亡國之痛。詞人竟羨慕黃昏後——歸巢的寒鴉，其無家可歸的況味令人淒然心傷。下片寫流落荒村的經歷。“相看”一句，在寫與青山相看的行為動作中，寓涵着江山易主、物是人非的悲慨，也暗示自己守節不移，和青山一樣“如舊”。“歎浮雲”三句，是詩人即景的感歎，既感歎世事的變幻無常，也諷刺仕元文人的變節行徑。筆筆寫流浪生活情景，筆筆暗含深意。“明日”以下七句，寫出了流落生活的獨特體驗和感受。“枯荷包冷飯”一個細節，真切生動地表現出作者寒愴貧困之狀。“問鄰翁、要寫《牛經》否”句，可見作者只能靠替別人抄寫《牛經》以維持生計。沒料到“翁不應，但搖手”，這典型的細節，這富有悲劇性的場景，寫出了詞人的貧窮、飢餓、困窘，也反映出當時農村的破敗，農民已無法正常地耕種。全篇將逼真細緻的紀實描寫和寄託深遙的象徵隱喻結合起來，唱出了這首時代特色鮮明、催人淚下的流浪者悲歌。

女冠子

元夕 [1]

蕙花香也，雪晴池館如畫。春風飛到，寶釵樓 [2] 上，一片笙簫，琉璃 [3] 光射。而今燈漫掛。不是暗塵明月，那時元夜。況年來、心懶意怯，羞與蛾兒[4]爭耍。　　江城人悄初更[5]打。問繁華誰解，再向天公借？剗殘紅地[6]。但夢裡隱隱，鈿車羅帕[7]。吳箋銀粉研[8]。待把舊家風景，寫成閒話。笑綠鬢[9]鄰女，倚窗猶唱，夕陽西下[10]。

注釋

1. 元夕：元宵燈節。
2. 寶釵樓：本為咸陽樓，這裡泛指酒樓。
3. 琉璃：一種礦石質的有色半透明體材料，這裡指燈。
4. 蛾兒：即鬧蛾。用彩紙剪成，元宵節女子頭上的飾物。
5. 初更：一更。昔日此時是最熱鬧的時候，如今人悄燈盡只剩下打更聲了。
6. 炧：燈燭殘灰。
7. 鈿車：華麗的車子。羅帕：香羅手帕。
8. 吳箋：吳地出產的箋紙。銀粉研：碾上銀粉，使之發光。研：碾。
9. 綠鬢：黑髮。
10. 夕陽西下：南宋范周《寶鼎現》詠元夕詞，開頭即是："夕陽西下，暮靄紅隘，香風羅綺。"

串講

蕙蘭花兒散發出幽香，雪後圓月照在池塘樓閣之上，景色美麗如畫。春風吹過酒樓，傳出一片笙簫之聲。五彩的琉璃燈在雪光月色中光芒四射。而今城裡隨便亂掛着彩燈，再沒有舊時元夜滿城車馬、塵暗明月的熱鬧景象了。更何況近年來我心灰意冷，不願與頭戴彩蛾的女子在燈下逗趣。江城悄無人影，只傳來初更的鼓聲。我想問一聲，誰能再向天公借來昔日的熱鬧繁華呢？醒來，我剔去紅燭的殘灰，只記得夢裡朦朦朧朧看到彩車飛馳、男女歡會、分送香羅手帕。我鋪開雪白細薄的吳箋，急着要把從前的繁華景象記下來，好作為日後閒聊的資料。可笑鄰家長着烏黑頭髮的年輕姑娘，倚着窗戶還在唱宋時舊曲，歌詞第一句就是“夕陽西下”。

評析

　　宋代的民俗節日以元宵節最為熱鬧，但南宋滅亡以後，元宵節就冷落多了。這首詞就是作者在宋亡以後有感於元宵節的淒涼冷落而作的。作者用今昔對比寫法，表達對往昔繁華的眷戀和對國破家亡的哀痛。起六句，極力渲染昔時元夕的熱鬧繁華。作者先寫月光照耀下的池塘館閣，用“如畫”二字讚歎其美麗；再抓住嘹亮的笙簫之聲、四射的琉璃燈光描繪，極力渲染其熱鬧。“而今”以下六句，筆鋒一轉，寫今日元夜的冷落。“不是暗塵明月”一句，既補寫昔日飛塵遮暗明月的熱鬧景象，又點出今非昔比之意。“況年來”三句既表現如今已心厭意怯、毫無觀燈戲耍的興致，又隱含着對南宋屈膝投靠元朝的人的鄙視。下片換頭句，寫城市裡元宵節的冷落。原來初更正是遊人摩肩接踵、笑語喧嘩的熱鬧時刻，而現在卻悄無一人，只有更鼓聲傳來，確實淒涼。而接下來二句，向天公“借”

繁華，語意雙關，表明繁華已一去不返，暗示恢復故國已無力回天，寄慨深長。"剔殘"三句，寫人悄燈殘，回味殘夢，此情更令人不堪。"吳箋"三句，說要用最精美的紙記下昔日繁華，其行事之鄭重、急切，深刻地表現對故國的無限眷戀。結尾"綠鬟"三句，以鄰家少女的歌聲結束。"夕陽西下"本是南宋一首詠元夕繁華景象歌詞中的一句，作者正在傷感，卻有無知少女唱此盛世之音，作者聞歌的哀痛可想而知，但偏用一"笑"字，笑中含悲，以笑寫悲，是深得藝術辯證法的妙筆。全篇情調哀痛，脈理細密，用筆虛實結合，對比映襯，流麗幽婉，與李清照的《永遇樂》（落日熔金）有異曲同工之妙。

如夢令

夜月溪篁鸑[1]影，曉露岩花鶴頂。半世踏紅塵[2]，到底輸他村景。村景，村景。樵斧耕蓑漁艇。

注釋

1. 篁：竹子。鸑：傳說中鳳凰一類的鳥。
2. 紅塵：鬧市的飛塵，形容繁華、喧囂。

串講

夜晚，皎潔的月光照耀着寧靜的小溪。溪邊，竹林晃動，鷺鳥的影子落在水面上。清晨，山岩上野花閃耀着晶瑩露水，白鶴彤紅的頭頂也被露水打濕了。我半生經歷了無數塵世的喧囂，所見都比不上這山村風景。這山村風景美麗如畫。看，樵夫在山林揮斧砍柴，農夫披蓑衣在雨中耕作，漁翁也在碧波上搖着小艇。

評析

　　這首詞可當作一幅美麗的山村風景圖看。詞中流露出對寧靜大自然的喜愛之情，表達了對煩囂塵世的厭惡。通篇主要運用意象的直接顯示與並列組合手法寫景抒情。開頭“夜月”二句，只用名詞，不用一個動詞，把六個複合意象組織在一起，分別構成夜晚和清晨兩幅圖畫，極富詩情畫意，與唐代溫庭筠《商山早行》中“雞聲茅店月，人跡板橋霜”二句表現手法一脈相承。接下來兩句議論，直接表達對塵世煩囂的厭惡和對山村風景的讚美。結尾一句，亦是三個名詞意象並列組合，以山村人們自由愉快地勞動生活的畫面印證前面的讚美。

虞美人

聽雨

　　少年聽雨歌樓上。紅燭昏羅帳。壯年聽雨客舟中，江闊雲低、斷雁[1]叫西風。　　而今聽雨僧廬[2]下，鬢已星星[3]也。悲歡離合總無情，一任[4]階前、點滴到天明。

注釋

1. 斷雁：失群孤雁。
2. 僧廬：僧房，寺院中。
3. 星星：形容白髮如星星之多。
4. 一任：聽任。階前點滴到天明：化用溫庭筠《更漏子》："梧桐樹，三更雨。不道離情正苦。一葉葉，一聲聲，空階滴到明。"

串講

少年時在燭光搖曳、重重羅帳的歌樓上聽雨；中年聽雨於客船中，船外江面寬闊，黑雲低垂，西風傳來孤雁的哀鳴聲。如今聽雨在僧房的屋檐下，兩鬢間已長滿了星星般繁密的白髮。人世間的悲歡離合總是這樣無情，我已心如止水，就任憑階前的雨聲淅淅瀝瀝滴到天明吧。

評析

蔣捷生當宋元易代之際，他的一生顛沛流離、飽經憂患。這首詞正是他憂患餘生的自述。詞人以"聽雨"為貫穿始終的線索，通過描寫人生三個階段不同聽雨情景，形象地概括了他的少年浪漫生活、中年漂泊生活以及晚年孤苦淒涼生活。上片寫少年和中年時的聽雨。"少年"兩句，描繪出一幅歌樓夜雨圖。由"歌樓"、"紅燭"、"羅帳"等意象組成的豔麗而朦朧的畫面，顯示出青春時期的無憂無慮、風流浪漫。"壯年"二句，展現一幅江舟夜雨圖。"江闊"、"雲低"、"斷雁"、"西風"等衰颯意象，反映作者中年顛沛流離、淒涼孤獨的生活。下片集中寫晚年聽雨。"而今"二句，寫晚年在僧廬下聽雨。"鬢已星星"四字刻意突出斑白的鬢髮，有無窮的傷感。接下來兩句寫他飽經憂患，對悲歡離合都已木然無動於衷，萬念俱灰。"一任階前、點滴到天明"語似冷漠，卻蘊含着欲解脫而不得的更深悲痛。這首詞的藝術結構很有特點。上片為賓，下片為主。少年聽雨起反襯作用，中年聽雨起陪襯作用，都為了表現晚年的悲苦淒涼與絕望。全篇提煉出三幅富有典型性、暗示性的聽雨畫面，僅用寥寥五十六個字，就表現出具有巨大悠長時空跨度的情景，其高度簡練濃縮的藝術表現令人拍案叫絕。當代詩人余光中的新詩名篇《鄉愁》，就巧妙地學習借鑒了這首詞的構思和結構方法。

張炎

高陽台

西湖春感

接葉巢鶯[1]，平波捲絮，斷橋[2]斜日歸船。能幾番遊？看花又是明年。東風且伴薔薇住，到薔薇、春已堪憐。更淒然，萬綠西泠[3]，一抹荒煙。　　當年燕子知何處？但苔深韋曲，草暗斜川[4]。見說新愁，如今也到鷗邊[5]。無心再續笙歌夢，掩重門、淺醉閒眠。莫開簾，怕見飛花，怕聽啼鵑。

注釋

1. 接葉巢鶯：密接的樹葉遮住了黃鶯的巢。
2. 斷橋：在杭州西湖孤山側，裡湖與外湖之間。
3. 西泠：橋名，在西湖孤山下。
4. "當年"三句：暗用劉禹錫《烏衣巷》詩："舊時王謝堂前燕，飛入尋常百姓家。"韋曲：在陝西長安城南，唐代韋氏大族聚居於此。此處借指西湖繁華之處。斜川：在江西星子、都昌二縣間。陶淵明有《遊斜川》詩，此處借指西湖文人雅士集會之處。

5. "見說" 二句：鷗毛本是白色，作者想像它是因愁而白。辛棄疾《菩薩蠻》："拍手笑沙鷗，一身都是愁。" 見說：聽說。

串講

　　黃鶯兒築巢在茂密的樹葉之中，柳絮在平靜的水波上翻捲。夕陽斜照着斷橋，橋下撐出歸航的小船。還能有幾次在湖上暢遊？觀賞春花又要等到明年。東風啊，你暫且停住腳步，陪伴一下薔薇花吧。一到薔薇盛開，春已經變得衰殘可憐了。西泠橋邊草木蔥綠，上面橫抹着一縷長煙，這景象更讓人感覺淒涼。當年居住在高堂華屋的燕子飛到哪裡去了呢？只見蒼苔長滿昔日繁華的韋曲，青草遮暗了當時文人雅集的斜川。聽說新愁不斷蔓延，連無知的海鷗也愁白了羽毛。再沒有閒心繼續做笙歌娛樂的美夢，不如關上重門，在淺醉中悠然入眠。不要掀開門簾，我怕看見飄飛的落花，怕聽見杜鵑的啼叫。

評析

　　張炎（1248－1314年），字叔夏，號玉田，又號樂笑翁，臨安（今浙江杭州）人。南宋初大將張俊六世孫，宋亡前過着湖山清賞、詩酒嘯傲的生活。宋亡後，家庭敗落，輾轉流離，飽嘗辛酸。詞風承接周邦彥和姜夔，擅寫詠物詞。這首詞是張炎的代表作。它具體的寫作時間不詳，應該是南宋滅亡以後的作品。作者描寫西湖及其周邊淒涼景象，表達國破家亡的悲哀。"接葉巢鶯"寫黃鶯藏於茂密的樹葉間，而"平波捲絮"寫柳絮在水面上漂轉，點明是暮春時節。此八字工煉雅致，繪景如畫。"斷橋"句，點出西湖，作者有意用斷橋、落日意象來烘托落寞氣氛，暗示國家的暮日。"能幾番"兩句，直接抒情，感歎盛時無常。其中"看花又是明年"的傷春情緒，實際上是在傷悼南宋的滅亡。"東風"二句，先要東風停步以留住即將逝去的春光；再做一轉，說即使東風暫住，留住的也是令人傷感的暮春景象。在頓挫轉折中表達出作者內心複雜的情緒變化。接下來"萬綠"、"一抹"兩句，對仗工整，推出令人觸目驚心的意象，唐圭璋《唐宋詞簡釋》說此八字"寫足湖上春盡，一片慘澹迷離之景"。換頭承上，提問燕歸何處。"但"字領起兩句，寫昔日繁華的葦曲、斜川苔深草暗，變得冷落淒涼，在眼前景色描寫中寄寓了作者對世事滄桑變化的無窮感慨。"見說"兩句，用擬人手法，以鷗之愁襯托人之哀愁，移情於物，聯想巧妙。"無心"以下五句，具體寫自我舉動表現亡國的哀思。這首詞畫面蒼涼，色彩淒暗，層層翻轉，感情沉鬱，正如陳廷焯所評："淒涼幽怨，鬱之至，厚之至。"（《白雨齋詞話》卷二）

甘州

辛卯歲[1]，沈堯道同余北歸，各處杭、越[2]。逾歲，堯道來問寂寞，語笑數日，又復別去。賦此曲，並寄趙學舟。

記玉關[3]踏雪事清遊，寒氣脆貂裘[4]。傍枯林古道，長河飲馬，此意悠悠。短夢依然江表[5]，老淚灑西州[6]。一字無題處，落葉都愁。

載取白雲歸去，問誰留楚佩[7]，弄影中洲？折蘆花贈遠，零落一身秋。向尋常、野橋流水，待招來、不是舊沙鷗[8]。空懷感，有斜陽處，卻怕登樓[9]。

注釋

1. 辛卯歲：元世祖至元二十八年（1291年）。
2. 各處杭、越：這時沈堯道在杭州，張炎在紹興。越：州名，今浙江紹興。
3. 玉關：玉門關。此泛指邊地。
4. 脆貂裘：描寫北方極寒冷，貂皮大衣也為之變硬變脆。
5. 江表：江南。
6. 西州：古城名，在南京市西，此代指杭州。據《晉書·謝安傳》記載，謝安帶病還都時，曾路過西州門。羊曇為謝安器重，謝安死後，幾年都不事娛樂，也從不打西州門經過。有一次他喝醉了酒，不覺來到了西州門前，於是觸景生悲，遂慟哭而去。

7. 楚佩：佩玉，多用以贈別。

8. 舊沙鷗：指舊相識。沙鷗自古被比作隱士。

9. 登樓：建安詩人王粲有《登樓賦》，抒思鄉之情。

串講

記得我們在北方踏雪漫遊的情景。那時，寒氣逼人，連貂皮大衣也被凍得又硬又脆。我們沿着枯樹林相夾的古道一路走來，中途不時停下，把馬牽到黃河邊去飲，心中有說不盡的悲酸。北遊的日子一晃而過，就像做了一個短夢一樣，醒來發現此身還是在江南。面對你居住的杭州城門，我不禁老淚縱橫。滿腹的愁苦卻一個字也無處書寫，深秋的落葉都含着憂愁。你把悠閒的白雲隨身帶走了。是誰分別時解下玉佩，在中洲邊久久徘徊呢？我想折一枝蘆花寄給遠方的你，它象徵着我身世飄零，身心如秋。我在往常的野橋流水處等待，但招來的卻不是舊日相識的沙鷗。我徒然懷念感慨，在夕陽西下的時候，最怕登樓望遠。

評析

元至元二十七年（1290年），張炎與沈欽（堯道）、曾遇（心傳）等人同往燕京寫經。次年返回，沈居杭州，張在越州。兩年後，沈自杭州來越州探望張炎，相聚數日後，又匆匆分手，此詞即作於此時。詞中回憶了北遊的景況，描繪失意南歸的孤寂，抒寫懷友之情和亡國之痛。開首五句，由“記”字領起，回憶當年北遊的情景。這五句一貫而下，筆力健拔，氣象蒼莽。“短夢”兩句，回到現實，有無限酸辛。“短夢”是說北遊時間短暫，像做了一場夢，醒來後依然在江南。而“老淚灑西州”則借用羊曇望西州城門痛苦而去的典故，寫自己心含酸楚離開杭州。這一句寄寓着失意淪落、思念故國、痛惜離別等複雜情緒。接下來二句，進一步寫自己的淒苦心情。“落葉都愁”是移情入景的寫法，用落葉含愁襯托人的悲苦沉痛。下片寫與故友離別和懷念之情。“載取白雲歸去”寫沈堯道回到他的隱居之地。“問誰”二句，寫自己在朋友離去後的留戀徘徊，既表現對故友的一片深情，也暗喻故土喪失後自己的彷徨失意。“折蘆花”二句，意思是說折蘆花贈給朋友，希望朋友能知道自己像秋天的蘆葦一樣凋零寂寞。這兩句意新語工，歷來為詞家所稱頌，近代陳匪石說：“人與蘆花合寫，亦淒斷，亦雋永。”（《宋詞舉》）“空懷感”三句，從辛棄疾《摸魚兒》“休去倚危闌，斜陽正在，煙柳斷腸處”化出，朋友別離的傷感、身世淪落的愁苦、家國衰亡的悲歎都暗含其中。這首詞起筆勁峭，收拍悠遠，中間勁氣暗轉，騰挪頓挫，風格蒼茫悲涼。

解連環

孤雁

楚[1]江空晚，恨離群萬里，怳然[2]驚散。自顧影、欲下寒塘[3]，正沙淨草枯，水平天遠。寫不成書[4]，只寄得、相思一點[5]。料因循誤了，殘氈擁雪，故人心眼[6]。　　誰憐旅愁荏苒[7]？謾長門[8]夜悄，錦箏[9]彈怨。想伴侶、猶宿蘆花，也曾念春前，去程應轉。暮雨[10]相呼，怕蓦地、玉關重見[11]。未羞他、雙燕歸來，畫簾半捲。

注釋

1. 楚：泛指南方。
2. 怳然：失意的樣子。
3. 顧影：即對影自憐之意。欲下寒塘：用唐代詩人崔塗《孤雁》"暮雨相呼失，寒塘欲下遲"詩意。
4. 寫不成書：說孤雁不能在空中排成雁字。
5. 只寄得、相思一點：言只能為他人傳遞相思書信。古有雁足傳書之說。
6. "料因循"三句：推想孤雁因在這裡徘徊而耽誤了為蘇武那樣"殘氈擁雪"的志士傳達書信。因循：拖延。殘氈擁雪：

《漢書・蘇武傳》記載，蘇武出使匈奴，被囚於大窖中，不給飲食。正逢下雪，蘇武即"齧雪與氈毛並咽之"。

7. 荏苒：輾轉，連綿不斷。

8. 長門：漢武帝時陳皇后被棄置的冷宮。

9. 錦箏：箏的美稱。暗用晉桓伊撫箏而歌《怨詩》曾使謝安泣下的典故。又，暗用唐錢起《歸雁》詩："二十五弦彈夜月，不勝清怨卻飛來。"

10. 暮雨：語本上引崔塗《孤雁》詩句。

11. 怕：倘若，如果。玉關：玉門關，泛指北方。

串講

　　傍晚，孤雁盤旋在空闊的楚天之上。突然驚散之後，它如今離雁群已有萬里之遙，所以心中苦悶惆悵。它顧影自憐，想飛下寒冷的池塘邊棲息。此時，沙灘明淨，草已枯萎，平靜的水面直延伸到遠遠的天際。它孤孤單單，不能在天空中排成雁字，只能為人捎去一點相思之情。它離群失散，恐怕延誤了送信時間，使困在北方的志士只能蘸着積雪吞咽氈毛；恐怕辜負了故人的一片深情，使他徒然望穿秋水。誰能體念它獨自飛行的綿綿愁思呢？它心中就像陳皇后在長門宮裡度過漫漫長夜那樣孤寂，就像桓伊撫箏奏曲時那樣幽怨。它很思念它的伴侶，想它們可能還夜宿在池塘的蘆葦花叢中，想它們也盼望它在春前轉程而飛。如果有一天，能像過去那樣在暮雨中相互呼叫，在玉門關前突然重又相見，那該多麼驚喜興奮啊！到那時，它再對着在半捲的畫簾中雙進雙出的燕子，也不會感到慚愧了。

評析

　　這是張炎著名的詠物佳作。張炎在南宋滅亡後，長期四處漂泊。他在這首詞中，用失群的孤雁自比，曲折地表達身世家國之感。“楚江空晚”以下七句，描繪孤雁活動的大背景。“楚江”、“萬里”、“天遠”等意象營造出闊大境界，反襯孤雁失群之後的孤單。而“寒塘”、“沙靜”、“草枯”等詞又極力渲染冷落蕭瑟的環境氛圍，襯托出孤雁之淒苦。“寫不成書，只寄得、相思一點”二句，化用《漢書・蘇武傳》雁足傳書的故事，寫孤雁不能排成雁字，只能為人寄相思。此二句想像新奇，極盡纏綿幽渺之思，歷來為人們所讚賞。“料因循”二句，承接上面所言雁寄相思，寫人望雁至之切。這裡，作者用蘇武的典故是有深意的，他想藉此表達對那些被元人擄去仍堅持民族氣節的愛國者的懷念和崇敬。下片着重寫綿綿不斷的旅愁。“誰憐”三句，用長門宮的陳皇后和撫箏的桓伊來表現雁的孤寂幽怨。“想伴侶”三句，設想它伴侶的處境，不惟憐己更憐人，曲折表達離群的孤苦。“暮雨”二句，更設想異日相逢之喜，反襯今日之悲。末尾“未羞他”二句，和雙燕相比，反襯出孤雁身處逆境仍不改節操。作者詠雁，不着力寫其外在體態，而是寫其神態和感情，這樣使得詠雁與詠人渾然一體，融化無跡；詞中的寓意也不直白說出，而是若有若無地暗示出來，這又使得全詞寄託遙深，內蘊豐厚，格高境闊。由於這首詞獨特的藝術魅力，張炎生前就獲得了“張孤雁”的稱號。

清平樂

採芳人杳[1]，頓覺遊情少。客裡看春多草草[2]，總被詩愁分了。　　去年燕子天涯，今年燕子誰家？三月休聽夜雨，如今不是催花[3]。

注釋

1. 採芳：採花。杳：不見蹤影，無人。
2. 草草：草率，心不在焉。
3. 催花：催花開的雨。

串講

　　遊春採花的人不見了蹤影，頓時讓我遊興大減。長期客居他鄉，觀賞春光時也總是馬馬虎虎、心不在焉，興致都被吟詩遣愁的慾念分走了。去年的燕子遠在天涯，今年的燕子又飛到誰家呢？陽春三月，不要聽淅淅瀝瀝的夜雨聲，如今的雨水已不再催促鮮花開放。

評析

　　這首詞作於宋亡以後。從字面上看，無非是抒發傷春之情，但由於作者是南宋遺民，詞中實際上是有深層象徵意蘊的。上片抒寫暮春時節的感傷悲苦。"採芳"二句，先從暮春時節遊人漸少的景象寫起，再點出自己"遊情少"，奠定了抒情的基調。"客裡"二句，抒寫客居在外的愁悶。"客裡"一詞，點明作者漂泊流浪的身世。“總”字，表明一向如此，可見“愁”之濃重。下片進一步抒寫身世之感和易代之悲。“去年”二句，以燕子自喻，表達自己漂泊無依的凄苦。這兩句還暗用劉禹錫《烏衣巷》“舊時王謝堂前燕，飛入平常百姓家”的詩意，表達自己國破家亡之痛。結尾二句，說暮春夜雨已不再是為催促鮮花開放，隱含着對現實政治的不滿。這首詞將“人”、“燕”、“雨”、“花”四個意象作對比、縮合來抒情表意，言淺意深，含而不露，耐人尋味。近人俞陛雲評道：“羈旅之懷，託諸燕子；易代之悲，託諸夜雨。深人無淺語也。”（《唐代兩宋詞選釋》）所言極是。